Ein Marokkaner und eine Belgierin haben sich ineinander verliebt und wollen heiraten. Die Eltern sind zwar nicht davon begeistert, hätten es lieber gesehen, wenn die Kinder sich Partner »in ihren Kreisen« gesucht hätten, aber das junge Paar ist voller Optimismus und Zuversicht – bis der jüngere Bruder der Braut von seinen Freunden angestachelt wird, seine in Computerkriegsspielen bewährte Schlagkraft doch mal in der Realität zu beweisen… Rachida Lamrabets intensive und eindrucksvolle Erzählungen beleuchten den Alltag unserer von verschiedenen Kulturen geprägten modernen Gesellschaft und zeigen, was alles passieren kann, wenn Afghanen, Türken, Roma oder Nordafrikaner versuchen, in Westeuropa ihre Träume zu leben.

RACHIDA LAMRABET wurde 1970 in Marokko geboren und lebt in Belgien, ist verheiratet und hat vier Kinder. Sie arbeitet als Juristin im Zentrum für Chancengleichheit und Bekämpfung von Rassismus in Antwerpen. 2006 erhielt eine Erzählung von Rachida Lamrabet den Literaturpreis von Kif Kif, ihr Roman »Frauenland« gewann den Flämischen Debütpreis 2008, und ihr neuer Band mit Erzählungen, »Über die Liebe und den Hass«, wurde 2008 mit dem BNG Nieuwe Literatuur Prijs ausgezeichnet.

Rachida Lamrabet

Über die Liebe und den Hass

Erzählungen

*Aus dem Niederländischen
von Heike Baryga*

btb

Die Originalausgabe erschien 2008 unter dem Titel »Een kind von God« bei Meulenhoff/Manteau, Antwerpen.

Die Übersetzung dieses Buches wurde gefördert vom Flämischen Literaturfonds (www.flemishliterature.be).

Verlagsgruppe Random House FSC-DEU-0100
Das für dieses Buch verwendete FSC®-zertifizierte Papier
Lux Cream liefert Stora Enso, Finnland.

1. Auflage
Deutsche Erstveröffentlichung September 2012
btb Verlag in der Verlagsgruppe Random House GmbH, München
Copyright © der Originalausgabe 2008 Rachida Lamrabet und
Meulenhoff/Manteau
Copyright © der deutschsprachigen Ausgabe 2012 Luchterhand Literatur-
verlag, München, in der Verlagsgruppe Random House GmbH
Umschlaggestaltung: semper smile München
Umschlagmotiv: © plainpicture/Arcangel
Satz: Uhl + Massopust, Aalen
Druck und Einband: CPI – Clausen & Bosse, Leck
CP · Herstellung: BB
Printed in Germany
ISBN 978-3-442-74411-4

www.btb-verlag.de

Für meine Brüder

»Der Wille zum Leben. Das ist die Bedeutung.«
»Und was bedeutet ›Der Wille zum Leben‹?«

Mohamed Choukri

Inhalt

De Vlaeminck AG

»Verdammt!«

Schlagartig wurde ihm bewusst, dass es ein Fehler war, jetzt so abrupt auf die Bremse zu treten. Doch sein rechter Fuß folgte da bereits einem instinktiven Reflex und drückte das Bremspedal tief durch. Ein schmerzhafter Krampf fuhr ihm in die Wade, doch er trat weiterhin mit ganzer Kraft aufs Pedal.

Er versuchte noch, das ungelenke Gefährt von seiner tödlichen Bahn abzubringen, und riss mit einer hektischen Bewegung das Lenkrad linksherum. Auch diesmal merkte er, dass die Panik ihn falsche Manöver ausführen ließ.

Er hörte, wie sich die Ladung hinten im Lkw mit einem Krachen verschob.

Pebble stones. Deshalb wollte plötzlich jeder seinen Garten und die Terrasse unbedingt mit diesen Kieselsteinchen belegen, davon war er überzeugt.

Früher war er auf seinem Kies hocken geblieben. Doch es genügte, den Steinen einen englischen Namen zu geben. So einfach geht das manchmal. Ein englischer Name erhob die Kiesel in den Stand kostbarer Edelsteine.

Alle waren sie hin und weg von seinem aus Bali und Indonesien importierten Dark Ocean Pebble oder dem geheimnisvollen Indian Red Pebble. In den wohlhabenden und grünen Vororten der Stadt waren diese beiden Sorten besonders beliebt.

Männer mochten den Rock-'n'-Roll-Schriftzug seiner De Vlaeminck AG. Frauen waren wochenlang mit der Auswahl aus den verschiedenen Farben, Strukturen und Größen beschäftigt, denn ach, wie schwer das doch war. Immer wieder kamen sie bei ihm vorbei zum Schauen, Fühlen und Vergleichen. Und wenn man meinte, sie hätten nun endlich eine feste Wahl getroffen, riefen sie ihn schon ein paar Stunden später wieder an, sie würden doch noch mal kommen, um wirklich sicher zu sein.

Auf jeden Fall wollten sie ihrem Garten unbedingt ein mediterranes oder orientalisches Ambiente verleihen, und deswegen brummte sein Laden. Den Kieselsteinen verdankte er auch seinen neuen Lastwagen, auf den er in großen dunkelblauen Lettern den Namenszug des Familienunternehmens hatte malen lassen. Und über die ganze Breite der großen Windschutzscheibe hatte er oben aus durchsichtigem sonnenabwehrendem Plastik den Namenszug ebenfalls anbringen lassen.

Sein Vater wäre stolz gewesen.

Er hingegen war auf seinen Sohn nicht stolz. Jasper fand das alles ziemlich lächerlich. Vor allem die Vorstellung, in den Laden seines Vaters mit einzusteigen. Jasper wollte Filme machen. Zeichentrickfilme.

Das dumpfe Geräusch des Aufpralls breitete sich langsam und unaufhaltsam im ganzen Lastwagen aus. Es fing mit einem Kribbeln im rechten Fuß an und kroch unter seiner

Haut wie eiskaltes Gift weiter. Langsam durchzog es sein rechtes angespanntes Bein, bis zum Magen hinauf, der sich zusammenkrampfte. Als die Welle den Brustkorb erreichte, kam es ihm vor, als würde sein Herz, das zuvor noch wie wild gerast hatte, kurz aufhören zu schlagen.

Der Laderaum neigte sich nach rechts, er spürte, wie die linken Reifen für einen Moment die Bodenhaftung verloren.

Die Ladung mit den polierten Kieselsteinen, die sich alle schön ordentlich, nach Farbe und Namen sortiert, in offenen Zweitonnensäcken befanden, schwappte nun ungehindert über den Pritschenrand und ergoss sich wie ein tropischer Platzregen über den Asphalt, den Rinnstein und bis auf den Gehweg. Ein grüner öffentlicher Abfalleimer füllte sich schnell mit feinen White Sand Pebbles und brach unter der Last aus der Halterung heraus. Mit einem ohrenbetäubenden Lärm kippte der Laster auf die rechte Seite. Er krallte sich noch stärker am Lenkrad fest und hielt immer noch das Bremspedal durchgedrückt, auch wenn ihm vollkommen klar war, dass er keinerlei Einfluss mehr darauf hatte, welche Richtung der Wagen einschlug. Aber er suchte Halt an dem großen Lenkrad, als könnte er damit den höheren Mächten, die nun für sein Schicksal verantwortlich waren, begreiflich machen, dass er an seinem Leben hing. Er wollte jetzt nicht sterben. Er würde nicht loslassen.

Wie durch ein Wunder fiel der Wagen überraschend wieder zurück auf die beiden linken Räder und kam endlich zum Stehen. Aus einem Hügel von dreißig Tonnen Kieselsteinen mitten auf der Fahrbahn ragte wie ein einsamer Baum die Ampel heraus.

Wie jeden Morgen zog er pünktlich um Viertel nach sieben die Wohnungstür seiner Zweizimmerwohnung hinter sich ins Schloss, um exakt 513 ½ Schritte später das Häuschen der Bushaltestelle zu erreichen, wo er immer als Erster und oft auch als Einziger auf seinem angestammten Pflasterstein auf den Bus in nördliche Richtung wartete. Obwohl er sich hundertprozentig sicher sein konnte, dass er zu dieser Stunde der Erste sein würde, überkam ihn stets eine gewisse irrationale Angst, sein Stein könne womöglich besetzt sein. Jedes Mal, wenn er um die Ecke bog und das Wartehäuschen langsam auftauchte, das so früh am Morgen trostlos aussah, spürte er, wie bei ihm die Spannung in den Beinen zunahm. Es kostete ihn eine nahezu überirdische Anstrengung, nicht einfach schneller zu gehen, denn er wollte sich auf keinen Fall verzählen. Außer Atem, nur zwei Steine von seinem Bestimmungsort entfernt, fürchtete er noch immer, jemand könne plötzlich aus dem Nichts auftauchen. Und jedes Mal stieß er aufs Neue einen erleichterten Seufzer aus, wenn er dann seinen Stein erreicht hatte und auf ihm stand. Das war einer der seltenen Momente, in denen er lächelte.

Es verstrich kein Tag, an dem in den Nachrichten nicht über die Erderwärmung berichtet wurde. Ihm war auch aufgefallen, dass man immer weniger hellhäutige Belgier im Bus oder auf der Straße antraf. Er presste seine Aktentasche fester an sich.

Und einige Weiße sahen eindeutig fremd aus. Es lag an dem grellen Blond ihrer Haare, ihrer ungesunden Blässe. Am stärksten fiel es ihm jedoch an der Art auf, wie sie ihn ansahen.

Leute aus dem Osten. Ukrainer, Polen.

Er wendete das Gesicht ab.

Während er auf seinem Stein stand und auf den Bus wartete, überschlug er in Ruhe den Tag. Zunächst würde er eine Viertelstunde im Bus sitzen, falls auf den Straßen viel los war, vielleicht auch zwanzig Minuten. Danach folgten 322 Schritte zur Firma. Dort würde er zuerst die Empfangsdame begrüßen und danach zur Stechuhr gehen. Fünfzehn Schritte bis zum Aufzug. Er stellte sich immer in die rechte Ecke und drückte den Knopf in die zweite Etage. Vier Schritte geradeaus und dann elf schräg nach rechts. Die Putzfrau ließ die Tür von seinem Büro immer offen stehen. Eine Stunde zuvor hatte sie den Papierkorb geleert und äußerst oberflächlich den Boden gesaugt. Sie konnte es einfach nicht lassen, seine Schreibutensilien und die Akten auf dem Tisch zu verrücken. Doch ihm gefiel das, und er genoss es sogar, jeden Morgen die Ordnung wiederherzustellen und sie auch noch ein wenig zu verfeinern. Denn meistens stellte die Putzfrau alles zwar mehr oder weniger an den richtigen Ort, doch nur er wusste ganz genau, wie die Dinge ausgerichtet sein mussten. Fünf Schritte, und er stand vor seinem Schreibtisch, legte die Aktentasche auf dem Bürostuhl ab und schob den Stifthalter eine Nuance nach links, damit der Tintenfleck, der Jahre zuvor in die Schreibtischplatte eingezogen war, nicht zu sehen war. Die beiden Akten, die rechts auf dem Schreibtisch lagen, verschob er ein Stück weiter zum Tischrand. Die Schreibtischunterlage mit der Jahresübersicht und dem Logo der Firma rückte er mit beiden Händen so zurecht, dass sie horizontal zwischen den beiden Maserungen platziert war, die nur er erkennen konnte und auch nur, wenn er ganz genau hinsah.

Die Putzfrau kam aus Nordafrika.

Er wusste nicht, wie sie hieß.

Eines Tages erschien sie mit einem Kopftuch zur Arbeit. Er erschrak, und ihm wurde bewusst, dass er nicht einmal hier drinnen sicher war.

Er war erschüttert, dass niemand an dem provozierenden Symbol Anstoß zu nehmen schien. An diesem Banner.

»Es gibt genug junge flämische Frauen, alleinstehende Mütter, die mit beiden Händen zupacken können, die gerne arbeiten würden, um endlich der Arbeitslosigkeit zu entkommen.«

Er unternahm mehrere Versuche, eine E-Mail an die Personalabteilung zu schreiben. Doch jedes Mal, wenn der Cursor über dem »Senden«-Symbol zögernd flackerte, schob er ihn schließlich doch zu »Löschen«. Ohne mit der Wimper zu zucken, klickte er dann auf die linke Maustaste.

Er hörte, wie sie lachte und sich unterhielt.

Mit einem Antwerpener Akzent.

Er begriff, dass er die Flut nicht mehr aufhalten konnte.

Irgendwo am Stadtrand standen die Horden und warteten auf das Bannerzeichen.

Auch wenn es ihn erschöpfte, kam er nicht auf die Idee, das Zählen einfach sein zu lassen. Schon der leiseste Gedanke daran hätte furchtbare Folgen. Seine Welt würde mit einem ohrenbetäubenden Lärm zusammenstürzen. Zum Auftakt würde ein Kieselsteinchen mit einem sanft klickenden Geräusch die Bergwand hinunterrollen, dann würde sich ein Stein lösen, und später würde die Bergspitze in riesigen Brocken abbrechen und mit einer enormen Geschwindigkeit hinunterdonnern und seinen zarten, wehrlosen Körper zerschmettern. Manchmal wurde er in der Nacht mit Herzrasen wach. Dann hatte er von den Kieselsteinchen geträumt, eine Bergflanke, übersät von Abertausenden Kieselsteinchen, in deren Mitte er sich befand.

Atemlos.

Er fuhr mit der Hand über den Bildschirm.

Die Polarspitzen schmolzen unter seinen Fingern, er konnte die Wärme spüren. Die Stimme des Sprechers zählte gefühllos die Ursachen dieses Phänomens auf.

Ihn beruhigten die Wissenschaftler, die behaupteten, noch sei es nicht zu spät.

Er drehte die Heizung aus. An kalten Tagen lief er mit zwei Pullovern und drei Paar Socken herum. Aber die anderen, die tausend anderen, sie kamen alle hierher, um zu konsumieren, um sich aufzuheizen, um im Neonlicht zu baden. Um die Jahre der erzwungenen Sparsamkeit wieder aufzuholen. Sie kümmerten sich nicht um die Zukunft. Sie lebten bereits in der Zukunft. In vollen Zügen.

Er sah ihren Blick, und die Gier in ihren Augen machte ihm eine Heidenangst.

Er war gerade seinen gesamten Tagesablauf durchgegangen, bis hin zu dem Moment, an dem er abends an der Haltestelle im Norden wieder auf den Bus warten würde. Nicht mehr lange, der Bus würde gleich kommen. Er starrte bewegungslos vor sich hin, ohne etwas Bestimmtes zu fixieren.

Erst als sich das Wartehäuschen zusehends füllte, wurde ihm bewusst, dass der Bus Verspätung hatte. Als ein untersetzter Mann in den Fünfzigern sich als Erster stillschweigend zu ihm gesellte, war alles noch normal. Es dämmerte ihm, dass irgendetwas nicht stimmte, als zwei aufgeregt plappernde Teenager und eine Frau mit einem Einkaufstrolley gleichzeitig auftauchten und einen Platz in dem Häuschen in Beschlag nahmen. Stärker als das Gequassel der beiden Mädchen störte ihn das nervöse Hantieren der Frau mit ihrem Shopper. Nervöse Leute beunruhigten ihn immer.

Er hatte das Gefühl, sie trügen einen Virus mit sich herum, den er sich mit großer Wahrscheinlichkeit einfangen würde. Von dem Moment an, da er es bemerkte, konnte er eine unterschwellige Anspannung spüren. Als würde er in ein elektromagnetisches Feld gezogen, aus dem er sich nicht mehr aus eigener Kraft befreien konnte.

Er spürte die fieberhaften Versuche der anderen, ihre Nervosität zu überdecken, sie zu verbergen. Und es waren gerade diese sinnlosen Versuche, die ihn erschöpften. Nervosität war ein Zeichen der Unsicherheit, der Angst. Er hingegen wusste genau, was auf jeden Schritt folgte. Er hatte also keinen Grund, sich unsicher zu fühlen. Er verstand nicht, warum die anderen es sich so schwer machten. Nichts in ihrer Welt war selbstverständlich, dabei war es doch so einfach. Vielleicht fehlte es ihnen einfach an der Disziplin zum Zählen.

Er hörte seine Sprache nicht mehr auf der Straße.

Dickköpfig weigerten sie sich, ihr Kauderwelsch abzulegen. Sie sprachen stur in fremdartigen Lauten und Silben weiter, die sich auf etwas zu beziehen schienen, das es nicht gab. Eine Geheimsprache, mit der sie die Ordnung in Frage stellen konnten, ohne dass jemand etwas davon mitbekam. Eine Sprache, die ihnen helfen würde, die

Macht zu übernehmen – sang- und klanglos. Worauf die endlose Zeit der Unterdrückung anfangen und nie wieder enden würde.

Manchmal suchte er einen Fixpunkt. Irgendetwas, was ihn beruhigte, etwas, das ihm die Gewissheit gab, sich noch immer im Bus auf dem Weg ins Büro zu befinden. Und dass er, wenn er ausgestiegen war, auch wieder Leuten begegnete, die dieselbe Sprache wie er sprachen, die er verstehen und mit denen er sich unterhalten konnte.

Manchmal reichte es aus, zum Busfahrer hinzuschauen.

Einmal erschrak er so, dass er fast den roten Notrufknopf gedrückt hätte. Hinter dem Steuer des großen Busses saß eine dunkle Frau in Uniform. Er zählte vierzehn Schritte bis zu ihr und fragte sie, wohin sie fahre. Ohne den Blick von der Straße zu nehmen, antwortete sie, dass die Fahrt in Richtung Norden ginge. Es gab keinen Zweifel. Sie waren überall.

»Loslassen!«, schrie er sie in Gedanken an, aber die Frau mit dem Shopper studierte weiterhin verwirrt den Fahrplan und schaute dabei mehrmals auf die Armbanduhr. Eines der beiden Mädchen trat aus dem Wartehäuschen und warf einen Blick die Straße hinunter. »So was, da hinten steht er ja!« Ihre Freundin kam zu ihr. »Das ist er doch! Das ist doch der 22er?«

Die Freundin spähte in die Ferne. »Ja, aber weshalb steht er dort einfach so herum?«

Alle außer ihm gingen ein paar Schritte vor und blickten in die Richtung, aus der der Bus kommen sollte. Nun warf auch der untersetzte Mann einen Blick auf seine dicke Armbanduhr.

Eine Dame schlängelte sich zwischen der Frau mit dem Shopper und dem untersetzten Mann hindurch, um sich ins Bushäuschen zu stellen, auf den Platz, auf dem zuvor die Frau mit dem Einkaufstrolley die ganze Zeit gestanden hatte, unmittelbar neben dem Fahrplan. Die Frau mit dem Shopper bemerkte zu spät, dass jemand nun auf ihrem Platz stand. Empört zog sie ihr Wägelchen in das Häuschen und stellte sich möglichst nah neben die andere Frau. Ihre Nasenflügel bebten vor Empörung.

Er brauchte schnell einen Plan B. Die Leute fingen an zu drängeln und wurden allmählich unruhig. Der untersetzte Mann streifte ihn beim Vorübergehen.

Er reckte den Hals, um sie alle zu überragen. Vorerst blieb er felsenfest auf dem Stein stehen. Er warf einen Blick auf seine Schuhe und schaute dann auf seinen Stein.

Junge Leute.

Viele junge Leute, alle mit einer gewissen energischen Selbstverständlichkeit. Der Kämpferdrang der Überlebenden. Auf ihn nahmen sie keinerlei Rücksicht. Dabei war er hier doch zuerst gewesen. Und er stammte auch von hier. Genau wie sein Urgroßvater, sein Großvater. Die Hände seines Vaters. Dieser Boden. Sie kamen einfach und okkupierten rücksichtslos seinen Platz. Drückten ihn in die Ecke. Fragten nicht erst, sondern nahmen sich einfach alles.

Der Stein spiegelverkehrt, dachte er. Auf der anderen Seite der Glasscheibe, außerhalb des Schutzes des Wartehäuschens, war der Stein noch unbesetzt. Er zögerte nur einen Augenblick, zählte bis drei und hatte mit sechs Schritten auf der anderen Seite der Glasscheibe den Spiegelbildstein erreicht. Er fühlte sich dort sofort wohl. Der Spiegelbildstein gab ihm dasselbe Gefühl der Ruhe wie der Originalstein im Wartehäuschen. Zudem bildete die Glasscheibe eine Trennwand zwischen ihm und der Menschengruppe, die unruhig auf den Bus wartete. Das war ein zusätzlicher Vorteil, den er gar nicht bedacht hatte. Er lächelte.

Für einen Moment vergaß er, dass er auf den Bus wartete, der in der Ferne aus ungeklärtem Grund zwischen zwei Haltestellen stehen geblieben war. Auf der anderen Seite, in entgegengesetzter Fahrtrichtung, hielt ein Bus an. Leute stiegen ein und aus. Wendig fügte der Bus sich erneut in den Straßenverkehr ein. Der Bus fuhr in einen Stadtteil, in den er noch nie gekommen war. Es gab für ihn dort kein Ziel, und Entdeckungslust besaß er keine. Durch die Glasscheibe und die wartenden Menschen hindurch spähte er nach seinem Bus. Er stand noch immer dort.

Auch als der Bus aus der entgegengesetzten Richtung an ihm vorbeifuhr, änderte er nichts an seiner störrischen Bewegungslosigkeit. Vorerst brauchte er sich keine Sorgen zu machen. Er stand auf dem Spiegelbildstein, und noch musste er nicht zählen.

Die beiden Mädchen liefen an ihm vorbei. Plaudernd entfernten sie sich von den Wartenden. Kurz darauf lief der untersetzte Mann schnurstracks in Richtung des stillstehenden Busses, nachdem er zuvor noch einen deutlich erbosten Blick auf die Armbanduhr geworfen hatte. Und die Frau mit dem Shopper ließ einen nörgelnden Monolog auf die Dame ab, die ihren Platz eingenommen hatte.

Er blickte weiter starr vor sich hin. Auf der anderen Seite hielt pünktlich nach Plan ein Bus an und ließ die Fahrgäste ein- und aussteigen. Irgendwann hatte er das Gefühl, sich in einer Zeitschleife zu befinden. Immer derselbe Bus, der an derselben Stelle anhielt, um dann immer dieselben Wartenden mitzunehmen und dieselben Leute abzusetzen. Die Leute, die ausstiegen – die Frauen meist in der Überzahl –, verteilten sich in einem immer wiederkehrenden Muster in alle Richtungen, und wenige Sekunden später waren sie aus seinem Sichtfeld verschwunden. Sein Blick blieb sekundenlang an einer Frau mit einem fuchsiafarbenen Kopftuch hängen, die irgendwohin hastete.

Er beneidete sie. Auf der anderen Straßenseite ging das Leben seinen normalen Gang.

Wieder schaute er zu dem stillstehenden Bus. Der untersetzte Mann befand sich auf halber Strecke. Wieso war es so schwierig, einfach weiterzufahren? Es gab doch eine festgelegte Strecke. Haltestelle nach Haltestelle, wie die Freipfähle bei einem Kinderfangspiel. An diesen Stellen war man hola, in Sicherheit. Und die Abstände zwischen den Inseln konnte man ohne Gefahr überbrücken, wenn man sich an seine Schritte hielt. Solange man konzentriert und konsequent zählte, blieb alles an seinem Ort, konnte man dem Chaos und dem Unheil trotzen.

Es war nur eine Frage der Zeit, wann die erschöpfte Oberfläche der Welt von der Sonne versengt würde. Und sich das sumpfige Weideland seiner Heimat in eine Wüste verwandeln würde. Verdorrt und öde. Sie brachten die Dürre mit.

Armut.

Krankheit.

Und dann sah er ihn dort liegen.

Glatt und weiß. Er passte genau in eine Hand, etwas größer als eine Murmel. Nicht perfekt rund, aber dennoch schlicht und schön. Er lag dort bereits eine ganze Weile, vielleicht sogar schon mehrere Jahre, und er hatte ihn nie bemerkt. Wie würde er sich anfühlen, überlegte er. Butterweich und warm oder eher kühl und glatt?

Sollte er?

Vor allem wollte er wissen, wonach er roch.

Bestimmt nach frischem, sprudelndem Quellwasser.

Er spürte, wie sich sein Magen verkrampfte, ein unbehagliches Gefühl. Er könnte einfach so tun, als gäbe es diesen Kiesel dort nicht. Er könnte über ihn hinwegsehen. So wie er es den ganzen Morgen und all die Jahre bereits getan hatte.

Da kam auf der gegenüberliegenden Straßenseite schon wieder ein Bus.

Der Kiesel rief ihn. Drängend. Er schaute.

Feine Schweißperlen bildeten sich auf seiner Kopfhaut. Er lockerte seine Krawatte und öffnete den obersten Hemdknopf.

Er würde den Kiesel aufheben und ihn in der Sakkotasche verschwinden lassen. Immer dann, wenn das Pochen in seinem Kopf anschwoll, würde er ihn in die Hand nehmen, um wieder ruhig zu werden.

Er schätzte den Abstand ein.

Sein Herz raste, und er atmete schwer.

Raubbau betrieben sie.

Zogen von einem fruchtbaren Ort zum nächsten.

Und nach ihrem Verlassen blieb nichts mehr übrig.

Ihr Glaube breitete sich wie ein schwarzer Ölfleck aus

und beschmutzte alle. Da halfen keine Mauern. Nichts war mehr sicher.

Verunreinigte Luftpartikel gelangten tief in seine Lunge und nisteten sich dort ein. Um wuchern zu können.

Er überlegte, ob es sicherer sei, nicht mehr hinauszugehen. In seinem Apartment Luftfilter einbauen zu lassen. Alles hermetisch abzuschließen, gegen Strahlung und Verschmutzung.

Bei drei hatte er den Spiegelstein verlassen. Er brauchte acht Schritte, bis er den Kiesel erreicht hatte.

Er hörte, wie die Frau mit dem Shopper aufschrie. Zuerst war es nur so, als riefe sie irgendetwas. Doch mitten im Satz wandelte sich ihr Rufen zu einem schrillen Schrei.

Als er sich bückte, um den Stein aufzuheben, sah er aus dem linken Augenwinkel einen Lastwagen herankommen. Der Kiesel in seiner Hand fühlte sich kühl an. Er fand es seltsam, dass es dann, obwohl er das prasselnde Geräusch der Steine nicht gehört hatte, einen ohrenbetäubenden Lärm gab.

Als würde ein riesiger Felsblock von einem Berg herabstürzen.

Meneer Dubois

»*Chagrin, c'est tout ce que tu es.*«
    »*Oui, mais je suis ton chagrin et je ne te quitterai jamais*«, hatte sie ihm geantwortet.

»Kennst du unsere Einrichtung?«
    »Ja, das kann man wohl sagen.« Calixe betrachtete die Frau, die sich auf der anderen Seite des Schreibtischs konzentriert ihre Bewerbungsmappe ansah. »Sie erkennen mich nicht, stimmt's?«
    Nun schaute die Frau von den Unterlagen auf. Sie schob ihre stromlinienförmige Lesebrille ein Stück nach unten, bis sie auf der Spitze der Nase in einem fein ausgewogenen Balanceakt ruhte.
    Ihr Blick tastete Calixes Gesicht ab. Sie lächelte.
    Calixe starrte unverwandt den Mund der Frau an. Das förmliche Lächeln ließ sie unbeeindruckt. Es wirkte wie frisch aus einer sterilen Verpackung entnommen. Funktional, aber empfindungslos.
    Ihr Blick glitt von dem Mund wieder zurück zu der Lesebrille, die noch immer auf der Nasenspitze ruhte, perfekt und unbeweglich. Schließlich sah sie abwartend in die Augen der lächelnden Frau, die ihr gegenübersaß.

»Oktober 2002, ein halbes Jahr Praktikum. Danach ein schlechtes Zeugnis von der damaligen Leitung, aber zum Glück kein vergeudetes Jahr, dank harter Arbeit.«

Calixe teilte diese Informationen gelassen mit. Ihrem Gesicht war jedoch anzumerken, dass sie noch immer, auch nach all den Jahren, den Groll in sich trug. Ihre Stimme klang fest und deutlich.

Die Frau auf der anderen Seite des Schreibtischs unterdrückte hastig ihr Lächeln und schob mit dem Zeigefinger die Brille wieder in die richtige Position. Erneut ging sie die Bewerbungsunterlagen durch.

»Ich lese hier, dass du zwischenzeitlich drei Jahre in der Einrichtung Ter Weide gearbeitet hast. Nur Lobenswertes über deine Arbeit dort. Schade, dass es mit denen so schlecht ausgehen musste. Wir haben, glaube ich, ein paar der Bewohner bei uns aufgenommen.«

»Einen Mann.«

»Nur einen?«

»Meneer Dubois.«

Nachdem der Konkurs von Ter Weide vollzogen war, hatte Calixe gehofft, Meneer Dubois würde nicht in diese Einrichtung kommen. Damals hatte sie sich vorgenommen, keinen Fuß mehr hier hereinzusetzen. Doch nun zwang er sie, an diesen Ort zurückzukehren, den sie eigentlich aus dem Gedächtnis hatte streichen wollen. Es wirkte tatsächlich so, als sei jede seiner Handlungen darauf ausgerichtet, sie unglücklich zu machen.

Es war Calixe nicht entgangen, dass die Frau sich Mühe gab, freundlich zu wirken.

»Also dann, herzlich willkommen«, sagte die Stationsschwester und erhob sich. »Auf gute Zusammenarbeit.«

Sie nahm ihre Brille ab und hielt Calixe die Hand hin.

Calixe stand auf und schüttelte die Hand der Stationsschwester. »Wie ich sehe, wurdest du befördert. Das ist gewiss eine große Verantwortung, nicht?« Noch immer war aus ihrer Stimme nicht die geringste Enttäuschung herauszuhören. Die Stationsschwester schien Calixes Frage zu überraschen. Sie zögerte kurz. »Ja, es ist wirklich eine große Verantwortung, aber ich empfinde es auch als besondere Wertschätzung meiner Arbeit.« Calixe konnte sich nicht erinnern, bei dieser Frau je Führungseigenschaften wahrgenommen zu haben oder sonst irgendwelche Qualitäten, die es gerechtfertigt hätten, dass sie eine leitende Position übernahm. Ihre Art, zu allem und jedem Distanz zu wahren, ja, daran erinnerte sie sich sehr genau. Ihre unterkühlte abweisende Haltung.

Ihre Mutter war immer der Ansicht gewesen, dass eine distanzierte Art, zumindest an manchen Orten auf der Welt, einem das Leben retten konnte. Calixe hatte sich das oft anhören müssen. Ihre Mutter hatte immer geglaubt, Erziehung bestehe daraus, einem ein Repertoire an formelhaften Lebensweisheiten mit auf den Weg zu geben. Calixe hielt das für vollkommenen Unsinn. Und sie glaubte auch nicht, dass einem eine distanzierte Haltung das Leben retten konnte. Sie konnte höchstens, zumindest an manchen Orten der Welt, die Karriere befördern, weil sie dafür sorgte, dass alles auf das Wesentliche reduziert wurde. Und dieses Wesentliche, das war die Aufgabe, die Funktion. Alles, was sich um diese Aufgabe oder Funktion herumgruppierte, wurde als überflüssiger und störender Ballast über Bord geworfen. Eine distanzierte Haltung als notwendige Voraussetzung für Professionalität und Effizienz.

Und diese Frau, von der sie nun zur Bürotür begleitet wurde, hatte sich immer von diesen beiden Kriterien leiten lassen.

Calixe hatte sie als eine äußerst penible und hart arbeitende Altenpflegerin in Erinnerung.

Sie konnte es ihr nicht verzeihen, noch immer nicht. Sie wusste, dass es übertrieben war, nach all den Jahren noch auf eine Erklärung zu warten, auf eine Entschuldigung, auf etwas, das alles erträglicher machen würde. Auf jemanden, der sie beruhigen könnte, jemanden, der endlich zugeben würde, dass ihr Unrecht angetan wurde.

Aber die Leiterin hatte sich von ihr abgewandt und sprach eine Pflegerin an, die über den Flur ging.

Sie vertraute Calixe der Pflegerin an, die ihr die Station zeigen sollte.

»Wir freuen uns sehr, dass du nun hier bist. Wir brauchen dringend Unterstützung.«

Anne war eine große Frau mit freundlichen Augen.

»Hier ist der Umkleideraum, dieser Schrank ist noch frei, den kannst du nehmen.«

Damit Calixe sehen konnte, dass der Schrank auch wirklich leer war, öffnete sie die Tür. Dabei lächelte sie etwas unbehaglich. Calixe folgte ihr schweigsam.

»Das ist unser Versammlungsraum, hier informieren wir uns jeden Morgen eine Viertelstunde über alles, was in der Schicht davor passiert ist. Jeden Mittwoch gibt es ein Treffen mit dem ganzen Team, den Ärzten und den Externen.«

»Und hier an dieser Tafel hängen die Pläne und die Tagesaufgaben für die Morgen- und Abendschicht.«

Aus einem Körbchen nahm die Pflegerin eine Liste, die sie Calixe gab.

»Die Liste mit allen Bewohnern, vom Pflege- und Altenheim.«

Calixe sah, dass die Liste alphabetisch sortiert war. Sie suchte den Buchstaben D.

Danniels.

De Meirleir.

Dubois.

Geerts …

Ihr Blick ging schnell wieder zurück zu Dubois.

Hinter seinem Namen stand die Zimmernummer 205. Sie atmete erleichtert auf. Manchmal verstand sie ihre irrationale Angst selbst nicht so recht. Die Angst, dass er vielleicht nicht mehr da war.

»Die Bewohner sind jetzt im Freizeitraum. Ich schlage vor, wir gehen einmal dort vorbei, wenn du dich umgezogen hast, dann kann ich dich ihnen vorstellen.«

»Farida Chamlali und Annick De Smet, arbeiten sie noch hier?«, fragte Calixe, nachdem sie sich umgezogen hatte und aus dem Umkleideraum herauskam. Sie verstaute die Sachen in ihrem Schrank.

Anne schien kurz überlegen zu müssen. »Farida Chamlali, der Name sagt mir nichts. Vielleicht war das vor meiner Zeit, ich bin hier erst seit zwei Jahren. Annick De Smet ist jetzt inzwischen schon seit einem halben Jahr zu Hause, Elternzeit, sie hat gerade ihr drittes Kind bekommen. Kennst du sie denn?«

»Nein«, antwortete Calixe. Und das entsprach der Wahrheit. Calixe hatte nicht wirklich verstanden, was in den beiden Frauen vorging. Vor allem Farida hatte sie nie richtig durchschauen können. Calixe erinnerte sich noch daran, wie Farida in hysterisches Gelächter ausgebrochen war, als sie sie vorsichtig darauf hingewiesen hatte, dass Marokko sich ebenfalls in Afrika befinden würde.

»*Sach, Annick, haste das gehört?*« Farida hatte den Kopf zurückgeworfen und hatte noch lauter gelacht.

Annick hatte missbilligend den Kopf geschüttelt. Sie umkreisten sie, Calixe konnte ihnen nicht mehr ausweichen.

Farida berührte Calixe fast mit dem Zeigefinger an der Nase. Sie kniff die Augen zu Schlitzen zusammen und zischte: »*Und trotzdem bin ich keene Schwatte, Schwatte.*«

Die meisten Bewohner sahen sie freundlich an, als Anne sie vorstellte.

»Wie hieß sie noch gleich?«

»Calixe«, antwortete Calixe laut.

»Alex?«, fragte ein kleines Frauchen, dem es schwerfiel, eine Bastelarbeit aus Pappmaché in den Händen zu halten.

Der Mann neben ihr beobachtete das ganze Geschehen teilnahmslos und bastelte ungerührt an einer, wie Calixe fand, ziemlich gelungenen Arbeit weiter.

»*Ca-lixe*«, wiederholte sie noch einmal laut und deutlich.

»Bist du aus Afrika?«

»Nein, ich komme aus dem flämischen Sint-Agatha Berchem.«

Calixe ließ den Blick durch den Raum schweifen, auf der Suche nach ihm. Aber er war nirgends zu sehen. Typisch für ihn, solche gemeinschaftlichen Aktivitäten zu meiden, dachte sie. Er verabscheute es, zu Entspannungsaktivitäten genötigt zu werden. In Ter Weide hatte er einmal eine Pflegerin mit einem blauen Farbtopf bedroht, nachdem sie ihn wiederholt schulmeisterlich ermahnt hatte, doch bitte wie alle anderen Bewohner auch ein Aquarell mit Meeresansicht zu malen, und ihm dann schließlich ziemlich unsanft einen Pinsel in die Hand drückte.

Sie überlegte, wer von den alten Leuten sich als Erstes darüber beschweren würde, von ihr gewaschen zu werden. Und wer würde sich als Erster weigern, von ihr gefüttert zu werden? Vielleicht das Frauchen dort, das sich noch immer mit der Bastelarbeit abmühte?

»Ich höre auf, es geht nicht mehr. Und der Arzt hat gesagt, dass ich mich körperlich nicht mehr so anstrengen soll. Es tut mir leid. Ich werde David sehr vermissen. Er ist ein so lieber Junge.«

Calixe verschlug es für ein paar Sekunden den Atem. Zuerst glaubte sie, sich verhört zu haben. Gerade jetzt, wo der Ablauf so gut geregelt war.

David freute sich, sie wiederzusehen. Vom Laufstall aus produzierte er aufgeregte Laute in ihre Richtung.

»Mach dir keine Sorgen, die Tagesmuttervermittlung ist bereits informiert, die haben immer eine Lösung. Und bis Ende der Woche kann er noch hierbleiben.«

David gurrte zufrieden, als sie ihn im Maxi-Cosi auf den Rücksitz ihres zweitürigen Nissan stellte. Sie hatte das Gefühl, dass der Maxi-Cosi diesmal viel schwerer als sonst wog. Calixe hatte kein Wort auf die Mitteilung der Tagesmutter erwidert. Sie mühte sich schwitzend damit ab, die Trageschale festzugurten, und stieß einen Seufzer aus. David lachte noch immer. Er versuchte, ihr mit den Fingern in die Augen zu stechen. Um seiner Attacke auszuweichen, hob sie kurz den Kopf und stieß sich dabei unsanft am Türrahmen. »Scheiße!«, fluchte sie unterdrückt.

Sie kroch aus dem Wagen, ohne den Maxi-Cosi richtig

zu befestigen. Das Haar klebte ihr im Nacken. Mit Schwung warf sie die Tür zu, ging verärgert zur Fahrerseite und rieb sich dabei die schmerzende Stelle am Hinterkopf.

Die Kopfschmerzen wurden stärker, als sie den Motor anließ.

Wie schön wäre es, jetzt zu schlafen, tagelang, an einem Stück. Ihr fehlte die Energie, sich selbst davon zu überzeugen, dass alles wieder gut werden würde. Dass sie bis zum Ende der Woche eine neue verlässliche Tagesmutter hätte. Dass sie den neuen Job mit der Zeit erträglich fände. Dass er endlich einsähe, was er da angerichtet hatte. Dass er endlich etwas unternehmen würde.

An der roten Ampel trommelte Calixe nervös auf dem Lenker herum. »*En a marre, en a marre*«, summte sie leise, als sie wieder weiterfahren konnte.

Am nächsten Tag ging sie, nachdem sie David bei der Tagesmutter abgegeben hatte, bei der Vermittlung vorbei. Die Assistentin rief eine Tagesmutter aus der Umgebung an, die einen Platz frei hatte. Zu Calixes großem Erstaunen konnte sie sofort vorbeikommen und sich vorstellen.

Die Frau, die ihr die Tür öffnete, war noch jung. Calixe folgte ihr ins Wohnzimmer. Im Wintergarten spielten Kinder mit Holzklötzen und Puzzles.

Das Haus war hell, was Calixe sehr gefiel. Ihr war das Haus, die Umgebung, in der sie ihr Kind den ganzen Tag zurückließ, mindestens genauso wichtig wie die Tagesmutter selbst. Nur ein Haus mit genügend Licht und Platz kam für sie in Frage. Sie hätte es nicht übers Herz bringen können, David irgendwo abzugeben, wo sie es selbst keine halbe Stunde hätte aushalten können.

Die junge Tagesmutter gab sich reserviert, aber freundlich. Calixe fand das in Ordnung, ihr gefielen Leute nicht, die ihr beim ersten Treffen auf den Rücken klopften, als sei sie eine ferne Verwandte, die zu Besuch vorbeikam. Sie war auch nicht der Typ, der viele Fragen stellte. Und wenn man sie etwas fragte, das ihrer Ansicht nach nicht zum Thema gehörte, antwortete sie nur mit einem missbilligenden Blick. Die Tagesmutter erzählte ihr, sie lasse die Kinder nach dem Essen einen Mittagsschlaf machen. Sie wollte wissen, ob David tagsüber noch viel schlafe.

Auf dem Weg ins Pflegeheim fühlte sie sich ruhiger. Sie hatte nicht erwartet, dass alles so schnell wieder ins Lot kommen würde. David war ein geselliges Kind, er würde sich an dem neuen Platz rasch sehr wohl fühlen. Heute würde sie zum ersten Mal die Runde durch die Zimmer machen. Sie würde bei Zimmer 205 anfangen. Es machte sie nervös. Anne hatte ihr alles über die frühe Runde erklärt.

Zimmer 205 hatte vor dem Frühstück seine Insulinspritze bekommen. Er hatte gemurrt und geflucht, und er hatte Anne vorgeworfen, sie würde die Spritze nicht richtig setzen. »Chagrin« würde das besser können. Anne erzählte, sie habe ihn gefragt, wer denn »Chagrin« sei, doch er hatte nicht geantwortet. Zimmer 200 beklagte sich über Rückenschmerzen in der Bandscheibengegend.

Als Calixe das Zimmer betrat, saß er in einem Stuhl auf dem Balkon. Er trug ein dünnes, ärmelloses Unterhemd und eine hellblaue Schlafanzughose. In den Händen hielt er seinen Spazierstock, und er sah sich nicht um, als sie ins Zimmer kam und die Tür hinter sich schloss. Das Zimmer war klein, aber angenehm hell. Das Bett war noch nicht gemacht. Über dem Bettrand hing ein Hemd. Sie ging zur Balkontür. Er starrte vor sich hin und kümmerte sich nicht um ihre Anwesenheit. »Willst du krank werden?«

Trotz des strahlend blauen Himmels war es noch frisch. »Komm wieder hinein und zieh dir etwas Warmes an.« Er starrte weiter vor sich hin.

Über die Baumwipfel des kleinen Parks hinweg konnte man den Vorort erkennen, der ruhig und verlassen vor sich hin schlummerte. Ein paar Stunden zuvor waren die Bewohner in die Stadt zur Arbeit gehetzt. Eine einsame Katze durchstreifte die gepflegten Vorgärten.

»Komm.« Sie stieß ihn sanft gegen die Schulter. Nun schaute er auf, von dem Wind, der ab und zu aufkam, hatte er feuchte Augen. Sie sah, dass er sich mehrere Tage nicht rasiert hatte.

»*T'as bien pris ton temps, hein?* Du hast dir ganz schön Zeit gelassen, was?« Seine Stimme klang rau, als hätte er seit Tagen nicht gesprochen.

Als Antwort stieß sie ihn noch einmal an der Schulter an. Er platzierte den Stock an die richtige Stelle, hielt sich an der Balkonbrüstung fest und stand auf. Calixe stützte ihn am Unterarm. Vorsichtig schlurften sie ins Zimmer, wo es angenehm warm war.

Sie öffnete den Kleiderschrank aus Birkenfurnier und wählte einen Pullover und eine Hose für ihn aus.

Aus einer Schublade holte sie eine Unterhose und ein Unterhemd.

»Wo liegen denn deine Socken?« Er setzte sich auf den Bettrand und sah sie an. Sie drehte sich um. »Wo sind sie?«

»*Quoi?* Was?«, brummte er.

»Deine Socken.«

»*J'en sais pas.* Ich weiß nicht.«

»Und wo kommen die her, die du jetzt trägst?«

»Keine Ahnung, verdammt.«

Calixe ging ins Badezimmer und ließ ein Bad einlaufen. Sie hatte keine Lust auf endloses Tauziehen. »Kommst du?« Ihre Stimme hallte im Badezimmer.

Sie beugte sich über die Wanne, die inzwischen fast voll war, und rührte mit der Hand durchs Wasser, damit sich der Schaum verteilte, der in großen bizarren Flockenformationen auf dem Wasser trieb. Die Wassertemperatur war genau richtig.

Sie trocknete sich die Hände an einem Handtuch ab und ging zurück ins Zimmer. Er saß noch immer auf dem Bett.

»Kommst du endlich? Das Wasser wird kalt.«

»*Et si tu me foutais la paix, Chagrin?* Lässt du mich bitte in Ruhe, Chagrin?«

»Nach dem Baden. Los, mach jetzt und steig in die Wanne, ich habe nicht den ganzen Tag Zeit.«

»Ja, das kommt manchmal vor, es gibt Tagesmütter, die weigern sich, bestimmte Kinder anzunehmen.«

»Und was machen Sie dann?«

»Na, eigentlich nichts. Die Tagesmutter hat das Recht, bestimmte Anforderungen zu stellen. Es gibt zum Beispiel Mütter, die nicht während der Schulferien arbeiten wollen oder behinderte Kinder ablehnen, weil das ein größerer Aufwand ist.«

»Wollen Sie mein Kind etwa mit einem behinderten Kind vergleichen? Und um welche Behinderung handelt es sich dann bitte? Etwa seine Hautfarbe?«

Am anderen Ende der Leitung war eine ruhige Frauenstimme zu hören.

»Mevrouw Dubois, es geht hier nicht um die Hautfarbe. Eine Tagesmutter darf selbst entscheiden, wen sie aufnehmen will und wen nicht.« Es trat eine kurze Stille ein. Calixe atmete schwer vor unterdrückter Wut. »Übrigens finden wir es inzwischen auch sehr lästig, dass Sie bei jeder kleinsten Sache, die nicht so läuft, wie Sie es sich vorstellen, gleich Ihre Hautfarbe ins Spiel bringen. Diese Tagesmutter ist nach eingehender Überlegung zu dem Entschluss gekommen, kein weiteres Kind aufnehmen zu wollen, da sie mit den beiden Pflegekindern, die sie bereits hat, ausgelastet ist.«

Wütend warf Calixe den Hörer auf.

David ließ erschrocken das Spielzeug aus der Hand fallen und sah seine Mutter fragend an.

Calixe ging zu ihrer Handtasche. Die steckten doch alle unter einer Decke. Kein einziges Argument, egal, wie plausibel es auch klingen mochte, konnte sie vom Gegenteil überzeugen. Das Erste, was die Leute sahen, war die Hautfarbe, und das Erste, was die Leute taten, war, alles daranzusetzen, möglichst wenig in Kontakt mit dieser Hautfarbe zu kommen. Als würde es sich um eine ansteckende Krankheit handeln.

Sie wollte selbst zu der Tagesmutter gehen und sie fragen, welche Probleme sie mit Davids Hautfarbe hatte. Sie hatte ihn doch noch nicht einmal gesehen. Konnte sie denn eine Entscheidung treffen, ohne ihn überhaupt gesehen zu haben?

Calixe würde ihr David vorstellen, seine Hautfarbe war sogar heller als die ihre. David beobachtete sie weiter mit weit aufgerissenen Augen. Er bemerkte die Unruhe seiner Mutter, und es schien, als wolle er sie nicht noch weiter ärgern. Er gab keinen Laut von sich. Schließlich ließ Calixe die Handtasche auf den Boden fallen und sank in einen Sessel.

David krabbelte zu ihr hin. Calixe drehte ihm den Rücken zu.

»Sorg dafür, dass niemand vom Personal etwas davon mitbekommt, sonst fliege ich hier raus. Hier ist seine Flasche. Wenn er anfängt zu quengeln, dann gib sie ihm, das beruhigt ihn. Und schalte den Fernseher ein, wenn er wach wird, Kinderkanal, das funktioniert immer.«

»Bist du vollkommen verrückt geworden?«

»Jetzt sei bitte still, ich schaue in einer Stunde wieder vorbei.«

Noch bevor er antworten konnte, hatte Calixe bereits die Tür hinter sich zugezogen, stand auf dem Flur und machte sich auf den Weg zu Mevrouw Appelmans, die darauf wartete, gewaschen zu werden.

Meneer Dubois blickte entsetzt zu dem Maxi-Cosi, in dem etwas lag, das friedlich atmete. Nach ein paar Minuten schlurfte er ein Stückchen näher heran, um einen Blick in das Tragegestell zu werfen.

Ein rundes Milchkaffeegesichtchen, umrahmt von einem Wollmützchen, lag dort und schlief, ohne etwas von den wässrig grauen Augen zu wissen, die es beobachteten.

Ab und zu saugte das Baby heftig an seinem blauen Schnuller.

»I«-Herzchen-»daddy« stand darauf. Meneer Dubois fluchte innerlich.

Er hatte Kinder immer furchtbar gefunden.

Er konnte sogar von sich behaupten, dass dies das erste Mal in seinem fünfundachtzigjährigen Leben war, dass er einen Menschen dieser Größe aus solcher Nähe sah. Kinder, die ungefähr sechs waren, ja, die hatte er oft gesehen, aber egal, wie sie aussahen, ob es Jungen oder Mädchen waren, er hatte sie immer verabscheut.

Alles nur manipulierende quengelnde Monster. Sie führten sich auf wie die unschuldigen Engelchen, aber die Hiebe, die sie austeilten, zeugten von einer unglaublichen Boshaftigkeit. Im Kongo hatte er gesehen, wie diese Männlein mit ihren Steinschleudern Vögelchen von den Bäumen holten, bei lebendigem Leibe rupften, um sie dann auf einem Feuerchen zu rösten.

Er hatte immer voller Abscheu dabei zugesehen, wie die Bäuche der Vögel von der Hitze, die aus den Eingeweiden trat, aufquollen. Nie hatte er eingegriffen.

Calixe cremte Mevrouw Appelmans mit einer samtig zarten Lotion ein. Ihre sanften Hände massierten behutsam die dünne Pergamenthaut, die sich weigerte, einen Tropfen aufzunehmen.

Mevrouw Appelmans döste weg.

Genau wie Mevrouw Appelmans war auch Calixe in Gedanken bei Meneer Dubois. Sie überlegte, ob David bereits aufgewacht war und wie er auf das unfreundliche faltige Gesicht von Meneer Dubois reagieren würde. Er war ein froh gelauntes, munteres Baby und würde sicherlich nicht weinen. Zumindest nicht sofort.

Es war eine Lösung, die eigentlich keine war. Sie machte sich Sorgen. Was, wenn jemand vom Personal ins Zimmer von Meneer Dubois kam, alarmiert vom Weinen eines Babys? Man würde sie auf der Stelle feuern, daran gab es keinen Zweifel.

Ihr Herz stockte. Sie meinte David zu hören. Ihre Hände hielten inne. Sie horchte gespannt. Nichts, es kam kein Geräusch vom Flur.

Mevrouw Appelmans Haut wurde unangenehm warm unter Calixes reglosen Händen. Die Lotion fühlte sich klebrig an. Sie griff nach einem Handtuch und wischte sich die Hände ab.

»So, Mevrouw Appelmans, das wär's dann für heute. Helfen Sie mir dabei, Sie anzuziehen?«

Mevrouw Appelmans knurrte enttäuscht. »Hast du es heute eilig? Ich hatte gehofft, du würdest dich etwas langer meinem Rücken widmen. Ich fühle mich in letzter Zeit wie gerädert.«

»Das haben Sie dann für das nächste Mal noch gut. Versprochen.«

Mühsam kam Mevrouw Appelmans vom Bett hoch. Das wenige Haar, das sie noch hatte, bauschte sich struppig zur linken Seite, als hätte sie ein Baiser auf dem Kopf.

Auf einmal regte sich etwas im Tragegestell, und Meneer Dubois hielt den Atem an, in der Hoffnung, das Kind würde einfach weiterschlafen.

Es machte leise Geräusche. Wärmte die Stimmbänder auf. Brabbelte. Meneer Dubois erschrak, er meinte einen Arm zu sehen, der mit einer unkontrollierten Bewegung ausholte.

»*Bon dieu!*«, sagte er panisch.

Mit dem Spazierstock, den er noch in den Händen hielt,

seitdem Calixe ihn vor einer Stunde mit dem Kind zurückgelassen hatte, stocherte er auf der harten Kunststoffwanne des Tragegestells herum.

Er umklammerte den Stock so fest, dass seine Knöchel ganz weiß wurden. Er war bereit, sich zu verteidigen, sollte es zu einer lebensbedrohlichen Situation kommen. Zu seiner großen Überraschung fing das Tragegestell von alleine an zu wippen. Es sah so aus, als wolle das Kind wieder eindösen. Doch als sich das Gestell nicht mehr bewegte, fing das Kind wieder an herumzufuchteln. Meneer Dubois suchte nach Stellen im Tragegestell, in die er seinen Stock stecken konnte, damit er aus der Entfernung den Sitz bewegen konnte. Es funktionierte. Sanft und rhythmisch schubste er mit dem Stock den Tragesitz an. Das Kind bewegte sich nicht mehr und gab keinen Mucks von sich.

Meneer Dubois grinste zufrieden.

»Ich bin wirklich ein schlauer Kopf.«

Calixe ging lautlos zur Tür von Zimmer 205.

Drinnen war es still.

Ihre Hand lag auf der Klinke. Sie zögerte kurz und ließ dann los. Sie hatte Angst, die vollkommene Ruhe dort drinnen mit ihrer Neugierde und Überbesorgtheit zu zerstören. Sie beschloss, erst ihre Runde zu beenden und dann zurückzukommen.

Mevrouw Verdun saß in einem Sessel und schaute abwesend aus dem Fenster. Sie hatte ihr zu verstehen gegeben, heute kein Bad nehmen zu wollen. Calixe machte ihr Bett.

»Meinst du, sie kommen heute?«

Calixe sah von der Arbeit hoch. Mevrouw Verdun schaute noch immer aus dem Fenster. »Meine Kinder, meinst du, sie kommen mich heute besuchen? Sie waren schon seit einer Ewigkeit nicht mehr hier.« Sie rückte sich im Sessel zurecht und schaute nun zu, wie Calixe das Kopfkissen aufschüttelte. »Ich erwarte meinen ersten Enkel.«

»Wenn ich mich recht erinnere, waren sie doch gestern hier?«

Die Frau sah Calixe an, als würde sie nicht richtig verstehen, was sie da gerade gesagt hatte.

Mevrouw Verduns Kinder kamen zweimal wöchentlich, und manchmal kam ihre Enkelin mit ihrem Freund vorbei. Calixe schaute ihnen immer lange hinterher. Es stimmte sie immer ein wenig melancholisch, wenn sie das schwarz-weiße Pärchen Arm in Arm aus dem Heim gehen sah.

Ein Geschlecht ohne Väter, ohne Männer.

So könnte Calixe ihre Familie beschreiben. Wenn sie zurückblickte, gab es dort weit und breit keinen Mann. Dennoch handelte es sich nicht um eine unbefleckte Empfängnis. Sie hatten existiert, ganz zu Anfang, doch sie verschwanden, sobald ihr Samen sich behaglich in der Wärme eingenistet hatte.

Und die Töchter, die danach kamen, waren eine lebenslange schmerzhafte Erinnerung an die Abwesenheit, die wie ein Schatten über ihnen schwebte und sie daran hinderte, Anschluss an ein Leben zu finden, wie es hätte sein sollen. Es hatte die Töchter scheu gemacht.

Ihre Mutter hatte sie eines Abends geküsst und ins Bett gebracht, danach hatte sie sich selbst hingelegt, mit einer Handvoll Pillen und einem Glas Leitungswasser. Am nächsten Morgen hatte Calixe zunächst gewartet und danach vergeblich versucht, sie zu wecken. Es hatte Jahre gedauert, bis sie nicht mehr glaubte, es habe an ihr gelegen, dass ihre Mutter nicht mehr hatte aufwachen wollen.

Zweifellos waren das seine Augen, die grauen scharfen Augen, die Meneer Dubois mit einer sprachlosen Faszination anschauten.

Das Baby riss die Augen weit auf und blickte in das faltige, ungewohnt bleiche Gesicht. Das Weiß in seinen Augen war rein und glänzend. Die Welt musste erst noch entdeckt, alles mit den Augen erkannt werden.

»Tata.« David lachte und dabei fiel ihm der Schnuller aus dem Mund.

»Tata-ta!«

»Was?«

»Ta?«

»Was willst du mir sagen?«

Als Reaktion auf Meneer Dubois' krächzende Stimme fing David aufgeregt mit den Armen und Beinen an zu strampeln. Meneer Dubois griff nach dem Tragebügel des Maxi-Cosi und hob ihn an. Nun fing David noch stärker mit den Beinchen an zu treten. »Taaa-tata!«

»Hör auf damit, sonst fällst du noch raus.«

Meneer Dubois platzierte den Maxi-Cosi genau vor den Fernseher.

»Schau.«

David gurrte vergnügt und betrachtete noch immer mit aufgerissenen Augen den alten Mann.

Auf dem Fernsehbildschirm erschienen tanzende Frauen.

»Gefallen dir die Lieder?«

»Tata!«

Im Erdgeschoss war Calixe damit beschäftigt, gemeinsam mit Anne die Stühle und Sofas im Gemeinschaftsraum an die Wände zu rücken. Vereinzelt kamen Heimbewohner für die anstehende Gymnastikstunde.

Ein Mann schlurfte auf Anne und Calixe zu. Er war groß und kräftig gebaut. Er trug eine grellgrüne Brille, die signalisierte, dass er sich trotz seiner steifen Gelenke noch recht jung fühlte.

Er baute sich unmittelbar vor Calixe auf und hielt den Kopf ein wenig geneigt, um sie besser betrachten zu können.

»Muslima?«, fragte er geradeheraus.

»Was haben Sie gesagt?«, antwortete Calixe, ohne ihre Arbeit zu unterbrechen. Mit einem Finger pikste er Calixe knapp über der Brust. »Muslima?«, fragte er noch einmal nachdrücklich.

Da stellte sich Anne zwischen die beiden. »Meneer De Meirleir, gehen Sie doch bitte kurz zur Seite, Sie stehen hier im Weg.«

Der Mann rührte sich nicht vom Fleck und sah zu, wie Calixe Stühle aufeinanderstapelte.

»Sie wollen wissen, ob ich Muslima bin?« Calixe unterbrach ihre Arbeit nicht. »Nein, bin ich nicht. Und jetzt gehen Sie bitte zur Seite.« Sie stand direkt vor ihm. Er hatte etwas Ungezogenes an sich, fand Calixe, ein Flackern im Blick, das sie nur von Kindern und vereinzelt von sehr alten Menschen kannte.

Der Mann streckte den Rücken durch und nickte. Er hielt ihr einen gereckten Daumen hin, als wollte er ihr einen erreichten Pluspunkt geben. Danach schlurfte er wieder zu der Gruppe der Alten zurück, die am Rand des leergeräumten Saales warteten. Calixe schüttelte den Kopf.

Als sie die Tür von Zimmer 205 öffnete, fand sie Meneer Dubois auf seinem Sessel vor dem Fernseher vor. Sie erschrak, weil sie Davids Maxi-Cosi nicht sogleich sah.

Doch als sie näher trat, konnte sie sehen, dass er auf der anderen Seite des Sessels stand. Sie schauten sich eine Talkshow an.

»Hat er gestört?«

Meneer Dubois antwortete nicht.

»Ich ziehe mich schnell um und hole ihn dann ab.«

Als sie die Tür hinter sich zuzog, sah Meneer Dubois zu David im Tragesitz.

Nach einer Weile kam Calixe erneut ins Zimmer. Sie hatte ihre Arbeitskleidung gewechselt und hielt eine Babydecke in der Hand. Vorsichtig deckte sie David, der schon wieder eingeschlafen war, damit zu.

Meneer Dubois beobachtete, wie sie sich den Mantel zuknöpfte und dann vorsichtig den Maxi-Cosi hochhob. Mit einer Hand bereits auf der Türklinke drehte sie sich um.

»Morgen früh bringe ich ihn wieder.«

Es war der vierte Tag, an dem Calixe David in Meneer Dubois' Zimmer schmuggelte. Es lief ausgezeichnet. Sie hatte sogar den Eindruck, dass David und Meneer Dubois Gefallen an der jeweiligen Gesellschaft gefunden hatten.

Erleichtert atmete Calixe auf. Das Wochenende stand vor der Tür. David lachte, während sie ihn gut im Maxi-Cosi festschnallte.

»Arbeitest du nicht an diesem Wochenende?« Meneer Dubois' Stimme klang heiser.

»Nein, zum Glück nicht. Aber du weißt doch, dass Sonntag ihr Geburtstag ist. Ich komme um halb elf hier vorbei und hole dich ab. Bitte warte unten am Eingang auf mich.«

Meneer Dubois sagte nichts.

»Wo fahren wir hin?«

»Weißt du nicht mehr, wohin wir wollen? Hast du es wirklich vergessen, oder tust du nur so?«

Calixe warf einen kurzen Seitenblick auf ihn und konzentrierte sich dann wieder auf die Straße.

Sie hatte vor dem Altenheim eine Viertelstunde auf ihn gewartet, und als er nicht auftauchte, war sie zum Wagen gegangen, den sie ein Stück entfernt geparkt hatte, und hatte alle Türen verriegelt. David hatte ihr schläfrig hinterhergeschaut, als sie zum Altenheim zurückging. Diesmal nahm sie den Hintereingang, direkt zu den Zimmern der Bewohner. Sie hoffte, dass sie niemandem vom Personal begegnen würde. Für den Fall, dass sie doch erwischt würde, hatte sie eine Ausrede parat. Während der vielen Jahre, seit sie Meneer Dubois nun alljährlich mitnahm, hatte sie von ihrer Notlüge noch nie Gebrauch machen müssen.

Sie traf ihn auf dem Balkon an, er saß auf einem Stuhl, trug einen bis oben zugeknöpften Mantel und eine Wollmütze schief auf dem Kopf. Er sah sie an, während sie die Tür sanft hinter sich zuzog, aber nicht zu ihm hinging.

»Weshalb kommst du nicht von allein nach unten? Ich warte schon eine ganze Weile auf dich. Du weißt doch, dass es riskant für mich ist, wenn ich dich abhole.«

Er erhob sich träge und folgte ihr nach unten.

»Mach dir deswegen mal keine Gedanken«, sagte sie und wechselte vorsichtig die Fahrspur. »Du wirst es nicht vergessen. Glaubst du etwa, ich wüsste nicht, wie heilsam das Vergessen sein kann? Als würden nur Fragmente von Geschichten existieren. Nichts, woran du selbst beteiligt warst.«

Sie hielt an einer roten Ampel. Meneer Dubois versuchte die Tür zu öffnen. Calixe hatte vorsorglich die Kinderverriegelung eingeschaltet.

»Ich will umkehren. Hast du mich verstanden, Chagrin. Ich werde nicht aus dem Wagen aussteigen, ich will umkehren, habe ich gesagt!«

Calixe fuhr unbeeindruckt weiter.

Eine Weile schwieg Meneer Dubois. Calixe beobachtete ihn aus den Augenwinkeln und umklammerte das Steuer. Sie befürchtete, er könne wie im vergangenen Jahr ins Lenkrad greifen. Damals hätte sie um Haaresbreite ein parkendes Auto gestreift.

Sein imposantes Erscheinungsbild von damals war verblichen, als hätte er nie Arme wie aus Stahl, einen Nacken wie ein Stier und Hände wie Schaufeln gehabt.

Der Mann auf dem Foto. Es könnte auch ein dummer Scherz gewesen sein, dachte Calixe.

Ein Versehen. Ihre Mutter hatte dieses Foto stets im Portemonnaie mit sich getragen. Ängstlich hatte sie es vor Knicken geschützt und es zwischen der EC-Karte und ihrem Ausweis aufbewahrt. Und immer wieder hatte sie es herausgeholt, zu allen passenden und unpassenden Gelegenheiten. »Das ist mein Vater, stark und schön.«

»Ah, er ist dein Vater? Damit erklärt sich auch deine Hautfarbe«, sagten dann einige.

Als Calixe alt genug gewesen war, um Fragen über ihren Vater zu stellen, hatte ihre Mutter das Foto nicht mehr herausgeholt und fortan über Väter und Großväter geschwiegen.

Abwesend schaute er aus dem Fenster hinaus, erkannte weder Straßen noch Gebäude.

Calixe hielt in einer ruhigen Straße an, kurz vor einem Blumengeschäft.

Sie stieg aus, verriegelte den Wagen und betrat den Laden. Kurz darauf kehrte sie mit einem Strauß weißer Margeriten zurück, den sie auf dem Autodach ablegte, vorsichtig, damit die Blüten nicht abbrachen.

Sie betrachtete den Strauß, während sie die Wagentür aufschloss.

Danach klappte sie den Fahrerstuhl vor und holte den Maxi-Cosi mit David aus dem Auto. Er girrte seine Mutter mit fröhlichen Lauten an, doch sie reagierte nicht auf ihn. Aus dem Kofferraum zerrte sie das Gestell des Kinderwagens heraus. Mit einer gekonnten Bewegung klappte sie es auseinander und stellte den Maxi-Cosi hinein. Erst dann öffnete sie die Tür auf Meneer Dubois' Seite, der störrisch vor sich hin starrte und den Spazierstock zwischen die Beine geklemmt hatte.

»Wohin bringst du mich, Chagrin?«

»Steig einfach aus, dann kannst du dir die Beine ein wenig vertreten. Du wirst dich gleich daran erinnern, wohin wir gehen. Ich bringe dich jedes Jahr hierher. Beeil dich jetzt. Dir wird es schon noch einfallen. Alles, was du vergessen hast.«

Langsam nahm er den Stock von der linken in die rechte Hand und drehte den Oberkörper zur geöffneten Autotür, wo Calixe auf ihn wartete und ihm eine Hand reichte. Er ergriff sie und streckte zunächst das rechte Bein und dann den Spazierstock aus dem Auto hinaus. Calixe fasste ihn unter und half ihm aus dem Wagen.

Als er das Gleichgewicht gefunden hatte, ließ sie ihn los, schloss das Auto ab und schob den Kinderwagen in Richtung Straße. Auf der gegenüberliegenden Seite war die Straße von einer halbhohen roten Backsteinmauer gesäumt, mit einem schmiedeeisernen Tor in der Mitte, das geöffnet war. Graue Grabsteine und Kruzifixe ragten hinter der Mauer empor. Zu beiden Seiten des Tores hielten hohe Bäume Wacht.

Meneer Dubois folgte Calixe, die aus Rücksicht auf das Tempo des alten Mannes sehr langsam ging.

Hinter dem Tor, im Inneren des Mauernrings, hing die Stille wie eine goldene Glut in den Baumzweigen.

Der Weg, der zwischen den Gräbern hindurchführte, war mit einem braunen Blätterteppich bedeckt. Irgendwo raschelte eine Amsel, auf der Suche nach Futter.

Beim ersten Grab, das er sah, hielt Meneer Dubois an. Mit dem Spazierstock schob er die kupferfarbenen Blätter zur Seite.

Calixe ging weiter. Die Räder des Kinderwagens machten auf dem Kiesweg ein knirschendes Geräusch, das Calixe beruhigte. Als sie bemerkte, dass er ihr nicht folgte, wartete sie.

Langsamen Schrittes ging Meneer Dubois wieder weiter.

»Komm schon, trödel nicht so herum«, ermahnte sie ihn, als er sie gemächlich eingeholt hatte.

Calixe bog mit dem Kinderwagen rechts in einen kleinen Pfad ein. Hier standen die Bäume dicht nebeneinander, vereinzelt gab es dennoch Stellen, an denen die Zweige sich nicht berührten. Durch die Luken im Blätterdach drang das Licht in gebrochenen Strahlen hindurch und warf ihr tanzende Schattenbalken vor die Füße. Der Weg führte nach links und endete in einem Gräberfeld. Calixe blieb stehen.

Aus dem Körbchen unten im Kinderwagen holte sie eine Bürste, einen Lappen und einen Plastikbeutel hervor. Meneer Dubois war weiter bis zum ersten Grab gelaufen.

Calixe folgte ihm und begann, den Marmorstein von dem herabgefallenen Laub zu befreien. Mit dem Lappen in der Hand kniete sie sich hin, um den Marmor des Grabsteins ordentlich polieren zu können.

Meneer Dubois trat noch etwas näher heran.

Calixe stemmte sich wieder hoch und fuhr ein letztes Mal mit dem Tuch über den Grabstein.

Marie-Hélène Dubois 1950–1985

»Les feuilles mortes se ramassent à la pelle, Chagrin. Les souvenirs et les regrets aussi, c'est pas moi qui le dit. Die toten Blätter schaufelt man zusammen, Chagrin. Auch die Erinnerungen und das Leid, das ist nicht von mir«, murmelte Meneer Dubois kaum hörbar.

Calixe stopfte das vertrocknete Laub, das sie zu einem Haufen zusammengefegt hatte, in den Plastikbeutel. Ohne aufzuschauen, sagte sie: »Du wolltest ihr kein Vater sein. Ihre Zeit war noch nicht abgelaufen.«

Sie ging zurück zum Kinderwagen.

Danach nahm sie die Blumen, befreite sie aus der Plastikhülle und stellte sie in den eingemauerten Blumenständer rechts neben dem Stein.

Meneer Dubois ging zu David, der im Kinderwagen allmählich unruhig wurde.

»Befrei ihn aus seinem Gefängnis, er will laufen.«

»Er kann noch nicht laufen.«

»Lass ihn raus, dann nehme ich ihn an der Hand.«

Calixe verstaute den Beutel mit den toten Blättern und dem Unkraut unten im Kinderwagen. Danach befreite sie David von den Gurten und stellte ihn vorsichtig auf den Boden.

»Hier, halt ihn gut am Händchen fest, denn er läuft noch sehr wackelig.«

Meneer Dubois tat, was ihm gesagt wurde, und hielt David fest an der Hand.

»Wie alt war Mama, als du sie mitgenommen hast?«

Meneer Dubois sah sie mit einem Blick an, als hoffte er, ihrem Gesicht die Antwort ablesen zu können.

»Ich weiß nicht, vielleicht mit zehn. Aber sie lebte damals bei den Novizinnen in Stanley. Danach ging sie in Brüssel zur Schule. Da war sie vierzehn.«

»Und wie gelang es dir, sie all die Jahre vor deiner Frau zu verheimlichen?«

»Chagrin, es ist sinnlos, Fragen zu stellen, auf die es keine Antwort gibt.«

Auf der Rückfahrt zum Altersheim schwiegen sie beide. Als sie ihn zum Hintereingang begleitete, hielt er sie kurz am Arm fest. Seine wässrigen Augen sahen sie lange an.

»Bringst du mir David morgen wieder?«

»Ich muss wohl, denn ich habe noch keine neue Tagesmutter für ihn gefunden. Geh nun, wir sehen uns morgen.«

Calixe hatte das Gefühl, ihr würde vor Schreck das Herz aus der Brust springen, als sie die Tür von Zimmer 205 öffnete und mitten im Raum die Stationsschwester stand. Das Zimmer war zu einem winzigen Quadratmeter zusammengeschrumpft, jetzt, mit so vielen Leuten und dem Maxi-Cosi mit David darin. Für einen Moment glaubte Calixe, es sei vielleicht doch nichts geschehen und sie könne wieder ruhig weiteratmen. Sie dachte, sie könne der Stationsschwester die Situation glaubwürdig erklären.

»Das hier ist sehr schlimm, Calixe. Ein schwerer Fehler.«

Calixe sah die Stationsschwester an, die offenbar selbst nicht recht wusste, wie sie reagieren sollte. Dann schaute sie zu Meneer Dubois, der sie verwundert ansah.

»Ein schwerer Fehler?«, wiederholte Calixe schließlich, als würde sie erst langsam aus ihrer Sprachlosigkeit erwachen.

»Ja, ein schwerer Fehler. Du verstehst sicher, dass ich das nicht durchgehen lassen kann. Dass ich etwas tun muss.«

Die Stationsschwester rang mit den Händen.

»Ja, das verstehe ich. Ich verstehe, dass du etwas tun musst. In der Vergangenheit hast du schon viel zu oft versäumt, einzugreifen.« Calixe ging zum Maxi-Cosi.

Nun war es wiederum die Stationsschwester, die Calixe verständnislos anstarrte. »Was willst du damit sagen?«

»Du weißt sehr genau, was ich damit sagen will. Du hättest etwas tun müssen, aber du hast nichts getan.«

Die Stationsschwester ging ein paar Schritte zurück und lehnte sich an das niedrige Schränkchen. Sofort schien wieder ausreichend Sauerstoff vorhanden zu sein.

»Kurz nach deinem Abschied wurde Farida entlassen, und Annick De Smet… trotz allem ist sie eine ausgezeichnete Pflegerin. Nach deinem Weggang hat sie sich vorbildlich verhalten.«

»Und ich?«

»Was geschehen ist, ist geschehen. Aber was du nun getan hast, geht wirklich nicht.«

»Nein.«

»Du befindest dich noch in der Probezeit, und dann tust du so etwas. Du begreifst gar nicht, wie schlimm ich das finde, nicht nur für uns, sondern vor allem für dich.«

»Machst du dir etwa meinetwegen Sorgen?«

Die Frau, die vor ihr stand, war Zeugin all der Schikanen gewesen. Und jedes Mal, wenn ihre Verfolgerinnen sie wieder mit ihren giftigen Bemerkungen in die Enge getrieben hatten, verließ die jetzige Stationsschwester tatenlos den Raum. Manchmal hatten sich ihre Blicke gekreuzt, auf dem Weg nach draußen, während die beiden Pflegerinnen sie weiter bedrängten, weil sie ihre dunkle Hautfarbe unerträglich und unverzeihlich fanden.

»Nimm das Kind und geh nach Hause. Alles Weitere teile ich dir morgen früh mit.«

Die ganze Zeit über hatte Meneer Dubois die beiden Frauen reglos angestarrt.

Als Calixe den Maxi-Cosi hochnahm, ging er schnell zu ihr und legte seine Hand auf den Tragebügel. Er wollte ihr den Sitz abnehmen, aber Calixe ließ nicht los.

»C'est mon petit-fils.« Seine Unterlippe zitterte. »J'ai le droit d'être avec mon petit-fils! Ich habe ein Recht darauf, mit meinem Enkel zusammen zu sein.«

Erschrocken wich die Stationsschwester einen Schritt zurück.

Calixe war angenehm überrascht von der Entschlossenheit, die in seiner Stimme durchklang.

Rachid

Ich will wirklich arbeiten, hart arbeiten. Morgens, mittags, abends, sogar nachts. Egal, was. Hauptsache, ich kann loslegen.

Teller spülen, Tische abräumen, bedienen, Kartons packen, mit einem Gabelstapler fahren, Schwingtore einsetzen, am Fließband arbeiten, Container be- und entladen, Montagearbeiten, ganz egal, was.

Mein Niederländisch ist tadellos, mit authentischem Dialekt, und ich weiß auch, wann ich welches Sprachregister verwenden muss.

Ich mag soziale Kontakte. Ich bin verrückt nach Menschen, aber wenn es sein muss, könnte ich auch stundenlang vollkommen allein unterwegs sein, um Sachen mit einem Transporter irgendwohin zu liefern.

Harte Arbeit schreckt mich nicht, und ich würde alles dafür geben, jeden Tag müde nach Hause zu kommen. Ich durfte das bereits ein paarmal erleben, aber immer viel zu kurz. Jeden Morgen aufstehen, zu einer festen Uhrzeit, mit einem festen Ziel vor Augen. Erst dann fühlt man sich zu etwas nütze, fühlt man, dass man lebt. Das Schamgefühl, das Gefühl, überflüssig zu sein, es verschwindet dann wie durch ein Wunder.

Ich übertreibe wirklich nicht, denn die Alternative ist nicht besonders angenehm.

Es bringt mir keine Ehre, wenn ich im Bett liegen bleibe, bis die Sonne im Zenit steht und der Geruch der *tajine*, die auf dem Herd schmort, mir bestätigt, dass ich der weltgrößte Versager bin. Wie sehr ich dieses Gefühl eines weiteren verlorenen Tages verabscheue! Bis ich dann richtig wach bin und meinen Kaffee und meine erste Zigarette intus habe, sind alle Jobs bereits vergeben, haben die Zeitarbeitsunternehmen wieder geschlossen, und meine Eltern sind der Verzweiflung nahe.

Manchmal hat es sie nicht gekümmert, meine Eltern, manchmal riefen sie, manchmal fluchten sie, ein einziges Mal hat mein Vater mein Bett an einer Seite hochgehoben und mich herausgekippt. Für mich war es dann offenbar leichter, diesem jämmerlichen Zustand ein Ende zu bereiten, indem ich mir mit einem Kumpel ein kleines Apartment nahm, als mir eine ordentliche Arbeit zu suchen. Ich musste unbedingt klare Strukturen in mein Leben bringen, das momentan völlig aus dem Ruder lief. Was ich unbedingt brauchte, das war ein Job. Und möglichst einen für länger als nur eine Woche. Und obwohl ich einen Kurs belegt hatte, in dem mir beigebracht wurde, wie man einen überzeugenden Lebenslauf schreibt, gibt es da ein riesiges Problem mit meinem Lebenslauf.

Aus irgendeinem Grund werde ich immer mit einem Rachid verwechselt, der ich nicht bin und den ich nicht kenne.

Letztens noch in diesem Restaurant, ich war fest davon überzeugt, dass mein Niederländisch und mein ordentlicher Lebenslauf Eindruck machen würden.

Der Geschäftsführer, ein Mann, der es nicht gewohnt war, wenn man ihm widersprach, sah mich an, indem er abfällig zunächst meine Schuhe musterte und dann langsam den Blick weiter nach oben zu meinem Gesicht gleiten ließ. Dort angekommen, gab er mir wortlos, aber dennoch sehr deutlich zu verstehen, dass ich für ihn der letzte Dreck war. Während er mich so taxierte, fragte er mich mit kehliger Stimme, ob ich Marokkaner sei.

»Ich komme aus Algerien.«

Der Mann zog die Augenbrauen zusammen. »Du bist doch nicht etwa ein Staatsfeind?«

»Nein.«

»Ist das nicht dort, wo es ein Nationalsport ist, sich die Kehle durchzuschneiden?«

»Das ist Politik«, stammelte ich. »Ziemlich kompliziert, das alles jetzt zu erklären. Ich bin dagegen. Ich bin gegen Gewalt. Die begehen dort große Dummheiten. Jeder sollte versuchen, in Frieden zu leben.«

Am liebsten hätte ich mir selbst in den Arsch getreten für mein unterwürfiges Anbiedern. Das Schlimmste war jedoch, dass ich einen nahezu unwiderstehlichen Drang verspürte, noch eins draufzusetzen, indem ich ihm erzählte, wir Algerier seien sehr liebenswürdige, herzliche Menschen, wir würden schöne Teppiche machen und die Musik lieben. Kennen Sie Aicha? Cheb Khaled? Aber ich hielt mich gerade noch zurück. Es war besser, ich erzählte nichts über Algerien, der Mann hatte soeben behauptet, die Leute würden sich dort abmurksen.

Ich versuchte, davon abzulenken, indem ich über meine Motivation sprach und über meine Stärken. Wie flexibel ich sei und wie unendlich anpassungsfähig.

Doch der Mann war mit den Gedanken bei Dörfern, die in Blut badeten, und bei schreienden Frauen.

Ich hätte ihm gern ein differenziertes Bild über die politische Lage in Algerien vermittelt oder meine Meinung über die Abschaffung der Monarchie in Kathmandu dargelegt oder auch über die Frage, ob wir demnächst die Sprachgrenze wirklich nicht mehr ohne Ausweis überqueren könnten. Aber irgendetwas sagte mir, dass der Mann nicht wirklich daran interessiert war. Ich wünschte ihm noch einen schönen Tag und nahm meinen ordentlichen Lebenslauf wieder mit.

Wochen später war der Job als Küchenhilfe noch immer zu vergeben. Wir befanden uns in einer Zeit, in der Küchenpersonal mit dem richtigen Namen und der richtigen Hautfarbe nur schwer zu bekommen war.

Einmal hätte es fast geklappt. Ich hatte ein Gespräch bei der De Vlaeminck AG. Ein Einmannbetrieb, der mit Steinhandel eine Marktlücke aufgetan hatte. Ich hätte mir an die Stirn schlagen können, dass ich darauf nicht selbst gekommen war. Ich gratulierte dem Geschäftsinhaber zu dem schönen und originellen Namen seines Betriebs.

Er nahm das Kompliment freundlich entgegen, aber dann behagte es ihm doch nicht, dass ich mit seinem nagelneuen Lastwagen umherfahren würde.

Bei Karin vom Zeitarbeitsbüro traute ich mich nach ihrem letzten Wutausbruch nicht mehr vorbei. Ich gebe ja zu, dass es etwas übertrieben von mir war, dort dreimal am Tag aufzukreuzen und mich zwischendurch manchmal auch noch telefonisch zu melden. Das war schon eher Stalking. Nach diesem Vorfall haben sie in der Zentrale das System der »Personal Coaches« wieder abgeschafft. Leute wie mich von nur einem einzigen Coach betreuen zu lassen schien unverantwortlich zu sein. Ich war hartnäckig und hoffnungslos. In gewissen Situationen eine explosive Mischung. Obwohl ich mich selbst immer noch für recht höflich hielt. Aber ich befürchte, es war genau diese Beherrschtheit, die Karin beunruhigte. Wochenlang hörte ich nichts mehr von ihr, bis kurz vor dem Opferfest.

»Rachid, ich habe hier etwas für dich. Bist du praktizierender Muslim?«

»Ähm.«

Lügen ist nicht gut, aber hier handelte es sich um einen Notfall, und ich hatte schon immer einen unerschütterlichen Glauben an Gottes Versöhnungsbereitschaft – ganz besonders dann, wenn es um ein höheres Ziel geht. Trotzdem hörte ich im Hintergrund leise eine Alarmglocke läuten. Hier war etwas nicht ganz koscher, es war offensichtlich eine Fangfrage. Dennoch schrieb ich meine Bedenken in den Wind.

»Was für eine seltsame Frage, Karin! Würde ich mich denn als Muslim bezeichnen, wenn ich nicht praktizierend wäre? Du machst hoffentlich nur Witze.«

Ich war stolz auf die leichte Empörung in meiner Stimme. Gerade ausreichend, um ihr zu zeigen, dass ich ihr verzieh.

»Wunderbar! Die Stadt braucht dringend noch ein paar muslimische Schlachter für das anstehende Opferfest.«

»Ich? Schlachten?«

Allein der Gedanke daran verursachte mir Übelkeit. Ich konnte keine Tiere töten.

»Du musst dich jetzt gleich entscheiden, dann kann ich

den Vertrag auf der Stelle für dich ausfertigen. Dir wird übrigens auch eine kurze Ausbildung bezahlt.«

Noch nicht einmal eine Fliege konnte ich totschlagen, und erst recht kein Tier schlachten, das genauso groß war wie mein zwölfjähriger Nachbarsjunge.

Ein Tier, das man anschauen konnte, ein Tier, das man liebhaben oder gar bemitleiden konnte. Ich hatte Schafe immer bemitleidet, besonders während der Feste, es half auch nicht, dass meine Mutter immer wieder erzählte, sie würden direkt in den Himmel kommen. Das konnte ich nun wirklich nicht.

Mir war zwar klar, dass ich es mir aus dem Kopf schlagen konnte, irgendwann noch einmal für den größten Arbeitgeber zu arbeiten, wenn ich jetzt ablehnte. Einen besseren Arbeitgeber als die Stadt gab es nicht. Das hier war meine Chance, zu zeigen, was in mir steckte. Dass ich ein Mann war, auf den in der größten Not Verlass war.

Der Mann, der die unmöglichsten Aufträge in den unmöglichsten Momenten ausführen würde.

Flexibel, erinnern Sie sich noch?

Es war nur schade, dass sich nichts anderes ergab, als Schafen die Gurgel durchzuschneiden.

Ich hätte nicht lügen dürfen. Es war unverantwortlich. Jenseits des Hier und Jetzt existierte noch der Tag des Jüngsten Gerichts. Sobald die Posaune das erste Mal erklingt, würde ich mich vor dem Allmächtigen verantworten müssen. Ich bin nicht stolz darauf, also erzähle ich es nicht weiter, aber ich rollte meinen Gebetsteppich nur dann aus, wenn ich mich in einer Gruppe von zehn Betenden befand, unter ihnen mein Vater. Das kam zum Glück nur selten vor, wie zum Beispiel am Ende des Ramadans und während großer Familienfeierlichkeiten. Für Heuchler gab es im Jenseits eine besonders schreckliche Abteilung. Ich hatte mir die entsprechenden Texte genau durchgelesen, doch bei solchen Zusammenkünften siegte mein Schamgefühl über die Angst, also machte ich lieber scheinheilig mit. Immerhin ging es auch um die Ehre meines Vaters. Was würden die Leute sonst von ihm denken?

Und da hatte ich einen genialen Einfall.

»Karin, natürlich kann ich dir bei dem Opferfest behilflich sein, aber ich wäre lieber im Informationsbereich tätig. Du weißt schon, ich laufe dann mit so einer Jacke in einer grellen Farbe herum und weise allen den Weg, nach dem Motto: ›Schafe diese Richtung, Nicht-Schafe andere Richtung.‹«

Ich musste über meinen Witz kichern. Auf der anderen Seite des Telefons blieb es still.

»Solche Leute haben wir bereits genug, was wir brauchen, sind Schlachter, Rachid, muslimische Schlachter.«

Karin klang allmählich gereizt. Das war kein gutes Zeichen. Die Zeit lief ab, ich musste schleunigst einen Entschluss fassen, der vielleicht den Rest meines Lebens bestimmte, der aus mir vielleicht einen anderen Menschen machte.

Basta! Ich würde es tun. Mein Vater sagte immer: Ein echter Kerl bringt Fleisch auf den Tisch. Und damit meinte er bestimmt nicht die fahlen Lappen, die man in Cellophan verpackt beim Metzger um die Ecke kaufen konnte. Nein, er meinte damit, dass man als echter Kerl Verantwortung übernehmen musste.

Wer Fleisch isst, der muss sich darüber im Klaren sein, was es heißt, Fleisch zu essen.

Das bedeutet auch zu schlachten. Leben nehmen, um selbst leben zu können.

Es war nicht so schlimm wie etwa die Erfahrung, beinahe gestorben zu sein, oder das Gefängnis, doch jetzt hatte ich endlich einen seriösen Grund zu beten. Zwei Fliegen mit einer Klatsche, was sage ich da, ein ganzer Schwarm mit einer Klatsche. Ich hatte das Gefühl zu schweben, jetzt, wo der richtige Weg so hell erstrahlte. Das war der Weg.

»Karin, ich bin in zwanzig Minuten bei dir, du kannst den Vertrag schon mal aufsetzen!«

»Das ist das Schlachtmesser. Du Tier Richtung Mekka stellen. Dann sagen: *Bismillahirrahmanirrahim,* und mit einer Bewegung ausholen. Kräftig.«

Der Blitzkurs »Wie werde ich muslimischer Schlachter« brachte mich sofort zurück in die Realität.

Es war bizarr. Schon beim Anblick des riesigen Messers brach mir überall der Schweiß aus. Das konnte ich nicht. Ich, der sanftmütige, zarte, kleine Rachid mit der großen Klappe, konnte das nicht tun. Die anderen Kursteilnehmer lauschten aufmerksam den Erläuterungen des Schlachtmeisters. Vor allem die Schlachtbank zog viel Aufmerksamkeit auf sich.

Ich kämpfte gegen die Übelkeit an. Ein süßlich fader Geruch hing in dem vorläufig noch tierlosen Schlachthaus.

Wie war ich nur in diese Sache hineingeraten? Und vor allem, wie kam ich hier wieder heraus? Eine Frage von Tausenden.

Mein Vertrag war bereits unterzeichnet. Kein Weg zurück.

Plötzlich stand der routinierte Meisterschlachter vor mir.

»Du mal geschlachtet?«

Die Frage kam vollkommen überraschend. Ich dachte noch: Die Wahrheit, Rachid, nichts als die Wahrheit!

»Ja, klar.«

Manchmal frage ich mich, an welcher Stelle die Wahrheit und mein Leben beschlossen haben, verschiedene Wege einzuschlagen. Was ist denn gegen die Wahrheit einzuwenden? Andauernd hatte ich das Gefühl, mich immer wieder verteidigen zu müssen. Und wenn ich das mit einer gewissen Nachhaltigkeit tun wollte, reichte die simple Wahrheit einfach nicht aus. Da gehörte mehr dazu. Doch jetzt, wo ich hier vor dem selbstbewussten Meister der tierischen Tötungskunde stand, hätte ich einfach antworten können, dass ich noch nie ein Tier getötet hatte. Deswegen würde ich bestimmt nicht gleich im Gefängnis landen.

Doch nun hatte ich den Mann am Hals.

»Was?«, fragte er.

»Wie was?«

»Großes oder kleines Tier?«, drängte er. »Huhn, Kaninchen, Schaf oder noch größer?«

Bei Letzterem sah ich, wie er ein sarkastisches Lächeln unterdrückte und dabei einen spitzbübischen Blick zu den anderen Schülern warf. Er hat mich durchschaut, dachte ich. Sie hatten mich alle durchschaut. Aber jetzt konnte ich nicht mehr zurück.

»Na ja, ähm … ein Hühnchen.« Ich musste es kleinhalten, um den Schaden zu begrenzen.

»Ein Hühnchen, ja? Okay, hör gut zu.« Er ging ein paar Schritte zurück, bis er mitten im Kreis der Schüler stand. »Hühnchen ist nicht wie Schaf!«

Er rief es so laut, als hätte er uns etwas Revolutionäres beigebracht. Er sah uns alle der Reihe nach an. »Nicht vergessen, ist sehr, sehr wichtig!«

Noch konnte ich ihm folgen. Zur Not hätte ich ihm auch, ohne mit der Wimper zu zucken, ein paar wesentliche Unterschiede zwischen einem Huhn und einem Schaf aufzählen können. Ein Huhn hat einen Schnabel, legt Eier und hat Federn. Ich war bereit.

»Also, wenn du schlachten Huhn, nicht gleiche Technik wie schlachten Schaf. Auch nicht gleiche Messer.«

Ich konnte noch immer folgen, und langsam machte es mir Spaß. Bring mir etwas bei, das ich nicht weiß. Ich grinste, ich hätte alles darauf verwettet, dass ich der Einzige in der Gruppe war, der ein Huhn geschlachtet hatte. So war das bei mir ständig. Ich verkündete Unwahrheiten und fing an, sie zu glauben.

Und dann sah ich ES.

Durch eine Öffnung hindurch konnte ich es in der Ecke eines angrenzenden Raumes stehen sehen. Festgebunden und ängstlich.

Ich hatte bereits so eine gewisse Vermutung gehabt, dass der Meister alles andere als ein trockener Theoretiker war. Dafür war sein Auftreten zu resolut. Jedes Mal, wenn sein Metzgermesser eine imaginäre Halsschlagader aufschlitzte, wirkte er unbefriedigt. Aber das hatte ich nun wirklich nicht erwartet. Mein Gott, was nun?

Wir sind doch nur Schlachter in der Ausbildung, oder etwa nicht? Warum können wir nicht erst einmal an einem Dummyschaf mit Wollpelz üben?

Es war absurd. Ich meine, wenn jemand einen Kurs zum

Sanitäter absolviert, dann bekommt er doch auch nicht gleich einen Mann mittleren Alters auf den Tisch, der gerade einen Herzanfall erlitten hat. Nach dem Motto: »Und nun haben Sie genau zwanzig Sekunden Zeit, den Mann zu reanimieren, wer will zuerst?«

Ich würde nie erfahren, wie das Schicksal des armen Tieres aussah, das dort an jenem Tag im Schlachthaus stand. Der Tag endete zum Glück ohne praktische Übungen.

Der Idd al Adha rückte mit großen Schritten näher, und ich wusste nicht, was ich tun sollte.

Endlich war mein Vater stolz. Sein Sohn würde zum ersten Mal in seinem Leben wie ein echter Mann an dem Idd teilnehmen. Ich hatte Arbeit, ich ging zum Gebet. Zumindest, wenn nicht etwas Unerwartetes dazwischenkam. Wie zum Beispiel meine Freunde.

Wenn ich nicht aufpasste, dann würde der nächste Schritt ein Mädchen in einem weißen Brautkleid sein.

Eines Abends klingelte mein Vater bei mir. Ob ich nicht mit in die Moschee kommen wolle für das letzte Abendgebet. Es handelte sich nicht um einen Vorschlag, bei dem einem die Wahl gelassen wurde. Also sputete ich mich und überlegte, ob mir noch genug Zeit bliebe, unauffällig die vier anderen Gebete zu verrichten, zu denen ich während des Tages nicht gekommen war. Vielleicht irgendwo in einer Ecke der Moschee oder im Durchgang, jedenfalls nicht im Beisein meines Vaters. Aber es sah nicht danach aus.

Dann eben ohne. Mein unerschütterliches Vertrauen in Gottes Gnade war mein Trost. Die Moschee war an diesem gewöhnlichen Abend in der Woche nicht stark besucht.

Während ich meine rituellen Waschungen absolvierte, stellte sich der Imam neben mich.

»Dein Vater ist stolz auf dich, Rachid. Er erzählt jedem, der es hören will, dass du eine wichtige Aufgabe für unsere Gemeinde im Auftrag der Stadt ausüben wirst. Innerhalb der Moschee haben wir eine kleine informelle Gruppe gebildet, mit Leuten wie dir. Ich möchte dich einladen, nach dem Gebet noch einen Moment zu bleiben. Wir haben ein kurzes Treffen.«

Eine kleine Gruppe mit Leuten wie mir? Wie bitte? Waren Redouan und Hafid etwa auch hier? Ich kannte eine Menge Leute, aber die Einzigen, die man in etwa mit mir vergleichen konnte, waren diese beiden Typen, und die hätten nie im Leben einen Fuß in die Moschee gesetzt.

Nun ja, sie waren zwar gläubig, doch beriefen sie sich auf ihr menschliches Recht der Verfehlungen. Sie vertrauten vollkommen darauf, irgendwann den Weg zur Wahrheit zu finden, nachdem sie vorher alles mitgemacht und alles ausprobiert hatten. Zur richtigen Zeit und gelenkt von einem angeborenen, unfehlbaren GPS.

Deshalb hatte ich nach dem Gebet auch fest vor, einfach geräuschlos zu verschwinden. Doch ich hatte die Rechnung ohne meinen stolzen Vater gemacht.

»Du bleibst noch da, Rachid, oder? Mach die Ohren auf, Sohn, hier kannst du noch Sachen lernen. Bis morgen, so Gott will.«

»Ja, Vater, bis morgen.«

Ach egal, habe ich gedacht, soll er doch diesen Moment genießen, der gewiss nur von kurzer Dauer sein wird. Lass ihn doch stolz sein und allen erzählen, sein Sohn sei diesmal mit anständiger Arbeit beschäftigt.

Hier saß ich nun in einer verlassenen Moschee und wartete auf eine Gruppe mit Leuten wie mir.

Prima.

Der Imam kam zu mir und machte mir ein Zeichen, ihm in einen kleinen Saal neben dem Gebetsraum zu folgen. Am Tisch saßen ein paar junge Männer, die mich gemeinsam im Chor formell begrüßten.

Alles Jungs aus der Gegend, man könnte sagen, die Guten vom Viertel, die Crème de la Crème.

Für sie existierte nur ein einziger gradliniger Parcours: Schule-Moschee-Arbeit-Moschee.

Für die Mutigeren unter ihnen sogar Familie-Arbeit-Moschee.

Als leuchtendes Vorbild wies meine Mutter oft auf den Sohn von Si Chaib hin, auch er befand sich an diesem Abend in dem Raum. Wenn wir uns wieder einmal stritten oder, besser gesagt, wenn sie mir wieder einmal die Leviten las, weil ich noch immer keine Arbeit hatte und ihrer Meinung nach mein Leben vertrödelte, sagte sie: »Weshalb nimmst du dir nicht den Sohn von Si Chaib zum Vorbild? Der arbeitet, ist verheiratet und verpasst nie ein Freitagsgebet in der Moschee! Und er ist jünger als du!«

Es war immer schmerzhaft, diesen Vergleich ertragen zu müssen. Es war immer schmerzhaft, aus dem Munde der eigenen Mutter hören zu müssen, dass ihr eigentlich der Sohn von Si Chaib viel lieber gewesen wäre.

Dass sie, falls möglich, keine Sekunde zögern würde, mich gegen diesen schleimigen Musterknaben einzutauschen.

Einziger Effekt dieser eigenartigen psychologischen Vorgehensweise meiner Mutter war, dass ich den Sohn von Si

Chaib hasste. Ich hätte ihn in der Luft zerreißen können, obwohl ich den Jungen nur vom Sehen kannte und er mir nie etwas zuleide getan hatte.

Wie zu vermuten, war von Redouan und Hafid keine Spur. Die fuhren zu dieser Tageszeit wahrscheinlich gemütlich in der Gegend herum, in der Hoffnung, irgendwo ein paar Mädels aufreißen zu können.

Ich hingegen saß hier, in diesem von Heiligkeit stickigen Saal, und wusste nicht, wie ich mich verhalten sollte. Alle taten enorm wichtig und weihevoll. Keiner lachte. Die *mâschallâhs* und *alhamdulillahs* nahmen kein Ende. Sogar wenn sie sich diskret räusperten, murmelten sie etwas Sakrales. Die Erlaubnis, sich räuspern zu dürfen oder so, ein Stoßgebet, damit das Räuspern ein gutes Ende nahm, oder was weiß ich. Ich weiß nur, dass sie mir ziemlich schnell auf die Nerven gingen, aber ich blieb brav dort hocken, denn ich wollte sehr gern jemand werden und was lernen.

Der Imam sprach von der Notwendigkeit, uns als Gemeinschaft zu organisieren. Über das Bündeln unserer Talente und Kräfte, um weiterzukommen.

Über die Wichtigkeit der Erziehung unserer Kinder.

Natürlich hatte er recht, doch wie macht man das? Unsere Gemeinschaft war wie eine Flasche Quecksilber, die auf der Straße zersprungen war. Aberhundert kleine Kügelchen waren in alle Richtungen gerollt. Einige sammelten sich in einer Kuhle, aus der sie nicht mehr herausfanden. Andere hatten mehr Glück, sie rollten einander entgegen und bildeten somit eine kleine Insel, was sehr angenehm zu sein schien. Der wahre Pechvogel landete einfach in der Gosse.

Ein Junge, der mir von irgendwoher bekannt vorkam,

den ich aber nicht einzuordnen wusste, sagte während der Diskussion kein einziges Wort, aber ich sah, wie er konzentriert zuhörte, was die anderen erzählten.

Eigentlich war es sogar ein interessantes Treffen. Es kam nichts Konkretes dabei heraus, aber wir konnten miteinander reden, und ein bisschen träumen hat noch nie geschadet.

Und ich wurde allmählich bekannt als derjenige, der während des Idd das Opfer ausüben würde.

In dem Moment, als ich gerade das Gefühl hatte, der Imam wolle uns zu verstehen geben, wir könnten gehen, richtete er das Wort an mich, und alle sahen sie mich an.

»Rachid, könntest du dir vorstellen, beim Freitagsgebet eine Beschreibung des Opferfestes zu bringen?«

Unerwartete Fragen sind unglaublich schwierig zu beantworten. Ich würde einen furchtbar schlechten zufälligen Kandidaten abgeben, wenn zum Bespiel auf der Straße ein Mann plötzlich vom Fernsehen für die Abendnachrichten interviewt wird. Ein dickes Mikro vor der Nase und Fragen wie: »Was sagen Sie als Bürger zu den Beschlüssen des Ministers, dieses oder jenes zu tun …« Mit hundertprozentiger Sicherheit eine Blamage, live im ganzen Land ausgestrahlt.

»Ich?«, fragte ich erstaunt, um etwas Zeit zu gewinnen. Schweigend sahen sie mich alle an.

Gleich nach dem Schlachten von Tieren ist das Sprechen vor der Öffentlichkeit ungefähr das Schwierigste, was man sich vorstellen kann. Und ich hatte keine der beiden »Disziplinen« jemals erlernt.

»Ich fürchte, dazu reicht mein Arabisch nicht aus.« Ich

war stolz auf mich, dass ich diese Eingabe so schnell gehabt hatte, und diesmal entsprach es sogar der Wahrheit.

»Es soll vor allem für die Jüngeren sein, Niederländisch wäre also ideal. Es muss nichts Kompliziertes sein, nur ein paar Erläuterungen des Rituals.«

Ich konnte nicht mehr schlafen. Innerhalb einer Woche erwartete man von mir, dass ich einen Vortrag vor den Moscheegängern hielt, und ein paar Tage darauf auch noch, von Hand zu schlachten. Redouan und Hafid konnten mir in solchen Momenten keine Hilfe sein. Seitdem sie mitbekommen hatten, zu was ich verpflichtet worden war, machten sie jedes Mal, wenn sie mich sahen, die Gebärde mit einem an die Kehle gesetzten Messer und pufften mich danach kichernd in die Seite.

Ich beschloss, Rwazna mein Herz auszuschütten, meiner Chat-Freundin. Wie immer erzählte sie mir erst eine ihrer idiotischen Geschichten. Diesmal von einer jungen Frau, die sie nicht selbst kannte und die ein Baby erwartete, das nicht wachsen wollte. Das ganze Viertel war in hellem Aufruhr, angeblich wurde sogar in den Nachrichten darüber berichtet. Die hatte sie natürlich auch nicht gesehen, sondern nur vom Hörensagen davon mitbekommen. Ich ließ sie zunächst diesen ganzen Unsinn erzählen und schilderte ihr dann meine Probleme. Erst brach sie in einen virtuellen Lachanfall aus, dann wurde sie wieder ernst.

»Meld dich krank.«

»Dann habe ich es auf ewig mit dem Zeitarbeitsbüro und auch mit der Stadtverwaltung verschissen.«

»Du betest doch nicht einmal!«

»Hin und wieder.«

»Du begehst *haram*! Du wirst vielen Familien das Fest verderben!«

»Was soll ich tun?«

»Du steckst ganz schön in der Patsche!«

…

»Bist du noch da? Mensch, sag doch was!«

»Psst. Ich denke nach.«

»Nimm dir Zeit dafür, das ist wichtig.«

»Shia't Ali.«

»Häh?«

»Die Anhänger Alis.«

»Die Anhänger Alis, und was sollen die können?«

»Der kann dich aus dem *machakil* herausholen, wenn du dich zu ihnen bekennst, Schiismus heißt die Lösung!«

»Schiismus, wie die Schiiten? Wie Ayatollah Khomeini?«

»Na gut, Muslims, aber nicht so wie wir. Andere Art des Glaubens, warten auf die Rückkehr von Imam Mahdi und so… Sunniten und Schiiten, jedem seinen Glauben, weißt du. Man darf das nicht miteinander verwechseln.«

»Und du willst nun, dass ich Schiit werde?«

»Natürlich nicht wirklich, du musst nur das Gerücht verbreiten. Es gibt keinen Sunniten, der das Opfer von einem Schiiten durchführen lässt.«

»Das ist doch lächerlich! Muslims sind Muslims! Wir können sogar Fleisch beim jüdischen Metzger kaufen, ist alles *halal*.«

»Es stimmt, was ich da sage!«

»Spiel doch weiter mit deinen Puppen. Was wissen denn Mädchen über den Glauben?«

»Denk daran, was im Irak passiert, Sunniten gegen Schiiten.«

»Das sind die Amerikaner.«

»Versuch es doch einfach, noch heute Abend. Du hast doch wieder ein Treffen mit dem Imam. Erzähl ihm, dass du eigentlich ein Anhänger von Imam Ali bist, dann wirst du schon sehen, was passiert. Und überhaupt, allzu viele Möglichkeiten hast du eh nicht, wenn du da mit heiler Haut herauskommen willst.«

Mir blieb tatsächlich keine andere Wahl.

Nun stellte sich nur noch die Frage, wie ich das Gerücht möglichst schnell verbreiten konnte und ob es auch den erhofften Effekt hatte.

»Algerier sind doch keine Schiiten!«

»Eine kleine Minderheit schon«, antwortete ich unbeirrbar.

Der Imam machte ein nachdenkliches Gesicht. Die anderen Anwesenden sahen mich ungläubig an.

Einer meinte gewichtig: »Egal, wie interessant deine Darlegungen über Hassan und Hussein und die Verbindung zwischen dem Martyrium und dem Opferfest auch sein mögen, ich glaube dennoch nicht, dass das etwas für unsere Jugend ist.«

Der Zeitpunkt war gekommen, in die Offensive zu gehen.

»Nun, da ich während des Idd opfern muss, bin ich der Meinung, dass ich ihnen auch die schiitische Haltung bezüglich des Martyriums darlegen muss.«

Der Junge, den ich noch immer nicht einzuordnen wusste, fragte mich, ob die Stadt über meinen Schiismus »informiert« sei.

Ich antwortete ihm, dass das keine Rolle spiele, Muslims seien Muslims.

Am nächsten Tag erhielt ich mittags einen Anruf von Karin.

»Rachid, ich befürchte, ich habe keine guten Nachrichten für dich.«

Es war nicht schwierig, so zu tun, als würde die Welt für mich untergehen.

Schnell sagte sie mir, ich würde die drei Tage bezahlt bekommen und sie würde mich beim nächsten freien Job vorziehen. Sie beteuerte, sehr bald wieder etwas von sich hören zu lassen.

Erleichtert atmete ich auf. Die Erleichterung war jedoch nur von kurzer Dauer, denn kaum hatte ich den Telefonhörer aufgelegt, da klingelte es auch schon an der Tür.

»Rachid El Moktari?«

»Der bin ich, ja.«

Wie im Film klappte einer der Männer seine Brieftasche auf, um sich auszuweisen.

»Polizei.«

Der andere sagte: »Sie müssen mit uns aufs Revier, um uns ein paar Fragen zu beantworten.«

»Worüber?« Ich versuchte möglichst unschuldig zu klingen.

»Das hören Sie dann dort. Haben Sie alles dabei?«

Ich durfte noch schnell mein Handy und meine Schlüssel holen. Das Herz schlug mir bis zum Hals.

Die Fahrt verlief schweigsam. Auf der Polizeiwache wurde ich in ein leeres Büro gebracht. Dort befanden sich nur ein Tisch und vier Stühle. Ich durfte mich setzen, während sie sich mir gegenüber niederließen.

»Haben Sie während der vergangenen drei Monate das Ausland besucht?«

Ich überlegte und versuchte, mit aller Macht zu verdrängen, dass ich im vergangenen Monat tatsächlich ein paarmal zum Coffeeshop Bagdad in die Niederlande gefahren war, gemeinsam mit Hafid und Redouan, um Shit zu besorgen.

»Nicht dass ich wüsste.«

»Nie in Bagdad gewesen?«

Sie wussten alles.

Ich würde gehängt werden. Das Zeug mit dieser exzellenten Qualität war längst aufgeraucht. Ich sollte sie darauf hinweisen, dass es zum eigenen Gebrauch gewesen war.

»Ja, also gut, ein einziges Mal, weil meine Freunde mich dorthin mitgenommen haben.« Ich unterschlug, dass es eigentlich meine Idee gewesen war.

Die beiden Polizisten sahen sich an.

»Eine Gruppe«, sagte der eine. »Interessant«, antwortete der andere.

»Wann warst du dort?«

»Ich weiß nicht, vielleicht vor einem Monat oder so?«

»Wie seid ihr dorthin gereist?«

»Mit dem Auto.«

Wieder sahen sich die beiden bedeutungsvoll an.

»Hattet ihr Waffen bei euch?«

Die Typen waren echt gut! Hafid hatte immer eine Schreckschusspistole in seinem Wagen.

Dann fiel der Groschen. Na klar, sie hatten Hafid. Und wahrscheinlich hockte Redouan hier auch irgendwo. Ich war der Letzte vom Trio.

»Haben Sie die anderen auch geschnappt?«

Die beiden schoben ihre Stühle näher heran. Einer fragte mit verschwörerischer Stimme: »Meinst du damit die belgische Hisbollah-Organisation?«

»Die was?«

»Du brauchst dich jetzt nicht dumm zu stellen, und führ uns ja nicht an der Nase herum. Du hältst dich wohl für besonders schlau, was?«

Ihr Ton wurde aggressiver.

»Wann bist du zum Schiismus übergetreten?«

»Wer ist der Kopf der Hisbollah Belgien?«

»Mit wem hast du den Anschlag auf das Opferfest vorbereitet? Hast du Verbündete bei der Stadt?«

Mir schwirrte der Kopf. Internetfreundschaften handelten einem nur Schwierigkeiten ein.

Zwei Stunden lang versuchte ich ihnen zu erklären, wie sich die Sache verhielt. Dann zogen sie sich für eine halbe Stunde in ein anderes Zimmer zurück, um über mein Schicksal zu beratschlagen.

Schließlich durfte ich dann gehen. Aber sie drohten mir, mich genau im Auge zu behalten.

Ich hatte Hafid angerufen, damit er mich abholte, und wie immer würde auch Redouan auf dem Beifahrersitz hocken, als wäre er als Bestandteil von Hafids Wagen mitgeliefert worden.

»Was war denn das?«, fragte Hafid, als ich einstieg.

»Ach, nichts weiter. Die haben geglaubt, ich würde zu einer terroristischen Bande gehören, die einen Anschlag auf das Schlachthaus während des Opferfestes geplant hat.«

»Hör doch auf!«

Als wir in meine Straße einbogen, sah ich gerade noch meinen Vater, wie er im Eilschritt in die Richtung meiner Wohnung ging. Es war zu spät, mich noch schnell zu ducken, er hatte mich bereits erblickt. Ich grüßte mit der Hand. Mit einer knappen Geste gab er mir zu verstehen, dass ich sofort auszusteigen hatte und zu ihm kommen sollte. Meine Freunde kapierten, dass es sich hier um ein intimes Vater-Sohn-Problem handelte. Sie fuhren mit quietschenden Reifen davon, nachdem ich widerwillig ausgestiegen war und die Autotür hinter mir zugeschlagen hatte.

»*Salam*, Vater.«

»Seit wann sind wir Schiiten? Waren unsere Vorfahren Schiiten?«

Bevor ich eine Gelegenheit bekam, etwas darauf zu erwidern, schob mein Vater mich bereits ungehalten vor sich her, auf den Weg nach Hause. Das war sein Territorium, und dort galten seine Regeln. Hier würde er mit mir also ein ernstes Wörtchen reden, über das Ändern der islamischen Haltung und über meine wiederholte verpasste Chance.

Ich lächelte. Trotz allem würde ich heute Nacht wunderbar schlafen können.

Bunicâlis, ein Kurzfilm

Petru wartete geduldig. Die Badezimmerfliesen fühlten sich kalt an unter seinen Füßen, die inzwischen zu bleichen Eisklumpen geworden waren. Aber er dachte nicht daran, wieder hinauszugehen, sich warme Socken anzuziehen und sich vor den Ofen im Wohnzimmer zu hocken.

Die ganze Zeit über behielt er einen Riss in den Badezimmerkacheln im Auge. »Seid ihr da?«, flüsterte er und fixierte hoffnungsvoll den Sprung.

Die Wand blieb, was sie war, eine gekachelte Wand und sonst nichts.

Er suchte nach einem scharfen Gegenstand. Im Schrank zwischen der Seife, den Wattestäbchen und den halbausgedrückten Tuben fand er eine Schere. Er versuchte, den Riss zu vergrößern.

Vielleicht konnten sie nicht heraus, dachte er. Die Kacheln waren hart, gaben nicht nach. Nur ein kleines Fugenstückchen bröckelte heraus.

Das Kratzen der Schere an der rauen Kante der geplatzten Kachel hallte schwach und trostlos durch das kalte Badezimmer. Petru hielt mit der Arbeit inne und starrte lange den Riss an, der nicht den geringsten Hinweis darauf gab, dass sich hinter der Kachel noch etwas anderes befand als eine alte Backsteinmauer. Auf dem Boden lag eine dünne Kalkschicht. Petru machte mit dem großen Zeh einen Abdruck darin.

Sie waren nicht da.

Mit der Größe des Risses hatte das nichts zu tun. Er wusste, dass Bunicâlis sich nicht davon abschrecken ließen, wenn es keine Schlitze, Ritze und Lücken in Wänden und Böden gab.

Sogar in perfekt glatten und nigelnagelneuen Badezimmern würden sie ein Versteck finden. Nicht, dass Petru je in einem solchen nigelnagelneuen Badezimmer gewesen wäre, aber er wusste es einfach.

Sie würden ihm überallhin folgen. Sie waren immer mit ihm gereist. Wohin auch immer er seine Eltern begleitete, sie folgten ihm. Doch jetzt blieben sie fern.

Vielleicht hatten sie noch nicht mitbekommen, dass er wieder umgezogen war, dachte er verzweifelt.

Er beschloss, nicht länger zu warten. Morgen würde er sie holen. Morgen würde er den Bus in die große Stadt nehmen, in die Wohnung zurückkehren, aus der sie zwei Wochen zuvor ausgezogen waren.

Sein Vater hatte gelacht, als Petru ihn gefragt hatte, ob dies nun ihr Haus für immer sei.

»Nichts, aber auch wirklich gar nichts ist für immer«, antwortete sein Vater und ließ sich auf das geblümte Sofa fallen.

Es war das erste Mal gewesen, dass sie sich in einer Straße mit lauter leerstehenden Häusern eins hatten aussuchen können. Anfangs schienen seine Eltern etwas ziellos herumzuirren, aber dann fanden sie doch etwas. Ein Haus mit einem großen Fenster, das von einem zierlichen Vorhang zu einem Bogen eingefasst wurde, durch den sie hineinschauen konnten.

Hinter dem Fenster war schön in der Mitte der Fensterbank ein Blumentopf platziert, mit den Überbleibseln von dem, was einmal eine üppig wuchernde Grünpflanze gewesen sein musste. Das Wohnzimmer war mit viel zu großen geblümten Sofas in einem undefinierbaren Farbton bestückt, die einladend wirkten, so als wäre es schon viel zu lange her, seit sich ein Bewohner auf ihnen unbefangen ausgestreckt und die Beine auf die Glasplatte des Sofatischs gelegt hatte.

Monty war mit seinem Vater in dem Pulk vorangelaufen, schnurstracks auf das breiteste Haus zu, eines der wenigen mit einem Vorgarten. Petru und sein Vater sahen sich vielsagend an.

So waren sie nun mal, die beiden.

Der Apfel fällt nicht weit vom Stamm. Der einzige Unterschied zwischen Monty und seinem Vater bestand darin, dass Letzterer einen dicken Bauch hatte, der seine ungezügelte Gier unterstrich. Monty war vorläufig noch hochgeschossen und spindeldürr. Aber auch er würde die ganze Welt verschlingen, wenn er könnte, ohne dass sein Hunger gestillt oder sein Körper weniger kantig und lang geworden wäre.

Die Kinder hatten es spannend gefunden, in ein Dorf ohne Bewohner zu ziehen. Jeder konnte spüren, dass es hier noch Sachen zu entdecken gab.

Man hatte den Eindruck, als wären die ursprünglichen

Bewohner Hals über Kopf aufgebrochen. Die Älteren schüttelten ungläubig den Kopf. Wie konnte es nur möglich sein, dass man schöne und stabile Häuser, die meisten von ihnen noch möbliert, manche sogar mit Vorgarten, einfach so in gepflegten Straßen zurückließ?

»Dieses Dorf wurde speziell für uns errichtet.«

Petrus Mutter wies seinen Vater zurecht. »Lass das, und erzähl dem Jungen nicht solche Geschichten! Es liegt an dem Hafen, Petru. Sie machen Platz für den Hafen«, sagte sie.

Ein paar Tage darauf sollte Monty ihm verschwörerisch anvertrauen, das Gerücht ginge um, unter dem Dorf wohnten furchtbare Wesen. Grauenhafte Monster streiften durch die Kanäle und Gänge, die kreuz und quer unter dem Dorf hindurch verliefen.

Gestalten, die sich bei Vollmond durch die Kanalrohre und Abflüsse bewegten, um sowohl in den Küchen als auch in den Badezimmern nach oben zu kommen, auf der Suche nach warmem, süßem Menschenfleisch. Insbesondere dieser Teil des Dorfes, der Teil, den sie gerade bezogen hatten, würde von Monstern heimgesucht, denn ein paar Straßenzüge weiter hatten die Bewohner ihre Häuser nicht verlassen. Niemand wisse jedoch, für wie lange der Frieden dort noch anhielte, denn auch in diesem Viertel sei angeblich ein Hund auf mysteriöse Weise verschwunden. Die Bewohner hätten Todesangst.

Aber Petru hatte Monty nicht geglaubt.

Monty war nicht nur ein Gierhals mit einem Magen wie ein Fass ohne Boden, sondern auch noch ein großer Geschichtenerzähler. Dennoch hielt Petru ihn nicht für einen Lügner. Lügen waren banal, erbärmlich. So war Monty nicht. Monty mochte vielmehr grandiose Geschichten. Monty entwarf eine ganze Welt, eine Geschichte epischen Formats.

Als Petru ihm zum ersten Mal begegnet war, hatte er behauptet, er sei der Sohn eines vertriebenen Prinzen und sein Vater habe einen legendären Schatz in der Gegend von Temeswar vergraben. Monty hatte sich vorgenommen, später zurückzukehren, um den Schatz zu suchen.

Wenn er wollte, durfte Petru ihn als einziger der Jungen begleiten. Aber er sollte ja nicht glauben, er würde die Hälfte der Beute abbekommen. Monty hatte ihm streng seine nicht verhandelbaren Bedingungen unterbreitet: »Höchstens ein Drittel.« Eine Zeitlang hatte sich Petru über diese Aussicht gefreut.

Zurückgehen. Der Schatz konnte ihm gestohlen bleiben, aber das sagte er Monty nicht.

Als die erste Woche in dem neuen Dorf vergangen war, begann Petru sich allmählich ernsthafte Sorgen wegen der Bunicâlis zu machen. Jeden Abend hatte er sich nun in dem kalten Badezimmer des Hauses eingeschlossen und auf sie gewartet.

Aber sie ließen sich nicht blicken, und allmählich gab er die Hoffnung auf. Ihm kam sogar der Gedanke, er habe vielleicht versehentlich etwas falsch gemacht und sie womöglich verärgert. Vielleicht hatten sie das andauernde Hin-und-her-Reisen gründlich satt. Er konnte das gut verstehen. Auch er war das ewige Nomadentum leid.

Inzwischen hatten sie wieder fließendes Wasser und Elektrizität. Sein Vater lag lang ausgestreckt auf einem der geblümten Sofas, mit den Füßen auf dem Couchtisch mit der Glasplatte, während Petrus Mutter ihm sein Hemd ordentlich bügelte.

Eines Tages hatte ein junger, blasser Sozialarbeiter alle im Vorgarten des großen Hauses von Monty versammelt. Zuvor hatte der Mann bereits Kontakt mit der öffentlichen Schule des Viertels aufgenommen, die noch freie Plätze hatte. Nun kam er mit einem Kleinbus, um Eltern und Kinder abzuholen und zur Einschreibung zu bringen.

Monty und Nauni und die anderen Kinder standen zusammen mit ihren Vätern in dem Garten. Sie alle waren im Sonntagsstaat.

Petru hatte sich den ganzen Morgen vergeblich gegen das Hemd gewehrt, das ihm seine Mutter aufgedrängt hatte. Sie bestand darauf, dass er auch den obersten Knopf schloss.

»Ma, das ist zu eng, ich kriege kaum Luft.« Er öffnete die beiden oberen Knöpfe, und sie gab ihm einen Klaps auf die Hand. »Zulassen, habe ich gesagt! Du gehst zur Schule und nicht auf den Rummelplatz! Was soll der Schuldirektor denn denken, wenn du dort so unordentlich erscheinst?«

Und als wäre das nicht genug, hatte sie ihm das Haar auch noch mit Brillantine eingeschmiert und einen perfekten Seitenscheitel gezogen.

Zum Glück hatten alle Mütter ihre Kinder auf diese Weise herausgeputzt, und noch nicht einmal Monty wagte es, eine spöttische Bemerkung zu machen. Die Kinder sahen einander wie geschlagene Kämpfer an. Nauni brachte bereits beim Einsteigen in den Bus sein Haar wieder in Unordnung.

Sie waren alle ganz still und erwarteten neugierig die soundsovielte neue Schule. Petru hatte während der Busfahrt an die Lehrerin Nicole aus der Grundschule denken müssen. Heimlich hoffte er, sie sei ihm in diese Schule gefolgt.

Sie war furchtbar lieb zu ihm gewesen, und sie war schön.

Er konnte es nicht ertragen, wenn sie ihn anschaute, er konnte es nicht ertragen, wenn sie ihn nicht anschaute.

Und wenn sie ihn dann ansah, errötete er immer und schaute sofort weg. Auch auf die allereinfachste Frage traute er sich keine Antwort zu geben, aus Angst, ihm würden die passenden Worte fehlen, er würde stottern oder sich versprechen.

Sie lächelte ihm zu, als wolle sie ihm damit sagen, es sei nicht schlimm und sie verstehe ihn. Als die Eltern entschieden hatten, wieder umzuziehen, wäre er am liebsten zu ihr gerannt und hätte sich an ihr festgeklammert. Warum konnte sie ihn nicht hierbehalten? Sie würde für ihn sorgen, und wenn er dann größer und stärker wäre, dann würde er für sie sorgen.

Er ging weg, ohne sich zu verabschieden. Nichtsahnend hatte sie ihm noch Hausaufgaben aufgegeben, die er nach dem Wochenende abgeben sollte, und ihm kurz über den Kopf gestrichen. Und das war es dann.

Die Hausaufgaben hatte er dennoch erledigt, das war Ehrensache.

Der Bus hielt vor einem modernen Gebäude, auf dem in fröhlich bunten Buchstaben der Name der Schule geschrieben stand: DER REGENBOGEN.

Im Gebäudeinneren beobachtete der Schulleiter mit einem fahlen Gesicht das Schauspiel, wie sein Büro sich mit Vätern und Kindern füllte.

Als Petrus Vater bemerkte, dass sich der Schulleiter nur an den Sozialarbeiter richtete und lediglich hin und wieder einen abschätzigen Blick auf die Gruppe nervöser Männer und ordentlich angezogener Kinder warf, als hätte er eine Horde Vieh in seinem Büro, die jeden Moment mit ihren plumpen Bewegungen eine seiner kostbaren Schultrophäen umwerfen oder mit ihrem unkontrollierten Gestampfe versehentlich das Computerkabel herausziehen könnte, schob er seinen Sohn mit dem Befehl nach vorn, den Schulleiter zu fragen, ob er etwas dagegen hätte, dass sie am Unterricht teilnähmen. Er bestand darauf, dass Petru dem Schulleiter versicherte, jedes der Kinder, jedes einzelne, sei ein guter Schüler.

»Papa, der Sozialarbeiter hat ihn das bereits gefragt. Darüber unterhalten sie sich nun.«

»Mach schon, frag du ihn, sonst glaubt er womöglich noch, wir hätten nichts zu sagen. Los, mach, sag es ihm.« Er puffte Petru so hart in den Rücken, dass er beinahe in die Arme des Schulleiters gefallen wäre, der ihn unfreundlich ansah.

Petru erschrak, als er bemerkte, dass das Gesicht des Schulleiters noch grauer wurde, als es ohnehin schon war.

»Herr Schulleiter, mein Vater fragt, ob …«

»Kleiner, hast du denn nicht gelernt, dass man zwei Erwachsene im Gespräch nicht unterbricht?«

Er konnte hören, wie hinter seinem Rücken Nauni und Monty kicherten. Sein Vater gab jedoch nicht auf, sondern trat selber vor, und in einem Schwall stark stümperhaftem

Niederländisch, in dem die Worte *Kinder, Süler* und *gut Menschen* obenauf trieben, fragte er, ob der Direktor die Güte habe, die Kinder in die Schule aufzunehmen.

»Mein Herr, ich glaube, dass es weder in Ihrem noch in unserem Sinne wäre, die Kinder hier aufzunehmen. Diese Kinder hier brauchen Unterstützung, viele Mittel, Mittel, über die wir nicht verfügen. Wir sind bereit, gemeinsam mit Ihnen nach einer Lösung zu suchen. Sie müssen verstehen, dass die Unterstützung dieser Kinder sehr intensiv ist und viel Geld kosten wird. Ich habe weder genügend Lehrkräfte noch entsprechendes Unterrichtsmaterial. Eigentlich ist das eine Angelegenheit der Behörden. Außerdem geht es hier um Kinder, von denen wir nicht wissen, ob sie lange bleiben werden. Das Vagabundieren liegt ihnen wahrhaftig im Blut, nicht war? Einen Tag seid ihr hier, und am nächsten verschwindet ihr bei Nacht und Nebel. In solche Kinder zu investieren macht nicht viel Sinn, nicht wahr?«

Mit einem freundlichen Lächeln hatte sein Vater dem Schulleiter geduldig zugehört. Manchmal hatte er sogar verständnisvoll genickt, während die Worte an seinem Gesicht abprallten wie peitschender Regen von der Windschutzscheibe eines stillstehenden Wagens. Die Klänge drangen zu ihm durch, während die Bedeutung an ihm abperlte. Petru schämte sich für seinen Vater zu Tode.

Tatsächlich hatte keiner auf die Worte des Direktors reagiert.

Petru dachte noch lange, nachdem sie die Schule bereits verlassen hatten, über die Worte des Direktors nach.

Er konnte sich nicht daran erinnern, dass sie je bei Nacht und Nebel verschwunden waren. Und was hatte er im Blut, das die anderen, die *gadjo,* nicht hatten? Was gab es da Ungewöhnliches, außer den roten und weißen Blutkörperchen, das in seinen Adern zirkulierte? Etwa Miniminiwohnwagen, in denen die Blutkörperchen durch seine Blutbahnen transportiert wurden, zu seinem Kopf und seinem Herzen?

Es fiel ihm schwer, sich vorzustellen, sein Vater und seine Mutter, Monty und alle anderen, hätten wirklich etwas im Blut, das sie dazu antrieb, immer wieder wegzugehen. Und dann auch noch bei Nacht und Nebel.

Seine Großmutter und Sara, das Nachbarmädchen in Temeswar, die hatten nie ihr Haus oder ihre Straße zurückgelassen. Die blieben, wo sie waren. Dennoch hatten sie dasselbe Blut, auch sie waren Roma.

Jetzt, wo er daran zurückdachte, an die vielen Male, als seine Eltern und alle anderen hatten aufbrechen müssen, da hatte es meistens an Dingen gelegen, die sich außerhalb ihrer Blutbahnen abgespielt hatten.

Beim letzten Mal war es die Schuld des Polizisten aus ihrem Revier gewesen, der viel zu lange damit gewartet hatte, bei ihnen vorbeizukommen und ihren Wohnsitz zu bestätigen. Ein andermal waren sie auf die Straße gesetzt worden, weil Petrus Vater monatelang die Miete nicht gezahlt hatte. Er hatte damals sein ganzes Geld in ein Geschäft investiert, in der Hoffnung, dass es sie reich machen würde. Petrus Mutter hatte damit gedroht, ihn zu verlassen, doch das hatte ihn nicht davon abgehalten, bis zum letzten Cent weiter auf das Geschäft zu vertrauen. Bis dann der Gerichtsvollzieher kam und sie hinauswarf. Die Koffer, die seine Mutter gepackt hatte, um ihre bereits geäußerte Drohung zu unterstreichen, hatten die Aufgabe des

Gerichtsvollziehers erheblich erleichtert. Ruck, zuck waren sie draußen.

Petru faszinierte die Vorstellung von den Miniminiwohnwagen. Er bildete sich ein, man könne sie nur unter einem superstarken Mikroskop erkennen. So ein Mikroskop, das nur die echten und superintelligenten Wissenschaftler besaßen.

Wie Dexter in seinem Lieblingszeichentrickfilm, *Dexters Labor*. Aber seines Wissens hatte Dexter nie Blut untersucht. In keiner einzigen Folge. Dexter erfand Dinge. Einen fliegenden Roboter. Einen Trunk, der ihn in ein Mädchen verwandelte, damit er die beste Freundin von dem Mädchen werden konnte, in das er verliebt war, und somit ganz nah bei ihr sein und hören konnte, was sie am liebsten hatte. Eine Menschenfernbedienung, die Menschen Dinge tun ließ, die sie gar nicht wollten.

Monty hatte Petru einmal dabei erwischt, wie er sich gerade auf dem Sofa räkelte und sich eine Folge von *Dexters Labor* anschaute. Er hatte nicht einmal gehört, dass Monty ins Zimmer gekommen war, so sehr ging er in Dexters Abenteuer auf.

Erst als Monty schallend anfing zu lachen, schaute Petru auf und sah ihn mitten im Zimmer stehen und auf den Fernseher deuten.

»Wie peinlich! Du siehst dir Dexter an! Sogar mein siebenjähriger Bruder findet, dass das 'ne Schwuchtelsendung ist! Hahaha!«

Monty lachte derart laut und ausgiebig, dass Petru keine andere Wahl blieb, als sich zu schämen. Monty hörte nicht auf, zu prusten und seltsame Geräusche von sich zu geben. Petru dachte schon, er habe den Verstand verloren.

Es war zweifellos Dexter, der versuchte, seine Menschen-fernbedienung an ihm auszuprobieren.

Danach hatten sie einen ganzen Tag lang nicht miteinander gesprochen.

Ein paar Tage nach dem Besuch der öffentlichen Schule mit dem grauen Schulleiter hatte der Sozialarbeiter alle in den unbenutzten Gemeindesaal des Viertels zusammengerufen, um ihnen mitzuteilen, was sie bereits wussten. Die öffentliche Schule hatte alle sieben Kinder abgelehnt, weil sie zu Hause nicht Niederländisch sprachen. Das Niveau der Schule würde durch diese Kinder sinken, und das wäre weder für die Schule noch für die Kinder von Vorteil.

Der Bürgermeister hatte sich der Sache selbst angenommen. Er hatte eine Richtlinie erlassen, sagte der Sozialarbeiter, die es der öffentlichen Schule verbot, die Kinder aufzunehmen.

»Diktatoren!«, polterte Montys dickleibiger Vater. Ihm stieg das Blut in den Kopf, und einen Moment lang befürchtete Petru, er würde mit einem lauten, kurzen Knall explodieren.

»Wir können dagegen klagen«, hatte der junge Sozialarbeiter vorgeschlagen. Seine Stimme bebte leicht und wurde von den Geräuschen der versammelten Männer und Kinder übertönt. Dennoch waren alle Gesichter auf ihn gerichtet. Er war ihre ganze Hoffnung, er stand auf ihrer Seite, und nun hatte er gesagt, dass etwas gegen die Schulverweigerung unternommen werden könnte.

Aber Petrus Vater schüttelte den Kopf. »Das ist Kultur, merkt ihr das denn nicht?«

Montys Vater sah ihn bestürzt an. Sein Gesicht, das gerade erst eine sanfte Rosafärbung angenommen hatte, drohte wieder purpurn zu werden.

»Ja, merkt ihr das denn nicht?«, insistierte Petrus Vater. »In diesem Land wird man nicht weggejagt, man wird nicht mit Gewalt hinausgeworfen, nirgendwo. Habt ihr in der Schule vielleicht Schilder gesehen, auf denen stand: Roma sind Kakerlaken und müssen ausgerottet werden? Na?«

Beifallheischend sah Petrus Vater jeden Einzelnen der Reihe nach an. »Ich bin mir sicher, man hätte uns eine Tasse Tee oder Kaffee angeboten, wenn wir nicht in so großer Schar dort erschienen wären. Wurden wir je auf diese Art zurückgewiesen? Sie lassen uns vortreten, hören sich unsere Argumente an. Dann denken sie lange und gründlich über das nach, worum wir sie bitten, sie lassen ihren Entschluss mit einem Gesetz bekräftigen und teilen uns dann ohne Umschweife mit, warum sie sich so und nicht anders entschieden haben. Wenn das keine Kultur ist, dann weiß ich es auch nicht.«

Montys Vater war inzwischen fast lila angelaufen, in Kombination mit der Farbe seines halbgeöffneten Mundes verhieß dies nichts Gutes. Er kam ein paar Schritte näher und schob Petru, der zwischen den beiden Männern stand, mit einer trägen Bewegung beiseite.

Der Sozialarbeiter wiederholte noch einmal, dass sie gegen diese Entscheidung klagen könnten. Diesmal versuchte er seiner Stimme ein wenig mehr Entschlossenheit zu verleihen. Er versuchte, laut über die Köpfe der nervösen Anwesenden hinwegzusprechen, in der Hoffnung, damit die aggressive Stimmung zu besänftigen, die zwischen den beiden Männern aufgekommen war. Die Adern an seinem Hals waren geschwollen, und der letzte Hauch Farbe verschwand von seinen dünnen Lippen.

Versehentlich verschob einer der Anwesenden einen Tisch, der an der Seite des Raumes stand.

»Nein, das werden wir nicht tun«, beharrte Petrus Vater. »Wir werden nicht klagen. Erzähl dem Bürgermeister und dem Schulleiter ruhig, dass wir sie nicht verklagen, weil auch wir Anstand haben und weil Leute mit Anstand einander verstehen. Du kannst ihn beruhigen, erzähl ihm einfach, dass wir, obwohl uns bekannt ist, dass man in dieser anständigen Welt gegen alles klagen kann, es nicht tun werden.«

»Hat dich die Hand Gottes gestraft?«, keuchte Montys Vater röchelnd. »Wir sollen die Kinder hier also einfach herumlungern lassen, weil wir Verständnis für die Kultur aufbringen?«

Es wurde still.

Petrus Vater trat ein paar Schritte näher zu Montys Vater.

»Siehst du denn einen Ausweg? Glaubst du im Ernst, dass wir gewinnen können? Wie lange klagen wir denn bereits gegen alles, was uns passiert? Und wie oft konnten wir erhobenen Hauptes nach Hause gehen? Wie oft haben wir Recht bekommen?« Es beunruhigte Petru, dass sich nun auch die Gesichtsfarbe seines Vaters veränderte. Normalerweise konnte ihn nichts aus der Ruhe bringen. Selbst wenn er sich einem wilden Brontosaurus gegenübersah, der ihn ohne viel Federlesen zu Brei zermalmen wollte, verlor er nicht seine Selbstbeherrschung.

»Glaubst du wirklich allen Ernstes, du würdest als blöder *magar* zu deinem Recht kommen, wenn du einfach gegen alles und jeden angehst?«

Montys Vater strengte sich sichtlich an, herauszufinden, ob Petrus Vater ihn soeben einen Esel genannt hatte, und wenn ja, ob er ihm dann eine nonverbale Antwort verpassen sollte.

Am Ende klappte er den Mund zu, und damit waren auch die Goldzähne in der unteren Reihe nicht mehr zu sehen. Alle atmeten erleichtert auf.

Montys Vater hatte die Beleidigung geschluckt. Er hatte die brodelnde Wut gefressen, wie er alles fraß, was man nur schlucken konnte.

Und als niemand mehr damit rechnete, als alle sich erneut füßescharrend und hüstelnd dem Sozialarbeiter zugewandt hatten, um einen Vorschlag zur Güte zu vernehmen, da holte Montys Vater mit seiner Rechten kräftig aus. Mit einer derartigen Wucht, dass die ganze Gruppe mit einem unterdrückten Aufschrei zurückwich, als wäre sie ein großer schwerfälliger Körper, der durch einen kräftigen Schlag ins Taumeln geraten war. Jemand fasste sich sogar erschrocken an den Kiefer.

Petrus Vater stolperte rücklings und fiel in die Arme von Naunis Vater, der laut fluchend versuchte, ihn wieder auf die Beine zu bringen.

Nur für einen kurzen Augenblick hatte Petrus Vater das Gleichgewicht verloren. Ein Sprung, und er stand wieder aufrecht.

»Du schlägst«, stellte er leicht amüsiert fest.

Auf den Zähnen hatte er eine durchscheinende Schicht Karmesin.

»So, so, du schlägst also«, wiederholte er lächelnd, als wollte er nicht nur sich, sondern auch den anderen zeigen, zu welch ungeheuerlichen Scherzen Montys Vater in der Lage war.

Währenddessen ging er locker und selbstsicher wie ein tapferer Geächteter aus einem Westernfilm zu Montys Vater, der ihn mit geöffnetem Mund, blinkenden Zähnen und geballten Fäusten erwartete.

Petru wusste, dass sein Vater nicht die geringste Chance gegen diesen Koloss hatte. Aus dem Augenwinkel konnte er sehen, wie Monty voller Selbstvertrauen und Stolz zu seinem Vater aufblickte. Petru dachte an Dexter und an die Scham, die er wegen Monty empfunden hatte. Bevor er es sich noch anders überlegen konnte, stürzte er sich auf Monty, der wie ein Sack Kartoffeln zur Seite kippte. Die Jungen kamen hart zwischen den beiden Männern auf und fingen sogleich an, wild miteinander zu kämpfen. Ohne zu wissen, wie ihm geschah, wurde Petru zu Boden geschleudert. Blitzschnell saß Monty auf Petru und bearbeitete seinen Kopf mit Faustschlägen.

Petru versuchte die Prügel abzuwehren und sich gleichzeitig zu befreien. Aber Monty lockerte seinen Griff nicht. Ein Konzert aus Rufen und Flüchen orchestrierte ihren Kampf. Arme und Beine zerrten und stampften. Petru hörte, wie Stühle scharrten und umfielen. Monty ließ sich von nichts und niemandem ablenken. Mit unbändiger Wut prügelte er weiter auf Petru ein. Petru hatte das Gefühl, alle Männer und Kinder, die im Saal versammelt waren, würden nun auf ihm liegen und über ihn hinwegdonnern, wie eine Horde wild gewordener Nashörner. Mit ungeahnter Kraft gelang es ihm, den linken Arm unter Montys Knie hervorzuziehen und einen ungelenken, aber zielsicheren Faustschlag seitlich an Montys Schläfe zu platzieren.

Kurz sah es so aus, als würde Monty das Gleichgewicht

verlieren. Petru fing an, wild mit den Beinen zu strampeln, um Monty abzuwerfen.

Gerade als er glaubte, es sei ihm gelungen, wurde er von einer unsichtbaren Hand hochgezogen und hinausgeschleppt. Weg von den johlenden Zuschauern.

Er wurde erst wieder losgelassen, als sie sich bereits auf der Straße befanden, weit weg von dem Gemeindesaal, aus dem man die erstickten Schreie und lauten Stimmen noch hören konnte, wie das Gebrüll von Seeleuten auf einem Kahn, der unterzugehen drohte.

Petru schaute auf und bekam gerade noch mit, wie sein Vater sich mit dem Handrücken über den Mund fuhr. »Ma-gur«, murmelte er, als sie nach Hause gingen.

Es war kaum zu fassen, dass diese Esel den bebrillten drahtigen Beamten aus Temeswar bereits vergessen hatten, dachte Petrus Vater empört.

In ihrem grauen Geburtsort war er in der Hierarchie der Rangniedrigste gewesen, doch ihn hatte diese Position nicht gestört. Denn selbst am Ende der sozialen Leiter fand man noch genügend arme Schlucker, auf die man mit einem Gefühl der Macht herabsehen konnte. Zum Beispiel die Leute, die zu ihm an den Schalter kamen. Er sorgte dafür, dass der einfache Mann oder die einfache Frau auf der anderen Seite des Schalters ordentlich von dem enormen Einfluss beeindruckt waren, den er auf ihr armseliges Leben hatte. Er befragte sie gnadenlos nach ihren Beweggründen, Antrag x oder y zu verlangen, horchte sie über ihre Absichten aus, genoss es, die Leute schließlich wieder wegzuschicken, weil er noch weitere Unterlagen für die Behörde A oder B verlangte. Und wenn dann alle Papiere mühsam zusammengetragen waren, gelang es ihm, unüberwindliche Widersprüchlichkeiten in den Anträgen zu entdecken.

Anomalien bei den Geburtsdaten, das war seine Spezialität.
»Wie kommt es, dass bei der Frage nach dem Geburtsjahr Ihrer Mutter in diesem Dokument Angaben zu Tag oder Monat fehlen, wohingegen in diesem Dokument steht, sie sei am Tag null des nullten Monats im Jahr 1933 geboren?«
Die Antragsteller waren immer wieder sprachlos. Keiner hatte eine vernünftige Antwort darauf.
»Was ist das, der Tag null des Monats null? Soll ich dem etwa entnehmen, Ihre Mutter wurde an einem nicht existierenden Tag eines nicht existierenden Monats geboren? Darf ich bitte erfahren, wie so jemand aussieht?«

Die Kunst bestand darin, so zu tun, als wäre der Beamte Gott. Ihm durfte man niemals widersprechen, denn das wäre Blasphemie. Der Blick musste gesenkt werden, man konnte Gott keinesfalls direkt in die Augen schauen. Männer und Frauen schrumpften zusammen, ließen die Schultern hängen, blickten zu Boden, als würden sie ein Gebet sprechen, wenn sie eine scheue, unzureichende Antwort auf die unmöglichen Fragen des Beamten gaben.
Erst wenn die Antragsteller zum wiederholten Male vorgesprochen hatten, griff er im Zeitlupentempo zu seiner rostigen Schreibmaschine und zog ein weißes Blatt Papier ein, das langsam mit Zeilen, Zahlen, Kommas und Punkten gefüllt wurde. Dann setzte er ein paar Stempel darunter, einige sogar in Rot, und unterzeichnete das Dokument gravitätisch. Von allen Beamten der Stadt war nur er dazu befugt,

die offiziellen Dokumente der Gemeinde zu unterzeichnen. Und noch während er, ganz der gewichtige Beamte, das Dokument abschloss, wurde er von den Antragstellern mit tausendfachem Dank überschüttet. Möge Gott, der unsichtbare Gott, ihn, seinen Stellvertreter auf Erden, und seine Nachkommen segnen bis in alle Ewigkeit. Amen.

Er zwang die Einwohner der Stadt selbst nach den Bürozeiten und während des Wochenendes zu Respekt, weil er sich standhaft weigerte, seine Gemeindeuniform abzulegen. Keiner hatte ihn jemals in einer lockeren Freizeithose oder einem sportlichen Sweatshirt gesichtet. Es ging sogar das Gerücht um, er habe sich auch bei der Hochzeitsfeier seiner Tochter geweigert, sich einen feinen Anzug schneidern zu lassen.

Petrus Vater hatte ihn schon mal ohne gesehen.

Ohne auch nur einen einzigen Faden am Leibe.

Nackt, im Umkleideraum des öffentlichen Badehauses.

Er war verwundert gewesen, den Mann, der vorgab, so wichtig zu sein, dort an diesem Ort in seiner wahren Größe anzutreffen.

Mickrig.

Als könnte der Angestellte die Gedanken von Petrus Vater lesen, hatte er in diesem Moment schnell nach einem fadenscheinigen Handtuch mit dem Logo der kommunistischen Partei gegriffen, um damit seine Scham zu bedecken.

Doch auf verblüffende Weise unterstrich das Handtuch noch die Mickrigkeit seiner kompletten Erscheinung. Das Logo schien einen roten Blutfleck zu bilden, der auf dem ausgefransten, grauen Handtuch ausgelaufen war.

In diesem Moment verstand Petrus Vater, was der Beamte eigentlich war: nicht viel mehr als eine verschlissene Reliquie vergangener Zeiten.

Dennoch eine Reliquie mit Macht. Nichts wies darauf hin, dass die Macht bröckelte, auch wenn die Reliquie recht mickrig ausgefallen war.

Und deswegen hatte sich Petrus Vater unter Entschuldigungen entfernt und ihm die Chance gegeben, sich ruhig und ungestört seine Uniform wieder anziehen zu können.

Warum begriffen das diese Esel nicht?!

Dass die Macht, überall auf der Welt, egal, wie fragil oder kultiviert ihre Erscheinungsform auch sein mochte, ihr Leben immer und überall fest im Griff haben würde und dass die Kunst darin bestand, die Augen offen zu halten und immer die richtige Strategie anzuwenden, um nicht plattgewalzt zu werden.

Eines Tages standen sie vor der Tür, Petrus Eltern. Das machten sie manchmal, wenn sie gerade in der Gegend waren. Doch diesmal kamen sie, um ihn mitzunehmen. Petru hatte wie ein Baby geheult und sich dabei an seiner Oma festgeklammert. Er wollte sie nicht loslassen, auch nicht, als ihm sein Vater einen glänzenden neuen Ball hinhielt. Seine Oma strich ihm über den Kopf und versuchte ihn zu beruhigen. Es war zu der Zeit gewesen, als sie ihm das Geheimnis der Bunicâlis anvertraut hatte: Großmütterchen, die im Alter immer mehr zusammenschrumpfen und so klein wie Feldmäuschen werden. Ein praktisches Format, das es ihnen ermöglicht, mit ihren Enkeln überallhin zu reisen. »Du hast bereits eine ganze Menge Großmütterchen, die mit dir mitreisen würden, und wenn ich ganz alt werde, dann komme ich auch zu dir.«

Sie stopfte ihm noch ein paar Leckereien in den Rucksack, küsste ihn auf die Stirn und ließ ihn gehen. Und es stimmte, was sie ihm erzählt hatte. Bereits in der ersten Nacht, als er in dem fremden Haus schlief, mit seinem fremden Vater und seiner fremden Mutter, da erschienen die Bunicâlis. Er saß auf der Toilette, als er plötzlich, in einem Spalt in der niedrigen Zimmerdecke, ein kleines schrumpeliges Bunicâli entdeckte. »Guten Tag, Petru«, war das Erste, was es sagte, und dabei strich es sich den Staub von den Kleidern. Schon bald kamen noch mehr von ihnen. Sie erzählten ihm wunderbare Geschichten von längst vergangenen Zeiten, von den Heldentaten der Vorfahren, sie brachten ihn zum Lachen und vertrauten ihm uralte Roma-Gcheimnisse an. Und überall, wohin Petru zusammen mit seinen Eltern ging, folgten sie ihm. Selbst als sie mehrere Landesgrenzen passiert hatten, waren sie ihm gefolgt.

Seine Eltern schliefen noch, als er sich aus dem Haus schlich. In der Hosentasche hielt er den Zehneuroschein fest umklammert. Sein Vater würde schnell bemerken, dass in seinem Portemonnaie Geld fehlte, doch Petru wusste, dass seine Empörung nicht viel weiter als bis zu einem enttäuschten »Hättest du mich nicht einfach darum bitten können?« gehen würde. Petru fühlte sich unbehaglich, weil er seine Eltern nicht in seine Pläne eingeweiht hatte. Sie würden vor Sorge wahnsinnig werden. Der Tag war noch nicht angebrochen, und er musste lange auf den Bus warten. Als er einstieg, sah er hinten im Bus ein blasses Mädchen, das dort zusammengekauert saß, den Kopf an die Scheibe gelehnt. Vermutlich war es die ganze Nacht hindurch mit dem Bus gefahren und hatte vergessen, wo es aussteigen musste.

Petru wusste sehr genau, wo er aussteigen musste, um zu seiner alten Wohnung zu gelangen.

Die Frage war nur, wie er hineinkommen sollte, damit er sich im Badezimmer auf die Suche machen konnte. Er wusste, dass die Haustür des Gebäudes meistens aufblieb, sogar während der Nacht. Aber selbst wenn sie abgeschlossen wäre, kannte er eine Technik, sie zu öffnen, denn das Schloss war ziemlich alt.

Er hoffte, dass die Wohnung noch leer stand, dann konnte er sie mit dem Schlüssel öffnen, den er vergessen hatte, seiner Mutter zurückzugeben.

Als er ausgestiegen war und der Bus an ihm vorbeifuhr, kreuzten sich sein Blick und der des Mädchens. Sie lächelte ihm zu, und Petru hatte das Gefühl, sie würde ihn verstehen, wenn er ihr von den Bunicâlis erzählte.

Die Eingangstür des Hauses stand sperrangelweit offen, genau wie er es erwartet hatte. Petru warf einen Blick auf den Briefkasten der zweiten Etage. »J. De Vlaeminck« klebte nun über dem Namen Monteanu. Petru seufzte. Er würde abwarten müssen, bis dieser J. aufstand und das Haus verließ. Der Name fiel auf zwischen »Sanovian« in der ersten und »Belkhire« in der dritten Etage. Petru überlegte, ob er zum Bäcker an der Ecke gehen sollte, um sich ein Schokoladencroissant zu holen und dort auf J. zu warten.

Als er sich auf der gegenüberliegenden Seite so postiert hatte, dass er den Hauseingang genau im Auge behielt, sah er, während er gierig sein Schokoladencroissant hinunterschlang, Mevrouw Sanovian mit den Zwillingen aus dem Haus kommen. Sie gingen in den Kindergarten. Beim Verlassen des Hauses hatte sie einen Stapel Werbeprospekte aufgehoben, den sie jetzt achtlos irgendwo auf der Fensterbank zurückließ. Sie machte sich nicht die Mühe, die Eingangstür zu schließen. Immer war Petru wegen der offenen Haustür gescholten worden; hiermit war seine Unschuld bewiesen.

Meneer Belkhire würde er nicht zu Gesicht bekommen. Der schlief jetzt wahrscheinlich nach der Nachtschicht in der Fabrik.

Nach einer Stunde Warterei bewegte sich noch immer nichts im zweiten Stock. Petru kamen Zweifel, ob J. De Vlaeminck überhaupt zu Hause war. Oder ob er noch dort wohnte.

Eilig überquerte er die Straße und stieg die Treppe in den zweiten Stock hinauf. Ohne zu zögern, schlug er laut gegen die Tür. Drinnen blieb es still.

Zwei Stufen gleichzeitig nehmend, eilte er die Treppe hinunter und klingelte lange. Und stürmte wieder hinauf, wo er noch einmal kräftig gegen die Tür schlug.

Nichts.

Er holte den Schlüssel aus der Jackentasche, und genau in dem Moment, als er ihn ins Schloss stecken wollte, hörte er Gepolter in der Wohnung. Gerade noch rechtzeitig konnte Petru den Schlüssel verschwinden lassen. Die Tür wurde einen Spaltbreit geöffnet, und ein junger Mann, der sich sichtlich anstrengte, die schläfrigen Augen offen zu halten, steckte den Kopf heraus. Sein Haar stand in alle Richtungen.

Er schaute Petru lange an. Es kostete ihn die größte Mühe herauszufinden, worum es hier ging.

»Darf ich zur Toilette?«

»Was?«

»Ich muss wirklich dringend pinkeln.«

»Wer bist du?« J. gähnte und kratzte sich am Kopf.

»Petru.« J. klimperte mit den Augen und gähnte erneut. »Ich muss echt dringend.«

Noch bevor J. reagieren konnte, schlüpfte Petru in die Wohnung, rannte wie ein Hase ins Badezimmer und verriegelte die Tür. Erleichtert stellte er fest, dass der Spalt, aus denen die Bunicâlis kamen, noch nicht versiegelt war.

»He!«, hörte er J. rufen, bevor er die Wohnungstür mit einem Knall zuschlug.

Petru hielt das Gesicht nahe an den Spalt. »Ich bin zurück. Kommt ihr wieder heraus? Es tut mir leid, dass ich euch nicht vorwarnen konnte. Ich hatte angenommen, ihr würdet mir folgen wie sonst auch immer.«

»He, du Knirps!«

J. ging zum Badezimmer und hämmerte laut auf die verriegelte Tür ein. »Was soll denn das?«

Petru ignorierte ihn und blieb regungslos vor dem Spalt stehen. Aber es passierte nichts.

»Also bitte, jetzt komm da wieder heraus.« Tränen schossen ihm in die Augen. »Du kommst jetzt da heraus, oder ich rufe die Polizei. Hast du mich verstanden?«

J. fluchte und trat gegen die Tür.

Petru legte die feuchte Wange an die Kachel, ganz nah an den Spalt. »Wo seid ihr? Kommt doch. Ich habe doch gesagt, dass es mir leidtut. Kommt doch heraus.« Mit dem Finger fuhr er über den Spalt, aber es passierte nichts.

Petru wischte sich die Tränen mit dem Hemdsärmel ab. Draußen war es still. Petru stand auf und suchte einen Gegenstand, um damit die Kacheln von der Wand zu lösen.

Außer benutzten Rasierern und einer Zahnbürste fand er nichts Geeignetes. »Eh, Mann, das hat jetzt lange genug gedauert. Komm da heraus.« J. klang versöhnlich.

Petru stellte sich vor die Tür. »Ich komme nicht heraus. Ich warte hier noch.«

»Was?«

»Ich warte hier auf die Bunicâlis.«

»Warten auf was?«

»Ich kann jetzt nicht herauskommen.«

»Willst du wirklich, dass ich die Polizei rufe?«

Petru klappte den Toilettendeckel hinunter und setzte sich darauf.

»Müsstest du eigentlich nicht schon längst in der Schule sein, Kleiner? Die Bullen kennen bei Schulschwänzern kein Pardon.«

»Ich habe keine Schule.«

»Ja, na klar. Türken brauchen nicht zur Schule.«

»Ich bin kein Türke.«

»Ist doch egal.«

»Ich bin Roma, und der Schuldirektor hat Angst, wir könnten etwas im Blut haben, weswegen wir bei Nacht und Nebel verschwinden, und deswegen dürfen wir nicht in seine Schule.«

J. antwortete nicht sogleich.

»Weil ihr Zigeuner seid?«

»Roma. Wir sind Roma.«

»Okay, Roma. Und wann kommst du jetzt aus meinem Badezimmer wieder heraus?«

Petru warf wieder einen Blick auf den Riss in der Wand.

»Ich warte auf meine Bunicâlis.«

»Buni was?«

Petru ließ sich vor der Badezimmertür nieder.

»Bunicâlis, meine Großmütterchen.«

»Großmütterchen in meinem Badezimmer, bist du ...« J. vollendete den Satz nicht. Petru hörte, wie sich seine Schritte entfernten. Kurz darauf kam er wieder zurück. Und dann kauerte auch J. sich dicht an die Tür.

»Und wie sehen diese Bun'kalis aus?«

»Bunicâlis«, verbesserte Petru ihn. »Sie sind nicht groß, ungefähr so groß wie eine Maus.« Er beschrieb, wie sie angezogen waren, welche Farbe ihre Augen hatten und wie viele Falten auf ihren Gesichtern erschienen, wenn sie lachen mussten. Die ganze Zeit, während Petru erzählte, hörte er auf der anderen Seite der Tür ein sanftes Geschabe.

J. unterbrach Petru kein einziges Mal.

»Was machst du?«

J. antwortete, indem er ein Blatt Papier unter der Tür hindurchschob. Petru nahm es und sah zu seiner großen Überraschung seine Bunicâlis vor einem gekachelten Hintergrund. J. hatte sie fast haargenau getroffen. Die runden Gesichtchen, die funkelnden Augen, sogar die Falten in der Kleidung wirkten echt.

J. schob ein weiteres Blatt unter der Tür hindurch, auf dem ein dünner Junge abgebildet war, der sich mit einem Bunicâli unterhielt.

»Bin ich das?«

»Yep, stimmt es so?«

»Er ist ziemlich mager.«

»So siehst du in Zeichentrickfilmen aus.«

Petru nahm die Zeichnung in die Hand und betrachtete sie ausgiebig. »So dünn bin ich nicht«, sagte er entschieden und schob die Zeichnung wieder unter der Tür hindurch. Das Blatt mit den Bunicâlis behielt er.

»Ich berufe mich da auf meine künstlerische Freiheit.«

Er hörte J. kichern.

»Wenn du möchtest, dass ich dich so zeichne, wie du bist, dann musst du herauskommen, damit ich dich genauer unter die Lupe nehmen kann. Und wie gefallen dir die Großmütterchen?«

Petru konnte sich nicht von dem Blatt lösen. Es war, als würden sie dort vor ihm sitzen, versammelt in seinen Händen.

»Kommst du jetzt raus? Jetzt muss ich nämlich mal dringend auf die Toilette, echt wahr, das ist kein Trick oder so.« Petru erhob sich langsam und öffnete die Tür. J. saß noch immer auf dem Boden, mit einem großen Zeichenblock auf den Knien und einem schwarzen Bleistift in der Hand.

»Endlich, Mann.« J. flitzte ins Badezimmer. Ohne die Tür zu schließen, stellte er sich vor die Toilette und pinkelte.

Petru machte selbst die Tür zu und verzog sich ins Wohnzimmer.

Dort sah er, dass der Esstisch mit Skizzen übersät war. Überall auf dem Boden lagen zerknäulte Papierbälle. Auch die Zimmerwände waren komplett mit seltsamen Zeichnungen und Fotos bedeckt.

»Ich bin Jasper.«

Petru drehte sich um. Jasper hielt ihm eine ausgestreckte Hand hin.

»Ich bin …«

»Petru, ja, das hast du bereits gesagt. Möchtest du etwas trinken?«

»Nein.«

»Wie seltsam, diese Geschichte mit den Bunicâlis. Glaubst du etwa auch noch an den Nikolaus?«

Petru schnitt eine Grimasse.

»Wie alt bist du?«

»Elf. Und den Nikolaus gibt es nicht. Er hat mir noch nie ein Geschenk gebracht.«

Jasper öffnete den kleinen Kühlschrank und nahm sich eine Orangensaftpackung.

»Wirklich nichts trinken?«

Petru schüttelte den Kopf.

Jasper ließ sich am Tisch nieder und zog zwei Zeichnungen zu sich heran. »Du findest also, dass ich deine Bunicâlis gut getroffen habe?«

Petru setzte sich auch. »Sie haben ein etwas runderes Gesicht und ein bisschen mehr Falten, aber ansonsten stimmt es so. Du kannst gut zeichnen.«

»Vielen Dank. Ich finde ja auch, dass ich gut zeichnen kann, nur mangelt es mir oft an Inspiration. Dieses Jahr muss ich meine Abschlussarbeit für die Akademie abgeben, aber seit Jahresbeginn habe ich nur Flimmern im Kopf. Deine Geschichte scheint mir interessant zu sein. Würde es dich stören, wenn ich einen Zeichentrickfilm davon mache?«

Petru sah ihn verständnislos an.

»Ein Zeichentrickfilm von dir und deinen Bunicâlis.«

»Meinst du damit, dass du sie bewegen kannst? Ein echter Zeichentrickfilm? So wie *Dexters Labor*?«

»Ja, so was in der Art. Nur brauche ich dafür noch etwas Zeit. Aber sie werden sich bewegen. Sie werden lebendig sein, aus Rissen und Spalten hervorkommen. Was meinst du?«

»Und kommt das dann im Fernsehen?«

Jasper lachte.

»Im Fernsehen, im Kino, überall auf der Welt, wir räumen alle Preise ab und werden berühmt! Darauf müssen wir trinken, Petru.« Jasper hielt ihm die Orangensaftpackung hin.

Petru lachte etwas blöde. Berühmt werden! Die Möglichkeit hatte er noch nicht in Erwägung gezogen, aber der Gedanke gefiel ihm. Sehr sogar. Er nahm einen Schluck von dem süßen Saft.

Über die Liebe und den Hass

Vierzig Tage sind seitdem vergangen. Vierzig Tage der Trauer. Darauf hätte ich Anspruch gehabt, wenn ich gestorben wäre. Aber ich bin nicht tot. Überall sind Maschinen, die versuchen, mich am Leben zu halten.

Warum? Vielleicht weil ich noch jung bin, vielleicht weil diese Stadt nicht noch einen Mord dieser Art verkraften kann.

Es gibt keine Sicherheit mehr, außer der Gewissheit, dass Katja es verkraften wird. Sie muss zwar noch oft weinen, aber sie wird es verkraften.

Langsam und zögerlich wird sie ihr Leben wieder in die Hand nehmen und weitermachen, zunächst widerwillig, aber mit der Zeit wird sich auch die Freude wieder einstellen. Es wird vorkommen, dass sie sich schuldig fühlt, wenn sie herzhaft lacht, vielleicht wird sie bei dem Gedanken an mich ihr Lachen schnell ersticken. Sie wird sich ertappt fühlen, untreu und oberflächlich, sie wird sich selbst hassen, die ersten Male. Aber das geht alles vorüber, denn ich weiß jetzt, dass der Mensch vergessen kann. Jetzt weiß ich, dass Vergessen lebensnotwendig ist. Es betäubt den größten Schmerz, aber der Preis ist hoch. Wir sind dazu verdammt, immer wieder dieselben Fehler zu begehen.

Es wird der Tag kommen, an dem Katja zum ersten Mal wieder lachen kann. Richtig lachen. Nicht um Aufmerksamkeit auf sich zu ziehen, nicht aus Höflichkeit, kein Lachen, um mitleidige Blicke abzuwehren. Sondern ein Lachen, das von innen kommt und sich wie eine Blüte entfaltet.

Und jedes Mal, wenn sie so lacht, werde ich mich wieder daran erinnern, warum ich sie so geliebt habe.

Sie wird einen Mann kennenlernen und eine Zeitlang mit ihm zusammenwohnen, um es auszuprobieren. Und wenn es gut läuft, wenn sie keine Zweifel mehr hat, wenn es das ist, was sie will, erst dann wird sie eine große Hochzeitsfeier veranstalten. Ihr erstes Kind, eine Tochter, wird sie Nour nennen, »Licht«.

Was wir hatten, was soll ich dazu sagen? Mir haben Worte noch nie sehr gelegen. Wir hatten etwas Echtes, etwas Schönes.

Als ich sie zum ersten Mal sah, da wusste ich, dass mein Leben von ihr abhing. In Anbetracht der jetzigen Umstände klingt das vielleicht zynisch, aber ich wusste, dass ich sie nicht gehen lassen durfte. Schlagartig konnte ich mich nicht mehr daran erinnern, wie das Leben vor Katja ausgesehen hatte und wie es ohne ihre Anwesenheit wäre. Seitdem war alles Liebe.

Recht bald fassten wir den Entschluss zu heiraten, vor dem Standesamt und ohne Probezeit. Wir zweifelten nicht im Geringsten aneinander.

Habe ich schon erzählt, wie sich das Leben veränderte? Wie ich alles, was ich um mich herum sah, mit der Liebe in Verbindung brachte?

Alles war Liebe. Überall war Liebe. Es nahm ziemlich peinliche Züge an. Ich konnte zum Beispiel lange ein verliebtes Pärchen auf der Straße anstarren, die Art, wie ihre Finger sich miteinander verflochten.

Das eine Mal, als ich mit dem Zug nach Hause fuhr, nach einem Arbeitstag. Eine Frau und ein Mann, sie müssen um die fünfzig gewesen sein, setzten sich mir gegenüber. Zunächst dachte ich, sie seien Kollegen, doch als ich bemerkte, wie der Mann flüchtig das Knie der Frau mit der Hand berührte, als er sich niederließ, da wusste ich, dass sie mehr als nur Kollegen waren, und das faszinierte mich. Anfangs drehte sich ihr Gespräch noch um die Arbeit. Sie war im Betriebsrat, und es gab einige drastische Maßnahmen, die sie beunruhigten. Während er ihr zuhörte, zog er seine Brille aus dem Jackett und faltete langsam die Zeitung auf. Und dann berührte die Frau die Innenseite seines Handgelenks, sehr sanft, doch mit sichtlicher Wirkung. Der Mann lächelte und bat sie, vor allem vorsichtig zu sein. »Es ist doch nichts dabei, Liebling«, sagte sie möglichst unauffällig. Sie lächelte und fing an, über die Vorbereitungen für ein Familientreffen zu plaudern, nur zehn Leute, kein großer Aufwand.

Anna würde den Kuchen mitbringen, sie den Wein. Sie konnte wohl schlecht Oliven zum Kuchen anbieten, oder? Vielleicht würde sie noch ein Rosinenbrot backen. Sie legte ihm eine Hand auf den Schenkel. Ohne von der Zeitung aufzuschauen, bat er sie, vorsichtig zu sein. Ich bemerkte, wie er leicht errötete. Sie antwortete, dass sie äußerst vorsichtig sein würde, doch ihre Hand ließ sie auf seinem Oberschenkel liegen. Ich konnte das ganze Gespräch vom Anfang bis zum Ende rekonstruieren, ungeniert hatte ich zugehört und sie beobachtet. Ich habe noch nicht einmal versucht, es zu verbergen. Es war, als würde ich mir eine Folge irgendeiner flämischen Soap anschauen.

Katja fand, ich sei zu weit gegangen. Ich hatte ihr davon erzählt, und sie meinte, es würde sie nicht überraschen, wenn ich mir demnächst eine ordentliche Tracht Prügel einhandelte. »Du kannst die Leute nicht einfach so beobachten. Das ist unhöflich und sogar übergriffig. Also verhalte dich bitte normal.«

Es ist doch nichts dabei, wenn einen zwei Menschen faszinieren, die damit beschäftigt sind, gemeinsam alt zu werden, und die noch immer erröten können, wenn sie sich berühren.

»Katja, würdest du mir eine Hand auf den Oberschenkel legen, sogar in einem überfüllten Zug, in dem übermüdete und schlechtgelaunte Fahrgäste uns auf die Finger schauen?«

»Verhalte dich bitte normal, mich stört dieses übertriebene Getue allmählich.«

Wenn sie nicht wirklich sauer auf mich war, flackerten bei ihr kleine Lichter in den Augen.

Wir waren ziemlich damit beschäftigt, unser zukünftiges gemeinsames Leben zu organisieren. Bereits seit einiger Zeit suchten wir eine Wohnung.

»Erzähl mir doch noch einmal die Geschichte von dem Mann und der Frau und den Oliven, die nicht zu dem Kuchen passen«, sagte sie dann manchmal. Einfach so aus dem Nichts heraus. Und ich schilderte ihr dann haarklein, was ich im Zug beobachtet und was die beiden zueinander gesagt hatten.

»Wunderbar geiles Pärchen«, sagte sie, bevor wir Arm in Arm die soundsovielte Wohnung betraten, als hätten wir freie Wahl.

Es gab zwar reichlich Auswahl, doch eine Wohnung zu finden, die genau zu uns passte, schien nahezu unmöglich zu sein.

Mir fiel auf, dass in bestimmten Vierteln die einzige dort existierende Farbe auf der Straße anzutreffen war. Die menschlichen Lagerhäuser, die sich nebeneinander auftürmten, blickten kalt auf uns herab. Ich hatte das beklemmende Gefühl, dass die Zeit hier in diesen fahlen, grauen Backsteinfassaden eingemauert war. Stillstand. Wir sahen uns einige Wohnungen an, die man nur über steile Treppen erreichte, ausgelegt mit einem PVC-Belag, der ungewollt eine Vintage-Atmosphäre verströmte. Wiederholt wurden wir durch schmale Flure geführt, in Zimmer, in denen sich eine gestreifte Tapete für die Dauer des Besichtigungsbesuchs mannhaft aufrecht zu halten versuchte. Manchmal gab es auch Zimmer, die mit einer Holzvertäfelung ausgekleidet waren, was aber dennoch nicht verhinderte, dass der Feuchtigkeits- und Schimmelgeruch wie ein böser Geist in den Zimmern umherschwebte. Ich wurde in Wohnungen geführt, in denen ich mir instinktiv die Jacke zuknöpfte. Keine Orte zum Wohlfühlen. Ich konnte mir nicht vorstellen, dass Menschen hier glücklich wurden. Wie sie hier essen, schlafen und zur Ruhe kommen sollten. Wie sie sich daheim fühlen sollten, zwischen vier Wänden, die nur dazu dienten, Regen und Wind abzuhalten.

Es gab auch andere Wohnungen. Schöne, großzügige Wohnungen, die durch riesige Fenster mit Doppelverglasung wie ein himmlisches Geschenk das ganze Tageslicht mit einer sanften, fließenden Geste hereinließen. Oft bekam man noch einen weiten Panaromablick mit dazu. Doch das waren Wohnungen, für die unsere beiden Einkommen lange nicht ausreichten.

Und dann gab es auch noch Vermieter, die keine Angst vor Haustieren hatten, defekten Leitungen oder misanthropischen Berufsnörglern älteren Jahrgangs, aber sehr wohl vor Menschen, die anders aussahen. Vermieter, die eine dunkle Hautfarbe mit scharfen Currygerüchen, qualmendem Lammkebab und täglich abgehenden Partys im Haus assoziierten. Sie waren der festen Überzeugung, innerhalb kürzester Zeit würde das komplette Wohnhaus von Menschen eingenommen, die fünfmal am Tag zum Gebet im Treppenhaus aufriefen. Und obwohl Katja an meiner Seite war, trauten sie dem Frieden nicht. Einige unter ihnen schienen es zu bedauern, dass Katja nicht allein war, taten so, als wäre ich das einzige Hindernis, das sich zwischen ihr und der Wohnung befand. »Wissen Sie, die Nachbarn, die Nachbarn schätzen das nicht«, sagte einer von ihnen. Die meisten täuschten Bedauern vor, weil die Wohnung offenbar bereits vermietet war, ein Kommunikationsproblem zwischen dem Makler und den neuen Mietern. »Tut uns leid.«

Ein Vermieter starrte mich die ganze Zeit über an, während er mit Katja sprach. Ich kam mir in seinen Augen wie ein Objekt vor. Ich bildete mir ein, er würde nicht davor zurückschrecken, Katja einen unsittlichen Antrag zu machen. »Die ersten drei Monate komplett gratis, wenn du ihn loswirst.«

Deshalb hatten wir inzwischen einen anderen Kurs eingeschlagen. Wir wollten uns gleich ein Haus kaufen.

Wir hatten ein schönes Haus gefunden, von einer älteren Dame. Es musste komplett renoviert werden, aber uns gefiel es. Es eröffnete Möglichkeiten.

Die Verhandlungen befanden sich bereits in der Endphase. Wir hatten uns über den Preis einigen können, und es gab keine weiteren Interessenten.

Sooft wir wollten, konnten wir vorbeikommen, damit wir das Haus gut auf uns einwirken lassen konnten.

Die Eigentümerin empfing uns gern. Sie quasselte ununterbrochen über alles und nichts und machte uns einen Kaffee aus Zichorie. Es war wunderbar, dort mit Katja herumzugehen, in dem verstaubten, abgewohnten Haus mit den alten Möbeln und den verblassten Tapeten. In den muffigen Räumen entwarfen wir den vollendeten Film unseres Lebens. »Das hier wird das Zimmer unserer ersten Tochter, Nour. Die Spitzengardinen lassen wir hängen, was meinst du?«

»Du überspringst ein paar Kapitel, du musst bei dem Master Bedroom und dem Kingsize Bed anfangen.«

Katja umarmte mich stürmisch und gab mir einen Kuss.

Mein Vater tat so, als würde er von allem nichts mitbekommen. Er sprach nie viel, aber nun hatte er eine Falte auf der Stirn, wenn er mich ansah. Meine Mutter sagte, ihm sei nicht wohl bei dem Gedanken. Ihm wäre es lieber, ich würde nicht damit weitermachen. Er war überzeugt, eine solche Ehe sei zum Scheitern verurteilt. Dass es Probleme geben würde, wenn Kinder kämen.

»Hast du ihm gesagt, dass Katja ein liebes Mädchen ist, sehr respektvoll? Ich bin mir sicher, dass die beiden gut miteinander auskommen werden.«

Meine Mutter schüttelte den Kopf. »Weißt du, dass es bei uns auch sehr liebe und respektvolle Mädchen gibt?«

Ich hatte meine Mutter beauftragt, meinen Vater zu bitten, sich das Haus einmal gemeinsam mit uns anzuschauen. Er sagte immer: »Wichtige Entscheidungen sollt ihr niemals allein treffen. Ich habe vielleicht nicht die Ausbildung, die ihr habt, aber ich kann euch etwas beibringen.«

Sie hatte ihn lange dazu drängen müssen, aber ein paar Tage später kam er auf mich zu und meinte, er würde sich das Haus gern einmal ansehen.

Ich traute mich fast nicht zu atmen, als er die Zimmer inspizierte.

»Ein solider Bau, der Keller ist trocken, und das Dach hält auch noch eine Weile, ein gutes Haus.«

»Also ein Schnäppchen?«

»Für Schnäppchen auf dem Immobilienmarkt bist du zehn Jahre zu spät dran, mein Sohn.«

Ich war bereits überglücklich, dass er mit mir gekommen war, um das Haus zu besichtigen. Für mich bedeutete das ein stillschweigendes Einverständnis mit allem, womit ich gerade beschäftigt war. Ich konnte meine Pläne also fortsetzen.

Katja konnte nicht richtig nachvollziehen, weshalb mir sein Einverständnis so wichtig war. Schließlich war es mein Leben, und wir lebten doch im einundzwanzigsten Jahrhundert.

»Und wenn er nun gesagt hätte: ›Nur über meine Leiche‹? Wenn er seinen Segen nicht gegeben hätte, würdest du mich dann etwa nicht heiraten?«

»So ist mein Vater nicht, er ist kein ungerechter Mensch.«

»Das ist keine Antwort auf meine Frage.«

Katja konnte einen sehr eindringlich ansehen, und ich konnte von Glück sagen, dass meine Eltern bereit waren, meine Entscheidungen zu akzeptieren. »Ich bitte ihn nicht um sein Einverständnis, ich möchte nur, dass er hinter meinen Entscheidungen steht, dass er sich für mich freut.«

Sie hob die Hände hoch.

»Katja, tu jetzt bitte nicht so, als würdest du das alles nicht verstehen. Würde dir es gefallen, wenn deine Eltern nicht hinter unserer Hochzeit stünden?«

»Hier geht es immerhin um mein Leben, und ich verhandele nicht darüber, wie ich es gestalte; ich teile es höchstens mit. Und diese Freiheit werde ich nicht aufgeben, für niemanden, nicht einmal für meine Eltern. Dir fehlt einfach der Mumm, dein Leben komplett selbst in die Hand zu nehmen!«

»Du verstehst mich wirklich nicht, stimmt's?« Jetzt wurde auch ich sauer.

Wir hatten öfter Diskussionen über die Familie, über Werte und Traditionen. Vieles davon war für sie nur überflüssiger Ballast. Sie wollte nicht die Verantwortung für Dinge tragen, von denen sie selbst nicht wusste, wie sie sie aufrechterhalten und weitergeben sollte, und vor allem wollte sie von ihrer Eigenständigkeit nichts einbüßen. Als ob das überhaupt zur Debatte stünde. Ich wollte einfach niemanden brüskieren und versuchte den goldenen Mittelweg zu finden.

Ich war der festen Überzeugung, dass sich das alles wieder einrenken und unsere Liebe siegen würde. Gemeinsam hatten wir so manchen Vorurteilen getrotzt, und das hier würden wir auch schaffen, dachte ich.

»Du kannst ruhig zugeben, dass du dich noch immer an eure Stammestraditionen gebunden fühlst.«

Manchmal konnte sie ziemlich schroff sein.

»Höre ich da etwa deinen Vater reden? Ist das bei euch

vielleicht genetisch bedingt? Denn falls das so sein sollte, hätte ich das gern gewusst, bevor wir hier weitermachen«, war meine trockene Antwort.

Sie stand auf und lief weg.

Ihr Vater hatte seine eigene, spezielle Art, seine Meinung über mich kundzutun. Er ließ keine Gelegenheit aus, mir die absurdesten Klischees um die Ohren zu hauen.

»Du wirst meine Tochter doch nicht etwa wie eine Haussklavin halten? Muss sie viele Kinder für dich kriegen?«

Er kicherte, weil er sich unglaublich frech fand. Doch ich schätzte seine Art von Humor nicht sonderlich. Beim ersten Mal war es noch ganz lustig, doch als er zum wiederholten Mal solche Plattitüden von sich gegeben hatte, verging mir das Lachen, und ich versuchte, auf meine Art darauf zu reagieren.

»Nein, sie muss nicht viele Kinder kriegen, kein einziges darf sie kriegen, denn das verbiete ich ihr. Das ist eine Aufgabe, die ich mir für meine Zweit- oder sogar Drittfrau vorbehalte. Aber das ist noch Zukunftsmusik, erst hängt einmal alles davon ab, welche Karriere ich in meiner Firma mache. Aber da bin ich recht zuversichtlich, ich habe bereits einen Dienstwagen und ein Firmenhandy, es läuft also alles richtig. So kann Katja meine Frau für die Liebe bleiben. Sie ist nicht zum Gebären gemacht. Davon werden Frauen nur alt und hässlich, und das will ich auf gar keinen Fall.«

Die letzten Spuren des Grinsens, die sich noch in seinem Gesicht abzeichneten, verschwanden blitzartig.

»Haben Sie gewusst, dass Mutterschafe nicht mehr gegessen werden? Kaum haben sie ihr erstes Lamm, schmeckt ihr Fleisch ranzig, furchtbar eklig. Sozusagen dasselbe Prinzip.«

Er konnte meinen Humor ebenso wenig goutieren.

Aus der Küche tauchte nun eine bedenklich schauende Mutter mit einem Geschirrtuch in der Hand auf.

»Ist es, ähm, ist es bei euch immer noch sehr beliebt, mehrere Frauen zu haben?«

»O ja, sogar sehr. Besonders als ältester Sohn hat man mancherlei interessante Vorrechte. Aber es besteht zugleich auch die Verpflichtung, dafür Sorge zu tragen, dass die Nachkommen gut versorgt sind. Eine schwere Aufgabe, aber ich stelle mich der Verantwortung.«

Ich konnte sehen, wie die Verwirrung von Katjas Vater zunahm. Ihrer Mutter war es nicht bewusst, dass sie mich mit offenstehendem Mund entsetzt anstarrte. Ich wusste, dass ich mit dem Feuer spielte, denn die Spannung im Wohnzimmer war deutlich zu spüren. Und dennoch wollte ich noch eins draufsetzen. Katja rückte näher zu mir und puffte mich in die Seite.

Mir war klar, dass es ihnen viel lieber gewesen wäre, ihre Tochter hätte sich jemanden ausgesucht, der so war wie sie, den sie kannten. Meine Eltern reagierten genauso. Sie hatten Angst. Katja und ich drängten auch nicht mehr darauf, dass die Eltern sich einmal kennenlernten. Vorläufig wollten sie das noch nicht. »Was soll ich denn zu denen sagen?«, fragte meine Mutter immer, wenn ich einen vorsichtigen Anlauf unternahm. Vielleicht hofften sie darauf, ein gemeinsames Kennenlernen würde sich erübrigen. Vielleicht hofften sie darauf, wir würden das Ganze früher oder später wieder fallenlassen, und jeder von ihnen könnte sich wieder sicher in seiner eigenen Welt verschanzen, ohne Sprachverwirrungen und befremdende Erfahrungen.

Meine Mutter hat mich lange angefleht, doch bitte »ein Mädchen von uns« zu nehmen. Mit ihr könnte sie sich dann wenigstens unterhalten. Mit ihr könnte sie dann auch auf Hochzeitsfeiern prunken, gekleidet nach der neuesten marokkanischen Festmode. »Sieh nur, sieh, das ist nun die Frau meines Sohnes«, würde sie dann stolz sagen. Und die Frauen würden sie bewundern und mit *mâschallâhs* und *mabrouks* bejubeln. Sie bat eigentlich nicht um viel, meine Mutter.

»Katja kann doch auch ein marokkanisches Kleid anziehen und mit dir zu den Festen gehen«, versuchte ich es dann.

»Sie ist rotblond und viel zu mager. Sie wird furchtbar lächerlich aussehen, auch in dem schönsten Kleid!«

Ich ersparte ihr die Vorstellung, dass Katja mit Jeans und engem T-Shirt verdammt gut aussah.

Stef, Katjas Bruder, war ein seltsamer Kerl. Ein gleichgültiger Typ. Ihm war ziemlich egal, was um ihn herum passierte, Hauptsache, er wurde da herausgehalten. Seine Gleichgültigkeit war nicht gespielt.

Ich will damit sagen, dass er nicht aus Machtlosigkeit die Dinge geschehen ließ. Ihn ließen die Dinge wirklich einfach kalt.

Diese Haltung war für ihn und seine Freunde nicht viel mehr als eine originelle Art, die Welt zu betrachten. Nicht lasch, sondern cool.

Er hatte keine Meinung über die Gesellschaft und wusste auch nicht, wie ein Idealbild von ihr auszusehen hätte. Was er allerdings besaß, das waren seine Springerstiefel, die ihm heilig waren, sowie einen Satz flotter Sprüche, mit denen er ab und zu seine Freundinnen schockieren konnte. Sein Lieblingsspruch war: »Man hätte Hitler mehr Zeit geben sollen, um sein Werk zu vollenden.«

Und das war's dann auch schon. Ansonsten verhielt er sich so, wie alle anderen in seinem Alter sich in diesem Teil der Welt verhalten: überdrüssig und gelangweilt.

Solange er seine Bücher, die Musik und sein Blitzkrieg Wargame online hatte, solange er ab und zu mit den dazugehörenden Pillen auf den Putz hauen konnte, war für ihn die Welt vollkommen in Ordnung.

Und dennoch traute ich ihm nicht, weil Gleichgültigkeit und Unparteilichkeit keine Optionen in dieser Welt sind.

Und ohne mir dessen bewusst zu sein, sollte ich der direkte Anlass für Stefs erste bewusst getroffene und einschneidende Wahl werden.

Seine Freunde nannten ihn ein Weichei, einen Verräter. Seine Freunde waren der Ansicht, dass er selbst in Angriff nehmen musste, wozu seine Eltern nicht mehr in der Lage waren, weil sie schon viel zu stark von ihrem Multikultitrip benebelt waren.

Sie fanden, es sei jetzt an der Zeit, ihnen zu beweisen, dass er es auch wert war, zu ihrer Gruppe zu gehören, und sie wollten sehen, ob mehr in ihm stecke, als immer nur von Level zu Level weiter nach oben zu kommen, indem er eine erfolgreiche Offensive gegen die Amerikaner während der Schlacht um die Ardennen landete. Die Geschichte schrieb er mühelos um, dank seinem brillanten strategischen Verständnis. Er ließ virtuelles Blut fließen, ohne mit der Wimper zu zucken. Nie nahm er Kriegsgefangene. »Beweis uns, dass du mehr als nur ein Gameboy bist.« Sie ließen ihn zurück, ohne sich weiter um ihn zu kümmern. Das war nun seine Entscheidung. Er konnte jemand sein, endlich etwas tun, etwas, das zählte.

Und so entstand der Plan für den Anschlag.

Keiner wusste etwas davon. Am wenigsten Katjas Eltern. Sie gewöhnten sich allmählich an uns. Sie hatten sogar damit aufgehört, an »die Hochzeit ihrer Tochter mit dem Marokkaner« zu denken.

Für sie wurde ich allmählich zu einer Person. Wir beherrschten inzwischen die Kunst des Miteinander-Redens. Nur das gemeinsame Lachen wollte uns noch nicht so recht gelingen, aber das würde noch kommen. Da war ich ziemlich optimistisch.

Wir hatten gerade Mevrouw Verdun besucht, Katjas Großmutter, die seit zwei Jahren, seit es mit ihr bergab ging, in einem Altenheim lebte. Und wie bei jedem Besuch erkannte sie auch diesmal Katja nicht und fragte mich wiederholt, ob ich ihr denn ihr Enkelkind nicht vorstellen wolle. Nach dem Besuch mussten wir immer noch darüber lachen, denn ihre Großmutter hatte behauptet, eine der Bewohnerinnen habe ein Baby bekommen. Sie hätte das Baby weinen hören. Wieder einmal waren wir auf dem Weg zu unserem Traumhaus. Diesmal hatten wir den Vorwand, die Fenster ausmessen zu wollen, damit wir Gardinen nähen lassen konnten. Wir würden die Fenster nicht renovieren, weil sie noch in einem recht guten Zustand waren.

Unterwegs kabbelten wir uns wegen der Spitzengardinen, die die Eigentümerin in einem der Schlafzimmer hängen hatte. Katja wollte sie allen Ernstes behalten, um sie später im Kinderzimmer aufhängen zu können.

»Hast du dir die Teile mal näher angeschaut? Die willst

du doch nicht wirklich haben. Wer weiß, was die alles mit angesehen haben, diese vergilbten Lumpen. Und so was willst du einfach in unserem Haus aufhängen, und dann noch im Kinderzimmer! Womöglich stecken böse Geister drin, willst du das etwa unserem Kind antun?«

»Sei doch nicht so blöd! Es sind wunderbare Gardinen aus einer anderen Zeit.«

»Na wunderbar, dass du das wenigstens erkannt hast!«

»Und sie sind nur deshalb vergilbt, weil sie so viele Erinnerungen in sich aufgenommen haben. Könnten sie sprechen, würden sie uns erzählen, wie die alte Eigentümerin sich als junge Frau gefühlt haben muss, als sie die Gardinen aufgehängt hat. Ob sie auch so vom ersten Zusammenleben mit ihrem Liebsten geträumt hat? Ich bin mir sicher, sie hat die Gardinen für ihr erstes Kind selbst genäht.«

»Ich habe nirgendwo Anzeichen von einem Liebsten und auch nicht von einem Kind gesehen.«

»Er wird bereits seit langem verstorben sein.«

»Ach, ja?«

»Im Zweiten Weltkrieg gestorben. Sie konnte ihre Trauer nie überwinden und ist ihr ganzes Leben lang allein geblieben. Aber sie hätte gern eine Tochter gehabt.«

»Schon ein bisschen dumm von ihr.«

»Was denn?«

»Sie hätte die ersten gemeinsamen Wochen mit ihrem Ehemann doch fruchtbarer gestalten können, als den lieben langen Tag diese dämlichen Gardinen zu nähen. Ich könnte mir vorstellen, dass man so kurz vor dem Zweiten Weltkrieg instinktiv an die Fortpflanzung denkt und weniger ans Stricken.«

»Spitze strickt man nicht, du Schlaumeier!«

»Ist mir doch egal, ich hab sowieso nur Ahnung vom Na-
geln, und wenn es nach mir ginge, sollte dies auch die einzige Aktivität in unserem Haus sein.«

»Ach, so einer bist du!«

Sie versuchte mir noch im Gehen einen Tritt zu versetzen, dem ich aber geschickt auswich. Lachend bogen wir in
die Gemblouxstraat ein, und dort standen sie und erwarteten uns.

Wahnsinn kann manchmal die seltsamsten Formen annehmen. Und ich wusste intuitiv, dass er sich diesmal in der
Form von vier gelangweilten Jugendlichen präsentierte, die
in der Ideologie des weißen Übermenschen einen Halt gefunden hatten.

Dass wir uns alle unentwegt am Rand des Wahnsinns
bewegen, darüber hatte ich vor dem Geschehnis noch nie
nachgedacht. Dass auch ich meiner Portion irrationaler,
tierischer Gewalt nicht entkommen könnte, auch darüber
hatte ich mir nie Gedanken gemacht. Ich wähnte mich sicher in einer Umgebung, in der sogar der giftigste Hass
noch lyrisch formuliert wurde. Alles nur eine Frage der Argumente und Gegenargumente, dachte ich, weil aus meiner Welt der Wahnsinn bereits seit langem vertrieben war.
Ich hatte angenommen, hier seien bereits genügend Opfer
gebracht worden, um dieses Ungeheuer für immer zu vertreiben. Es gab diesen jungen Soldaten, der seine Frau kinderlos zurückließ. Das waren Opfer, die Menschenleben betrafen.

Ich hatte mich einer Illusion hingegeben, bis ich dann erkannte, dass schon eine winzige Handlung ausreichte, um
eine totale, alles niedermachende Raserei auszulösen. Mehr

brauchte man nicht, um eine Situation eskalieren zu lassen. Nur ein einziger Tropfen.

Ein spielendes Kind, das zu viel Lärm macht. Eine Frau mit Kopftuch, die vor einem Schaufenster steht und sich die aktuelle Mode anschaut. Ein Mann, dem man mit ungelenken Zeichen deutlich machen will, dass er einen nicht versteht.

Und das alles nur deshalb, weil der Geduld nun einmal Grenzen gesetzt sind und weil es sich in den Köpfen derer, die diese Geduld aufbringen müssen, so anfühlt, als würde diese Grenze immer stärker ausgedehnt, immer weiter verschoben. Und dann, irgendwann einmal, weigern sie sich, auch nur noch einen Millimeter nachzugeben. Die Grenze darf nicht mehr verlegt werden. Das Tückische schlummert in der Tatsache, dass diese Grenzen subjektiv bestimmt sind, dass sie von Person zu Person variieren. Werden diese Grenzen überschritten, schlägt man zurück. Ohne Mitleid.

Das ist der Moment, in dem der andere zur Hölle wird.

Meiner Meinung nach ist die ganze Sache mit der Geduld nur dazu da, um Menschen gegeneinander aufzubringen.

Die Jungen, die mich angegriffen haben, waren überzeugt davon, richtig zu handeln, weil ich auf schamlose Weise ihre Duldsamkeit angetastet hatte. Dass ich arrogant die Grenze des Erträglichen überschritten hatte, ihre Grenze.

Ich zeigte keine Dankbarkeit dafür, dass man mich tolerierte, nein, ich hatte mich in Katja verliebt, wollte sie heiraten, mit ihr zwei Kinder bekommen, ein Mädchen und einen Jungen. Ich wollte mit ihr ein Häuschen kaufen, es renovieren und mir vielleicht ein Haustier zulegen.

Katja hatte mir zuvor bereits erzählt, sie mache sich Sorgen um Stef, weil sie ihn wiederholt dabei erwischt habe, wie er im Internet auf extrem rechten und Neonazi-Sites surfe. Inzwischen machte er noch nicht einmal einen Hehl daraus. Und jedes Mal, wenn sie ihn darauf ansprach, antwortete er gemäß seiner jeweiligen Gemütslage. Manchmal sagte er, sie sei einfach noch zu naiv für die Wahrheit, ein anderes Mal zog er schulterzuckend ab und behauptete, alles sei nur ein Spiel.

Sie hatte mich sogar darum gebeten, einmal mit ihm zu sprechen. Aber ich hatte keine Lust dazu, kleine Jungs umzuerziehen. Ich fand es in Ordnung, wenn er sein Glück in Websites fand, die die Menschheit in überlegene oder unterlegene Rassen aufteilte, abhängig von der jeweiligen Hautfarbe. Mir war nicht danach, ihn auf andere Gedanken zu bringen. Wir grüßten einander nicht, und das war aber auch das Einzige, was mich anfangs gestört hatte.

Zu dem Zeitpunkt, als Katja und ich schlendernd in die Straße einbogen, hatten die Jungs sich gegenseitig so aufgestachelt, dass sie sich in einer anderen Welt befanden. Ein »Blitzkrieg« musste geführt werden, und Stef war ein »Obersturmbannführer«, der seine Truppen mit großer Entschlossenheit kommandierte.

In dem Moment, als die Jungs die Straße schräg überquerten und gezielt strammen Schrittes auf uns zukamen, erkannte Katja, dass hier irgendwas nicht in Ordnung war. Plötzlich hörte sie auf zu lachen. Ich sah, wie Stef die Eisenkette, die er immer am Hosenbund baumeln hatte, löste. Er wickelte sie sich einmal um die Hand und hielt das Ende mit der anderen Hand stramm fest.

Katja drückte sich dicht an mich und suchte meine Hand. Ich stieß sie von mir und konnte den linken Arm gerade noch rechtzeitig heben, um den Schlag mit der Kette abzuwehren. Die Kette wickelte sich um meinen Arm, bis ich sie ergreifen konnte und Stef mit der freien Faust einen Schlag ins Gesicht versetzte, der ihn zurück zu seiner Gruppe katapultierte.

Seine Kameraden konnten nicht verhindern, dass er zu Boden ging. Ich sah, dass seine Nase blutete. Und dann, als wären sie eine einzige Person, sprangen die drei auf mich. Einen bekam ich sofort zu packen, und er konnte nichts mehr machen. Die anderen schlugen von allen Seiten auf mich ein. Ich hörte Katja rufen, sie sollten aufhören. Sie versuchte mich von der Gruppe zu befreien, aber sie wurde mit Fußtritten weggestoßen. Sie stolperte und stürzte neben ihren Bruder, der noch immer zu benebelt war, um wieder auf die Beine zu kommen.

Jemand rief: »Schmutzige Muslimhure!«

Und dann bekam ich plötzlich mit der Kette mehrere Schläge ins Gesicht. Ich hatte das Gefühl, mein Gesicht würde explodieren, aus dem linken Auge troff Blut, und ich spürte, wie ich das Bewusstsein verlor und auf die Knie sank.

Ich wollte losbrüllen, aber ich brachte keinen Ton mehr hervor. Oder waren es meine Lippen, die ich nicht mehr auseinanderbekam? Ich hatte keine Gewalt mehr über meinen Körper, konnte mich nicht einmal mehr auf den Beinen halten. Es war, als gehörte der Körper, an dem sie ihre ganze Wut und ihren Hass abreagiert hatten, nicht mehr zu mir.

Katja weinte. Ich konnte sie sehr deutlich hören. Ansonsten war alles still, keine schlagenden Jungs und keine Ketten, die über den Boden schleiften.

Ich lag seitlich auf dem Boden, in Embryonalstellung. Instinktiv versuchte ich, mich möglichst klein zu machen, um meinen Körper irgendwie zu schützen. Ich versuchte die Knie anzuziehen, und ich dachte, es wäre mir gelungen, zusammengerollt wie ein kleines Baby auf dem Boden zu liegen. Es gab mir ein Gefühl der Sicherheit. In Wirklichkeit lag ich aber die ganze Zeit auf dem Rücken, Arme und Beine weit von mir gestreckt. Die Haltung, in der amerikanische Helden sterben. Doch ich war kein amerikanischer Held, und ich wollte auch nicht sterben.

Die Augen hatte ich geöffnet. Der Himmel sah für mich rot aus. Ein dunkler Kreis kam näher und näher und wurde kleiner und kleiner. Ich meinte Stefs Gesicht zu sehen. Ich spürte nichts.

Überhaupt nichts. Und das beunruhigte mich doch, denn ich war mir vollkommen darüber im Klaren, was soeben passiert war. Der runde Fleck, der über mit schwebte, war ganz bestimmt Stefs Gesicht. Er bewegte die Lippen, sagte etwas, das ich nicht verstand. Ich meinte etwas in seinen Augen zu sehen, das ich zuvor dort nicht gesehen hatte. Ich konnte es nicht näher beschreiben. Ich wusste nur, dass es keine Gleichgültigkeit war. Ich fragte mich, weshalb ich erwartete, Gleichgültigkeit in seinem Blick zu erkennen. Ich wusste, dass es einen Grund dafür gab, nur konnte ich mich nicht mehr daran erinnern.

Katja lag mit dem Kopf und dem Oberkörper auf meiner Brust, ich konnte ihren Herzschlag spüren. Schwer und regelmäßig. Und da wurde mir das Nicht-Klopfen meines Herzens bewusst. Ich hoffte, dass der Rhythmus von Katjas Herz mein Herz wieder zum Schlagen bringen würde. Ich hatte keine Angst.

Ich hätte mich nur noch gern von ihr verabschiedet. Ich hatte ihr noch sagen wollen, dass die Spitzengardinen bestimmt schön aussehen würden im Zimmer unserer Tochter.

Als der Rettungsdienst Katja wegführte, wurde mein Körper schnell abgetastet und rau umplatziert. Ich spürte die glatten behandschuhten Finger auf meiner Brust. Sie jagten mir Stromschläge durch den Körper.

Obwohl mein Herz wieder zu schlagen anfing, war mir furchtbar kalt.

Der Spaziergang

Der kleine Junge war nicht mehr da.

Er wusste es, ohne dass er den Kopf zu der Ecke hindrehen musste, in der der Junge für gewöhnlich stand.

Also blieb er auf dem Rücken liegen und starrte weiter die Zimmerdecke an. Nicht mehr lange, und alle würden aufwachen und ihrer täglichen Routine nachgehen.

Er atmete tief ein und schloss die Augen. Vielleicht gelang es ihm ja, noch ein Viertelstündchen zu schlafen. Doch wie immer war es auch heute vergebens. Er schwebte nur zwischen Traum und Wirklichkeit. Am Ende des Ganges erklang das Geräusch der Schlüssel, die gegen die Eisentüren schlugen. Dann nickte er doch kurz ein.

Er träumte, er hätte die Schlüssel in der Hand und würde vor einer großen Pforte stehen. Sein Herzschlag beschleunigte sich. Er versuchte die Pforte zu öffnen, doch er fand den passenden Schlüssel nicht. Er wusste, dass ihm nicht viel Zeit blieb. Der letzte Schlüssel, den er nun in der Hand hielt, musste der richtige sein.

Doch als er ihn ins Schlüsselloch stecken wollte, war es verschwunden. Er griff zur Klinke, doch auch dort war nichts. Erneut griff er danach, doch die Stelle, an der eigentlich die Klinke hätte sein müssen, war glatt und eben. Er legte eine Hand auf die Pforte und versuchte mehrmals, sie aufzudrücken. Die Schlüssel schlugen rasselnd gegen die Eisentür, doch nirgendwo gab es ein Schlüsselloch. Das metallene Geräusch der Schlüssel wurde lauter und machte ihn nervös, er war fest davon überzeugt, dass sie ihn gehört hatten. Ein paar Sekunden hielt er den Schlüsselbund fest umklammert in der Hand und versuchte, das Zittern seiner Hände zu unterdrücken. Er sah nur noch verschwommen.

Um den Blick zu schärfen, klimperte er ein paarmal mit den Augenlidern, doch die Messingplatte mit dem verschwundenen Schlüsselloch, in die er verzweifelt den Schlüssel hineinzustecken versuchte, blieb weiterhin verschwommen.

Es kostete ihn viel Mühe, die Augen ganz zu öffnen. Noch immer sah er unscharf.

Wieder versuchte er es. Irgendetwas verschleierte seinen Blick. Verbissen stocherte er mit dem Schlüssel auf der Messingplatte herum. Vielleicht fand er das Schlüsselloch zufällig. Im Glauben, es könne hilfreich sein, sich ganz auf seinen Tastsinn zu verlassen, es könne von Vorteil sein, wenn er nicht sah, was er tat, schloss er die Augen. Es gab keine passende Öffnung für den Schlüssel, den er in den Händen hielt, das hatte er gesehen, daran konnte er nicht mehr zweifeln. Nichts gab es. Seine Lider wurden schwer. Lange hielt er sie geschlossen, seine Augen brauchten Ruhe.

Ganz ohne sein Zutun, nur durch die Kraft seiner Gedanken, nahm die Messingplatte wieder ihre normale Form an. Das Schloss sprang auf.

Langsam öffnete er die Augen, der Nebel lichtete sich, und er konnte gerade noch sehen, wie die Pforte in der grauen Zimmerdecke verschwand.

Als »Der Rote« an seiner Tür angekommen war, atmete er wieder normal, und auch sein Herzschlag hatte sich beruhigt.

Er setzte sich auf den Bettrand. Seine Finger zitterten noch, und er hatte einen bitteren Geschmack im trockenen Mund.

Während des Spaziergangs zündete er sich seine vorletzte Zigarette an. Er hoffte, dass sein Bruder rechtzeitig an ihn gedacht hatte.

Der Himmel war blau, die Sonne strahlte, doch er spürte die Wärme nicht. Der Sonnenschein wurde von einem unsichtbaren Schild zurückgehalten. Die Wärme war für die Welt dort draußen bestimmt.

In einer Ecke des Innenhofs sah er Johan de Salafi, wieder einmal stark mit seiner Missionarsarbeit beschäftigt. Bereits seit Wochen versuchte er Karims Widerstand zu brechen, und es schien, als hätte er allmählich Erfolg damit.

Er ging zu ihm.

Karim sah schlecht aus. Er kauerte auf dem Boden, den Rücken an die Mauer gelehnt, und hielt den Blick starr auf die Schuhspitzen gerichtet.

»Lass den Jungen doch in Ruhe, Johan, such dir jemand in deiner Größe, dem du auf die Nerven gehen kannst.«

Johan sah ihn kurz an und begrüßte ihn, wie es sich gehörte.

»*Salam aleikum*, Bruder.«

Karim schaute kurz auf, richtete dann aber sofort und ohne weitere Reaktion seinen Blick wieder auf die Schuhspitzen. Er schob die Hände noch tiefer in die Jackentaschen. Als Karim zu ihnen gestoßen war, war es ihm gelungen, seinen absurden Humor mit hereinzuschmuggeln, ein seltenes Gut in dieser Welt hinter Mauern. Heute war er offenbar von Trübsinn übermannt worden. Lachen hatte keinen Zweck, es würde sowieso nichts ändern. Er schien die Waffen gestreckt zu haben.

»Was ist denn heute mit dir los? Du wirkst ja so, als hättest du die Nachricht bekommen, dir drohe der elektrische Stuhl.«

Johan zog verächtlich eine Augenbraue hoch. »Lass ihn, Bruder, so darfst du nicht mit ihm reden.«

»Ach, geh mir bloß fort mit deinem ewigen Brudergerede, Johan, und verdirb den Burschen nicht mit deinen Predigten, lass ihn in Ruhe, lass uns alle in Ruhe, du hast doch selbst keine Ahnung, worüber du sprichst.«

»Jahja. Jahja ist mein Name, wie oft muss ich dir das denn noch sagen?«

Karim schob sich träge an der Mauer hoch und machte ein paar Schritte, bis er zwischen den streitenden Männern stand. »Hast du eine Zigarette für mich?«

Er hatte eine Riesenlust, einfach zu lügen, aber er brachte es nicht übers Herz. Er reichte ihm das Päckchen mit der letzten Zigarette, und als Dank dafür ließ Karim eine seiner Beschwerden los.

»Sie haben mich wieder ganz unten auf die Warteliste für die eine Arbeitsstelle gesetzt, diese Dreckskerle.«

Karim bekam nichts mehr von draußen. Seine Familie hatte ihn fallenlassen. Sie hatten lange sehr viel Geduld mit ihm gehabt, doch eines Tages war es dann endgültig vorbei. Nicht ein Quäntchen Geduld konnten sie mehr aufbringen, keiner von ihnen. Sie besuchten ihn nicht einmal mehr. Sogar seine Mutter hatte ihn sich selbst und der Gnade Gottes überlassen. Die Arbeitsstelle war seine einzige Hoffnung auf etwas Taschengeld.

Er verstand, was Karim durchmachte, weil er schon manches Mal hatte zusehen müssen, wie andere auf der Liste an ihm vorüberzogen. Sogar Kerle, die erst viel später reingekommen waren, bekamen fast sofort eine Arbeit, während er noch immer wartete.

Zum Glück hatte er noch seinen älteren Bruder, der regelmäßig an ihn dachte. Ohne seine Zigaretten, den Kaffee und das Fernsehen könnte er es nicht aushalten. Die Warterei würde ihn verrückt machen. Dieses passive Warten nahm kein Ende, und das Schlimmste war, dass er überhaupt nichts tun konnte, damit die Zeit schneller verging. Er hatte keinerlei Einfluss auf den Verlauf der ewig gleichen Tage.

Er hatte sich einem Plan zu fügen, der ihm von oben diktiert wurde, ausgetüftelt von einem Mastermind, jemandem, der es so einrichtete, dass die Hoffnung auf ein anderes, besseres Leben fachmännisch zunichte gemacht wurde, seine Frustration hingegen proportional zunahm.

Noch immer hatte er diesen unwiderstehlichen Drang, zur Tür zu gehen, sie zu öffnen und, ohne von einem Schloss, einer Kette oder einem Gitter gehindert zu werden, einfach weiterzugehen. Der Wunsch, mehr als nur die viereinhalb Schritte tun zu können, machte ihn regelrecht krank. Nun schien es, als würde der zweimal täglich stattfindende Spaziergang auf Zeiten verlegt werden, an denen er lieber auf dem Bettrand sitzen geblieben wäre, um die wenigen guten und die vielen schlechten Taten in seinem Leben zu überdenken und sich zu fragen, ob es nicht einfach besser wäre, zu sterben.

Doch er hatte sich an den vorgeschriebenen Plan zu halten und musste warten.

Warten auf das Besuchswochenende, warten, dass Geld eingegangen war, warten auf die Zustimmung, etwas in der Kantine kaufen zu dürfen.

Warten auf den Rechtsanwalt, auf die Gelegenheit, arbeiten zu dürfen. Warten, telefonieren zu dürfen, duschen zu dürfen, warten, bis jemand die Tür öffnet.

Aufs Essen warten, aufs Einschlafen warten, auf den neuen Tag warten. Und jeder neue Tag dauerte länger als der vorherige. Jeder Tag dauerte und dauerte, streckte sich, bis manch ein Insasse aggressiv und gewalttätig wurde.

Die Hölle war das hier, eine Hölle des Wartens.

Das fanden sogar die Gefängniswärter, die die allergrößte Mühe hatten, auch nur einen einzigen Tag im Innern dieser Festung auszuhalten. Es hatte aus ihnen andere Menschen gemacht. Sie konnten sich einfach nicht an diesen Stillstand gewöhnen. Wenn sie durch die große Pforte schritten, dann fühlten sie förmlich, dass sich die Unbeweglichkeit der Zeit wie ein bleierner Mantel über sie legte. Es schien, als würden ihre Handlungen verlangsamt, ihre Atmung flacher. Und inmitten der Schwere wartete das Böse in blaugrauer Uniform. Meistens trat das Böse eher verhalten zu Tage, manchmal aber raste es. Das Böse hatte Hunderte Gesichter und hörte auf Hunderte von Namen, aber es war stets das eine unausrottbare Böse, gegen das die Gefängniswärter sich in diesem zeitlosen Vakuum täglich aufs Neue zur Wehr setzen mussten.

Karim hatte seine Zigarette halb aufgeraucht und war dann erneut in Gedanken versunken, während Johan mit den

Erörterungen eines von Abu Huraira überlieferten *hadith* begann. In solchen Momenten war Johan ausgesprochen nützlich. Seine Predigten füllten die Leere, ohne dass Aufmerksamkeit oder gar eine Antwort von jemandem erwartet wurde. Er sorgte für ein beruhigendes Hintergrundgeräusch, das den anderen ermöglichte, ihren eigenen trübseligen Gedanken nachzuhängen.

Johan ging vollkommen in seinem Auftritt auf, eine Showeinlage, pathetisch vorgetragen, mit viel Weisheit und Ernst.

Mit aller Macht versuchte er, durch seine Mimik, seine beherrschten Bewegungen und seine minimale und verhaltene Gestik Heiterkeit auszustrahlen.

Ein Außenstehender wäre sehr bald beeindruckt gewesen von dem fein gestutzten Bärtchen, den gepflegten Händen und dem fundierten Wissen, doch ihm konnte man nicht so schnell imponieren.

Johans Übereifrigkeit ging ihm auf die Nerven. Johan wollte um alles in der Welt beweisen, dass er ein guter Muslim war.

Seiner Meinung nach las Johan zu viele Bücher, die nicht für ihn bestimmt waren. Kein Wunder, dass er solch seltsame Gedanken hegte.

Er weigerte sich standhaft, ihn Jahja zu nennen. Und in diesen seltenen Momenten verlor Johan dann tatsächlich seine gute Laune.

Einmal mit seinem echten Namen angesprochen zu werden, ertrug er noch, beim zweiten Mal bat Johan ihn freundlich, aber bestimmt, dies zu unterlassen. Beim dritten Mal sagte er gar nichts mehr.

Es war ihm dann vollkommen egal, worüber gerade debattiert wurde, selbst wenn sie über die Wichtigkeit des *dhikr* oder die Frage diskutierten, ob Zidane nun noch praktizierender Muslim sei und ob das einen Einfluss auf seine erfolgreiche Fußballerkarriere habe. Nannte man ihn zum dritten Mal bei seinem christlichen Namen, ließ Johan die Gruppe stehen und ging.

Er konnte einfach nicht verstehen, wie Johan mit der Verkündung des neuen Glaubensbekenntnisses seine komplette Identität auslöschen konnte, als hätte er vor seiner Bekehrung nicht existiert, als wäre er ohne Vergangenheit.

Als hätte seine Mutter kein Kind zur Welt gebracht, dem sie den Namen Johan gegeben hatte.

Sie besuchte ihn weiterhin jede Woche und sorgte dafür, dass er etwas Geld auf dem Konto hatte. Und er schämte sich ihrer und wollte möglichst wenig mit ihr zu tun haben, weil sie dickköpfig an ihrer Nichtgläubigkeit festhielt.

Im Islam hieß es, das Paradies der Mütter liege nicht zu ihren Füßen, es sei nicht der Lohn für ihre Ausdauer und Geduld.

Er hatte Johan einmal gefragt, woher es komme, dass er sich der Strafe, die ihnen allen auferlegt war, nahezu empfindungslos unterwarf. »Es hat alles keinerlei Bedeutung, die Welt da draußen und die Welt hier drinnen. Es ist alles nur von vorübergehender Natur, und ich bin ein Reisender, ich bin im Transit«, hatte er ihm ungerührt geantwortet. Er konnte seine Gleichgültigkeit nicht verstehen. Er und Karim empfanden ihren Aufenthalt hinter den Mauern als die schrecklichste aller Strafen.

Zunächst hatten sie rebelliert, dann verzweifelten sie und wurden ängstlich. Er konnte an nichts anderes denken. Besonders während der ersten Wochen der Inhaftierung dachte er vierundzwanzig Stunden am Tag daran, dass er die Türen nicht öffnen konnte, wann er wollte. Die Eintönigkeit der vielen Stunden machte ihn fast wahnsinnig, ebenso die Vorstellung, dass eine Woche sieben Tage hatte, ein Monat vier Wochen und nur zwölf dieser endlosen Monate ein einziges miserables Jahr ergaben. Nach dem ersten qualvollen Jahr war seine gute Absicht, ein besserer Mensch zu werden, von einer glühenden Wut verzehrt worden.

Johan ergab sich allem. Er hatte sich seinem Schicksal gefügt. Sein Aufenthalt hier würde ihn näher zu Gott bringen.

Nach der Haft würde ihm die Welt mit ihren vielen dekadenten Erscheinungsformen gar nichts mehr bedeuten.

Deshalb weigerte Johan sich auch, einen Antrag auf Haftverkürzung zu stellen, wohingegen er und Karim beide sogar dem König ein Gnadengesuch vorgelegt hatten.

Der König hatte ziemlich schnell darauf geantwortet und ihnen höflich mitgeteilt, ihr Gesuch an das dafür zuständige Ministerium weitergeleitet zu haben.

Daraufhin hatte er seine Klage gegen »Den Roten«, den Wachdienstführenden, niedergeschrieben und an den Minister geschickt, mit einer Kopie an das OVRI, die Organisation zur Verteidigung der Rechte Inhaftierter. Er fand, es sei nun, da der König sein Gnadengesuch an den Minister weitergeleitet hatte, der richtige Moment gekommen. Die Antwort des Ministers ließ länger auf sich warten als die des Königs, und als der Brief endlich eintraf, erfüllte er keineswegs die hoch gespannten Erwartungen.

Der Minister teilte ihm mit, man habe den Vorgang geprüft und sei zu dem Schluss gekommen, dass bei der Vergabe der Arbeitsstellen an die Häftlinge kein Fehler gemacht worden sei, zudem liege auch nicht der Tatbestand der Diskriminierung vor. Des Weiteren entbehre der Vorwurf des Rassismus seitens des Wachdienstleiters jeglichen Beweises. Hier stehe sein Wort gegen das Wort des Wachdienstleiters, und sie sähen keinerlei Veranlassung, der Sache noch weiter nachzugehen. Der Minister grüßte ihn noch freundlich und achtete ihn hoch.

Der Inhalt des Briefes hinterließ bei ihm einen bitteren Nachgeschmack. Zwischen den Zeilen hatte er herausgelesen, dass der Minister ihn ermahnte, ihn nicht weiter mit solchen Lappalien zu belästigen, er sei ein verurteilter Krimineller, der sich zu fügen habe, dass ein Prozess gegen die Wachhabenden aussichtslos sei, dass seine Worte unglaubwürdig seien und dass keine Zeugenaussage gegen das Wort eines einzigen Bewachers einer staatlichen Einrichtung Bestand habe.

In diesem Punkt musste er Johan Recht geben. Johan erwartete vom Staat kein Wohl, er vertraute ausschließlich auf die Barmherzigkeit des Einen.

Inzwischen hatte sich Johan zur Aufgabe gemacht, möglichst viele Brüder zur Wahrheit zu missionieren.

Er war eines von Johans ersten Bekehrungsobjekten. »Lass mich, ich bin ein *amazigh*, ein freier Mann«, war seine Reaktion gewesen.

Johan gab nicht so schnell auf. »So wirklich frei bist du meines Erachtens aber nicht. *Amazigh* und Knast, das passt nicht ganz zusammen, oder?«

Er hatte ihn von sich gestoßen, doch Johan de Salafi liebte die Herausforderung und warf ihm theologische Beweise an den Kopf, denen er mit der Geschicklichkeit eines Athleten auswich, bis dann Karim ankam.

»Der Rote« hatte an diesem Morgen Aufsicht. Sie sahen, wie er mit seinem typischen Blick in ihre Richtung schaute. Er verachtete Menschen anderer Hautfarbe. Doch Muslims mussten mit einer noch größeren Verachtung rechnen, ihm war es dann auch vollkommen egal, welche Hautfarbe sie hatten. Er hasste alle Muslime, weiße und schwarze. Vor allem Johan hatte einen schweren Stand bei ihm.

»Ich schwör's, wenn mir dieser Dreckskerl jemals draußen über den Weg läuft, dann mach ich ihn kalt, und die können mich hier für immer einlochen.«

Mit unverhohlener Wut stieß Karim seine letzte Rauchwolke aus.

Johan schwieg. Er sagte noch nicht einmal etwas über Verzeihen, Versöhnung oder Schicksalsergebenheit.

Vor ein paar Wochen war Johan, unter dem zustimmenden Blick von dem Roten, von einer Gruppe Inhaftierter nach allen Regeln der Kunst zusammengeschlagen worden.

Der Rote hatte vor, jeglichen Glauben aus Johan herauszuprügeln. Und Der Rote hatte alle Zeit der Welt, das auf seine Art zu lösen. Johan würde noch lange nicht herauskommen.

Als ein paar Inhaftierte behauptet hatten, sie fühlten sich von Johans Bekehrungseifer bedrängt, wurde er in eine Isolierzelle verlegt. Er kehrte erst dann in den normalen Bereich zurück, als sein Rechtsanwalt eine einstweilige Verfügung gegen das Gefängnis angestrengt hatte.

Nach dem Spaziergang wurden sie wieder in ihren Zellen eingesperrt. Der Rote machte das mit der für ihn typischen Art, stoßend und fluchend. Beim Öffnen der Zellentür schickte er ihnen jedes Mal eine Verwünschung hinterher.

»He, Chef, können Sie nicht etwas freundlicher mit Menschen umgehen?«

»Ihr seid keine Menschen.«

»Für Sie sind Gefangene also keine Menschen?«

»Hab ich das gesagt? Einige Gefangene sind Menschen, aber ihr, ihr seid schlimmer als Vieh. Hätte ich hier das Sagen, würde ich euch krepieren lassen.«

Der Rote versetzte ihm noch einen Stoß, und die Tür krachte dröhnend hinter ihm zu.

Obwohl ihm bewusst war, dass es nicht viel brachte, verfasste er erneut eine Eingabe an die Leitung seines Gefängnistraktes. Sobald er noch ein paar weitere Gefangene zusammenbekommen hatte, würde er den Brief wieder an die OVRI einreichen. Sie hatten bei seiner ersten Klage den Bescheid des Ministers unterschrieben, und zwar dahingehend, dass der Aussage eines Wachdienstleiters die Aussage von zwei oder mehr Inhaftierten als Zeugen gegenübergestellt werden musste.

Die Nacht brach an. Durch den schmalen Fensterschacht oben an der Zellenwand konnte er sehen, wie sich die Farbe des Himmels von Dunkelgrau zu Schwarz verfärbte. Anfangs hatte er es als unangenehm empfunden, auf das Fenster zu schauen, während er im Bett lag. Es gelang ihm nie länger als ein paar Sekunden, nicht auf das Fenster zu starren. Er konnte es einfach nicht lassen, den dünnen Himmelsstreif anzuschauen, von dem er wusste, dass er unendlich viel größer war als das winzige Stück, das ihm erlaubt war zu sehen. Manchmal trieben Wolken vorüber, auf dem Weg irgendwohin zu einem fernen Horizont, und seine Gedanken trieben dann ruhig mit, doch meistens blieb das Stückchen Grau unbeweglich und leer, und er fühlte sich von allen verlassen. Als gäbe es für ihn keine Zukunft mehr. Er stellte sich auf eine weitere schlaflose Nacht ein. Seltsamerweise gab ihm das gedämpfte Treiben auf den Gängen ein wenig Trost. Es baute ihn auf, er war nicht allein.

Still betete er: »Lass ihn nicht kommen, Gott, lass ihn heute Nacht nicht kommen.«

Er drehte sich auf die Seite, mit dem Gesicht zur Wand. In der Brustgegend spürte er einen stechenden Schmerz, weil er nur kurz und flach atmete. Er hoffte, sich damit unsichtbar zu machen. Vor allem durfte er sich jetzt auf gar keinen Fall bewegen, keinen Zentimeter. Er versuchte die Krämpfe zu ignorieren, die durch seine angezogenen Beine schossen. Er musste sich beherrschen, denn er wollte nichts lieber, als sich der Länge nach ausstrecken und tief einatmen. Er musste sich schlafend stellen und dabei zugleich im Dunkeln raubtierähnlich seine Sinnesorgane schärfen.

Plötzlich vibrierte die Luft. Er konnte es spüren, und er versuchte sich einzureden, es sei alles nur Einbildung. Für einen Moment setzte sein Atem aus. Da war es wieder. Es ähnelte einem lästigen kleinen Insekt, das knapp an seinem Ohr vorbeisummte, um dann von den dunklen Ecken der Zelle verschlungen zu werden.

Nahezu gleichzeitig spürte er die Wärme in der Zelle, die die Anwesenheit des kleinen Jungen verriet.

Aus der dunkelsten Ecke hörte er ein Scharren. Der Junge tauchte auf.

Schnell setzte er sich auf, schwang die Beine über den Bettrand und fixierte den Jungen. Sein Gesicht war blass. Das schwarze Haar hing ihm vor die wachsamen Augen. Er schätzte ihn auf ungefähr zehn.

Der Junge kam ein paar Schritte näher und reichte ihm wortlos eine Hand. Sie sahen einander an. Das konnte nur der Teufel sein, der kam, um ihn verrückt zu machen. Eine andere Erklärung konnte es dafür nicht geben.

»Was willst du von mir? Lass mich in Ruhe!«

Der Junge antwortete nicht, das tat er nie. Aber er stand noch immer mit ausgestreckter Hand vor ihm, wie jedes Mal, wenn er bei ihm in der Zelle auftauchte.

Als der Junge zum ersten Mal in der Zelle war, da hatte er eine unglaubliche Angst bekommen, er hatte geschrien und gegen die Tür gehämmert. Die Gefängniswärter kamen in seine Zelle gestürmt, den Jungen, der dort in der Ecke stand, hatten sie nicht beachtet. Sie hatten ihn gebändigt und ihn für ein paar Tage in eine Isolierzelle abgeführt, wo man ihn mit Injektionen ruhiggestellt hatte.

Er ließ den Jungen nicht aus den Augen und atmete weiter schwer ein.

Heute Nacht wollte er, auch wenn er sich ängstigte, die ausgestreckte Hand annehmen. Langsam erhob er sich von dem Bett. Die Hand des Jungen fühlte sich warm an. Er drückte sie, in der Annahme, keinen Widerstand zu spüren. Doch der Junge erwiderte den Druck. Seine Lider wurden wieder schwer, und es kostete ihn Mühe, die Augen offen zu lassen. Er zwinkerte mehrmals.

Als er seine Augen endlich wieder öffnen konnte, dauerte es einen Moment, bis er sich auf die im Sonnenlicht badende Ebene eingestellt hatte, wo er gemeinsam mit dem Jungen hingeraten war. Er schaute sich um und sah ein paar verstreute Häuser. Vor langer Zeit war er einmal an diesem Ort gewesen, oder hatte er das nur geträumt?

Das Licht, das hier schien, hatte er zuvor schon einmal gesehen, dessen war er sich vollkommen sicher. Grell und enthüllend war es, nur die Häuser und Mauern warfen einen Schatten auf den roten Sand, der sich unter seinen Füßen warm und sanft anfühlte. Der samtige Boden gab ihm das Gefühl, hier frei zu sein, einen Schritt setzen zu können, langsam oder sogar auch schnell laufen zu können, ohne dabei Angst haben zu müssen, sich vielleicht an einem scharfen Stein zu verletzen. Sogar die Wärme der Sonne hatte er schon einmal gespürt, vor langer Zeit. Es war die Sorte Wärme, die Erwachsene träge machte und von der sie sich ausruhen mussten, wohingegen sie Kinder mit so viel Energie versorgte, dass sie im eigenen Spiel aufgingen.

In der Ferne hörte er das Gekläff von Hunden. Ansonsten war alles ruhig und vertraut. Er fühlte sich hier auf seltsame Weise heimisch. Eine warme Brise kam auf, die sein blaues Hemd wölbte. Er schloss die Augen, sein Gesicht wurde sanft gestreichelt, er lächelte.

Der Junge hielt noch immer seine Hand und führte ihn noch immer schweigsam durch seine merkwürdige Welt.

Plötzlich ließ der Junge seine Hand los und lief zu einer Gruppe von Kindern, die im Schatten eines alten Feigenbaumes ein Spielzeugauto bastelten.

Sie nahmen dazu Stahldraht und einen leeren roten 3-Liter-Ölkanister. Einer der Jungen schnitt ein Stück Gummi von einem kaputten Autoreifen fachmännisch in vier gleich große Kreise. Ein anderer durchtrennte den Kanister in der Mitte. Die eine Hälfte diente als Fahrerhaus für einen Pick-up, die andere als Ladefläche. Ein dritter Junge suchte schließlich einen Rohrstock, den er an der einen Seite des Lastwagens befestigte. Auf der anderen Seite wurde ein Lenkrad aus Stahldraht eingebaut.

Der Junge, der die ganze Zeit über voller Bewunderung die geschickte Bastelei der Kinder verfolgt hatte, durfte als Erster eine Probefahrt machen.

Er sah, wie der Junge den Pritschenwagen in Bewegung setzte, erst mühsam, doch als die Räder sich an den Untergrund gewöhnt hatten, rollte der Laster ganz von selbst. Er spürte, wie sein Herz einen Satz machte. Er hatte Lust, den Laster selbst zu lenken, ihn geschickt um die Steine und Kuhlen herumzumanövrieren. Früher war er ein richtiges Ass darin gewesen, aus dem Müll, den sie überall im Dorf gefunden hatten, Autos zu basteln. Keiner konnte so schnelle Autos bauen wie er, und seine waren auch am stabilsten. Sie hielten fast die ganzen Ferien.

Ein kleines Mädchen mit einem roten Kleidchen fragte den Jungen, ob er die Ladefläche mit roter Erde beladen und sie bis zum ersten Haus dort drüben transportieren könne, wo sie gerade mit einer Gruppe Kinder spielte.

Er wusste nicht, weshalb er beim Anblick des Mädchens an ein Lied von Oum Kalthoum denken musste, das seine Mutter früher oft im Haus gesummt hatte: »Amal Hayati«.

Hoffnung meines Lebens.

Die Hoffnung war bereits seit langer Zeit aus seinem Leben gewichen, genauso schnell wie das Mädchen mit dem roten Kleidchen, das hinter dem Jungen her zu ihrem Haus lief und dann nicht mehr zu sehen war.

Der Junge brachte die Ladung roter Erde bis zu dem Haus und sah zu, wie das Mädchen den pudrigen roten Sand vorsichtig in eine rote, leicht angeschlagene Schale ablud. Sie nahm eine in der Mitte halbierte Plastikflasche, die sie mit trübem Wasser gefüllt hatte. Im Schatten saßen, schön ordentlich nebeneinander aufgereiht, ein paar Püppchen, die aus gekreuzten Rohrstöckchen konstruiert waren und Kleider aus Glitzerstoffresten trugen. Sie sahen ausgehfertig aus, bereit für ein Fest. Das Mädchen machte mit seinen Vorbereitungen des Festmahls weiter, und der Junge fuhr den Laster mit leerer Ladefläche zurück.

Der Laster hatte seinen ersten Auftrag erfolgreich absolviert, und von diesem Augenblick an akzeptierten alle Kinder stillschweigend, dass er nicht mehr zur Welt des Spielzeugs zählte. Der Laster war nun nicht mehr Teil des Spieles, das die aufkeimende Langeweile während der langen, heißen und nahezu bewegungslosen Mittagszeit im Dorf vertrieb.

Der Laster war von nun an genauso echt und wertvoll wie die wenigen klapprigen Kinderfahrräder im Dorf.

Feierlich übergab der Junge den Laster seinen Erbauern und gesellte sich wieder zu ihm. Stillschweigend reichte er ihm die Hand.

Erneut drückte er die Hand des Jungen, um ihm damit zu zeigen, wie sehr er diese Geste, diese unerwartete Reise zu schätzen wusste. Der Junge sah ihn an, lächelte und ließ ihn dann wieder los.

Als er die Augen öffnete, schienen die Wände auf ihn nie-
derzustürzen. Obwohl er im Dämmerlicht die Gegenstände
in seiner Zelle noch recht gut sehen konnte, war der Raum
in ein Schwarz getaucht, das schwer auf ihm lastete, ihm in
die Nasenlöcher drang und sich über den Weg der Lungen
so tief in seinen Körper fraß, dass er sich fast nicht mehr
rühren konnte. Das Schwarz war dick und undurchlässig,
und es verdrängte den Sauerstoff in der Zelle. Er schnappte
nach Luft.

In der Ferne hörte er die Schlüssel. Es wurde hell.

Der kleine Junge war nicht mehr da.

Âchira Airlines

An dem Tag, als Hannelore Vederlicht beschlossen hatte, sich nicht mehr weiter um die himmelschreiende Sinnlosigkeit ihres Daseins zu kümmern, wurde sie von außerirdischen Wesen entführt.

Ich weiß das aus einer äußerst sicheren Quelle. Sie hat es mir selbst erzählt. Und ich bin ganz bestimmt nicht der Typ, der alles glaubt, was jemand einem erzählt. Ich bin ein durch und durch rationaler Mensch, obwohl mein Kopftuch Sie das genaue Gegenteil vermuten lassen könnte. Deshalb ignorierte ich dieses merkwürdige Geständnis zunächst, dachte, es sei das blödsinnige Gequassel eines Menschen, der auf dem schmalen Grat zwischen Wahnsinn und Klarheit balancierte. Eine Fähigkeit, die mir während der Zeit damals auch nicht fremd war.

Zum ersten Mal sah ich sie an einem grauen Morgen im Februar, nach dem Frühstück im Gemeinschaftsraum.

Es war ein Mittwoch. Ich erinnere mich daran, als wäre es erst gestern gewesen, weil es einer dieser seltenen Tage war, an denen es schneite. Nun ja, Schnee war vielleicht etwas übertrieben. Es war das erste Mal, dass sich in diesem zögerlichen Winter fast durchsichtige Flocken dazu herabließen, auf die Erde hinabzutrudeln. Sie taten es mit einem derartigen Hochmut, dass sie sich bei Berührung mit dem Boden sofort auflösten.

Es gab keinerlei Anzeichen dafür, dass es an diesem Morgen geschneit hatte. Ich erinnere mich sogar noch daran, dass später an diesem Tag der Mann vom Wetterbericht nach den Nachrichten kein Wort über den Schneefall verloren hatte.

Hannelore Vederlicht kam an diesem besagten Morgen in den Gemeinschaftsraum. Sie trug einen grottenhässlichen, dünnen, grauen Pullover, in der Hand hielt sie eine Zigarette und auf dem Kopf, echt wahr, glitzerten ein paar Schneeflocken. Ich konnte gerade noch erkennen, wie die Schaumkrönchen in sich zusammenfielen und an ihrem lilafarbenen Haar hinabtröpfelten.

Sie war die Ikone der trendigen Hoffnungslosigkeit. Als gehöre es zu ihrem Wesen, wie ein begossener Pudel herumzulaufen.

Sie zog an der Zigarette und machte keinerlei Anstrengungen, die Tropfen wegzuwischen, die ihr von der Stirn in die Augen rannen.

Sie ähnelte einer Schaufensterpuppe von H & M. Androgyn und fragil. Als würde sie hinter einer großen Schaufensterscheibe stehen und von dort aus unverwandt die Leute anstarren, die antriebslos in dem Raum abhingen.

Ich wendete den Kopf von ihr ab, weil ich, und nicht etwa sie, zu zittern anfing.

Erst ein halbes Jahr darauf würde ich sie wiedersehen und auch mit ihr sprechen.

Damals war ich erst seit ein paar Wochen wieder drin. So war das mit mir. Es gab Zeiten, da war ich recht stabil und fühlte mich dann so gut, dass ich heimlich meine Medikamente nicht mehr einnahm. Und bevor ich mich versah, fing ich wieder damit an, Leuten auf der Straße Flugtickets anzudrehen. Natürlich nur für den Hinflug.

Eines Tages stand Hannelore erneut in dem Gemeinschaftsraum. Diesmal war ihr Haar rabenschwarz gefärbt, und anstelle der Schneeflocken blitzten darin vereinzelt blonde Strähnchen auf. Äußerlich keine wirkliche Verbesserung seit damals, und dennoch sah sie besser aus. Sie verströmte nicht mehr diese Hoffnungslosigkeit. Sie wirkte selbstsicherer.

Wie fast alle in dem Raum hier rauchte auch sie. Selbst ich hatte mir eine angesteckt. Das war das letzte Stückchen Freiheit, das uns noch blieb, und wir rauchten, als wollten wir allen auf der Welt damit beweisen, dass wir freie Individuen waren, vor allem aber Menschen. Freie rauchende Menschen.

Später an diesem Tag würde Hannelore zum ersten Mal an der Gruppentherapie teilnehmen, an der auch ich seit Wochen teilnahm. Weil das vorgeschrieben war.

Und wie das immer so mit Neuankömmlingen ist, wurde Hannelore von den anderen als Eindringling empfunden. Sie hatte eine seltsame Wirkung auf die Gruppe. Es lag an ihr, dass wir uns zu einem einzigen unentwirrbaren Knäuel zusammentaten und uns zum ersten Mal bewusst als ein *Wir* verstanden. *Wir* waren hier zuerst. *Wir* kennen uns bereits seit Wochen, wenn auch nur mit Namen und Krankheitsbild. Wir wurden zu einer homogenen Gruppe, die sich reflexartig schloss, wie eine Auster, die ein lästiges Sandkörnchen loswerden will. Dass eben dieses Sandkörnchen sich auch zu einer kostbaren Perle entpuppen konnte, das war uns allen ziemlich egal. Uns war nur wichtig, ihr zu zeigen, dass sie nicht zu uns gehörte.

In dem Moment, als wir uns alle im Halbkreis hinsetzten und unsere vertrauten Plätze einnahmen, war es wichtig, Hannelore spüren zu lassen, dass sie störte. Sie sollte merken, dass sie eine Außenseiterin war. Für einen Moment gab sie uns das seltene und glückselige Gefühl der Zusammengehörigkeit.

Denn es war nur eine Frage der Zeit, bis wir uns an die Anwesenheit der Neuen gewöhnt hätten, uns als Gruppe wieder auflösten und zu uns selbst zurückkehrten, ganz auf uns selbst fixiert.

Ihretwegen mussten wir alle ein großes Schild mit unserem Namen in Brusthöhe tragen. Ein weiterer Versuch, das Zusammengehörigkeitsgefühl zu durchbrechen. *Wir* kannten unsere Namen ziemlich gut, dafür brauchten wir nicht diese lächerlichen Schilder.

Anfangs hatte ich mich gesträubt, bei diesem albernen Schildertragen mitzumachen. Das Aufmüpfige überkam mich immer dann, wenn man mich in einen Halbkreis setzte. Aber als mich die Therapeutin mit ihrer anbiedernden Art fragte, ob ich der Gruppe vielleicht erklären könnte, warum ich meinen Namen nicht auf das Schild schreiben wolle, tat ich doch, was man von mir verlangte. OUARDA. In gut lesbaren Großbuchstaben. Echt idiotisch.

Die Therapeutin bat Hannelore, sich vorzustellen.

Das tat sie dann auch. Ich erinnere mich daran, dass sie klar und deutlich sprach, und es fiel auf, dass die Therapeutin sie kein einziges Mal unterbrechen musste, sie nicht dazu ermuntern brauchte, sich zu öffnen. Es sprudelte einfach aus ihr heraus. Unterdessen saß die Betreuerin einfach in ihrer Therapeutinnenhaltung da, etwas vornübergebeugt, mit den Ellenbogen auf den Knien und locker übereinandergekreuzten Handgelenken.

Sie lächelte die ganze Zeit über, selbst als Hannelore erzählte, sie sei ein paar Tage nach ihrem fünfzehnten Geburtstag aus der Klasse zum Direktor gerufen worden, der ihr dann erzählt habe, ihre Mutter habe sich umgebracht. Ich weiß noch, dass ich abwechselnd zur Therapeutin und zu Hannelore schaute. Ich fand das Lächeln der Therapeutin unangemessen und herzlos. Es war überdeutlich, dass die Therapeutin mit ihren Gedanken ganz woanders war, sonst hätte sie einen anderen Gesichtsausdruck annehmen müssen, oder etwa nicht? Mich bestätigte diese Erfahrung erneut in meiner Aversion gegen die Therapeutin.

Hannelore hatte es offenbar nicht bemerkt, denn sie erzählte weiter, wobei sie genau darauf achtete, jeden abwechselnd anzuschauen. Sie erzählte, dass sie ein Einzelkind sei und Welpen liebe.

Es wirkte wie antrainiert, ich meine das Schauen. Wenn jemand aus der Gruppe von sich selbst erzählen musste, schaute er meist auf einen unbestimmten Punkt zwischen der Therapeutin und einem anderen Patienten, oder er starrte auf seine Schuhe. Als ob keine Zuhörer existierten, als ob sie laut am Improvisieren wären und plötzlich, beim Hervorkramen ihrer Erinnerung, realisierten, dass sie hier gerade ihre Lebensgeschichte preisgaben. Meistens hörten sie dann abrupt auf zu sprechen.

Ich hatte die schlechte Angewohnheit, während des Sprechens eine Unebenheit auf meinem Arm zu fixieren. Eine Wunde mit Kruste, von einem Pickel, den ich mir während der letzten Sitzung aufgekratzt hatte. Wenn ich ungefähr bei der Hälfte meiner Darlegungen angekommen war, begann ich meistens an dem Knubbel herumzufummeln, und keiner interessierte sich mehr für meine Geschichte, die nur noch stockend und stotternd herauskam. Alle schauten sie zu, wie ich in den verwundeten Pickel kniff, an ihm herumpulte, kratzte und schließlich versuchte, ihn mit Daumen und Zeigefinger tief in die Haut zu drücken, in der Hoffnung, er würde in einer der Poren verschwinden, und unter meinem Daumen wäre die Haut wieder glatt und unversehrt.

Das passierte natürlich nie. Jedes Mal, wenn ich den Daumen wegnahm, erschrak ich und erschauderten die anderen beim Anblick des blutigen Kraters.

Hannelore wurde nicht abgelenkt und ließ sich auch nicht ablenken. Sie erzählte zusammenhängend und ruhig von ihrer Vorliebe für schlechte Männer, denen es jedes Mal gelang, ihr Selbstwertgefühl schleichend zu ruinieren, bis ihr Ich einem Haufen Schrott glich. Nach jeder leidvollen Liebesbeziehung empfand sie Selbsthass. Und nach jedem Bruch suchte sie Hilfe in den Armen eines anderen Monsters. Immer wieder.

Ihre Vorliebe für Frauen erwähnte sie damals nicht. Das würde sie mir erst später unter vier Augen anvertrauen.

Nach der Gruppensitzung kam Hannelore direkt auf mich zu. Bereits während der Therapie war mir aufgefallen, wie sie mich beobachtet hatte. Doch das ist ein Gefühl, das ich ehrlich gesagt damals andauernd hatte.

Sie fragte mich, ob ich Lust hätte, mit ihr ein Stückchen im Garten spazieren zu gehen. Ich weiß noch, dass ich kurz zögerte.

Ich hatte ein seltsames Gefühl bei ihr. Sie wirkte nicht ganz echt. Als würde sie mit Begeisterung eine Rolle spielen. Inzwischen gingen wir gemeinsam in Richtung Garten, und so erübrigte es sich, dass ich ihrem Vorschlag noch groß zustimmte.

Im Nachhinein ist mir klar, weshalb sie mich herausgepickt hat. Nichts ist reiner Zufall, so viel steht schon mal fest. Aber ich war die Person, der man vertrauen konnte. Es gibt eine Regel, die besagt, man solle sich in einer Gruppe immer der Person nähern, die besonders ungewöhnlich und seltsam aussieht. Bei ihnen handelt es sich um diejenigen, die keinen Anschluss an die anderen Gruppenteilnehmer gefunden haben, ihnen kann man also vertrauen. Und, was besonders wichtig ist, sie sprudeln über vor Dankbarkeit für die unerwartete Annäherung.

Es war allerdings kein großes Kunststück, an dem Ort, wo wir uns befanden, jemanden zu finden, der seltsam war. Jeder Patient hatte so seine Skurrilitäten. Das Einzige, worin ich mich von den anderen unterschied, war mein großes schwarzes Kopftuch und die Tatsache, dass die Therapeuten und Ärzte noch immer zu keinem Schluss über meine Krankheit gekommen waren. Sie hatten keine Ahnung, woran ich litt.

Das Vertrauen der Sonderlinge gewinnen – das war die erste wichtige Regel, die Hannelore von den Wesen gelernt hatte, die sie mitgenommen hatten. Das sollte ich später erfahren.

Während unseres ersten Spaziergangs verlor sie kein Wort über ihre Entführung und ihren Aufenthalt auf dem Planeten Xenoalloch, doch wenn ich jetzt daran zurückdenke, machte sie damals bereits Anspielungen. Sie sprach von ihrem wahren Ich, das sich erst in einer anderen Dimension richtig zeigen konnte. Ich dachte, ich hätte es mit jemandem zu tun, der über eine bilderreiche Sprache verfügte, der sich gern in Metaphern ausdrückte. Sie fragte mich, weshalb ich hier eingeliefert worden sei. Und ich erzählte ihr von meinen nächtlichen Eskapaden. Von meinem zyklisch immer wiederkehrenden Ticketverkauf. Eine ganz normale bipolare Störung, meinten der Psychiater und die Morgenvisite. Das Jerusalemsyndrom, meinte der niederländische Arzt im praktischen Jahr, der auch nach seiner Ausbildungszeit noch lange meine Akte behielt. Ich war seine persönliche Laborratte. Eine, die ihm bis ins letzte Detail erklären musste, was in ihrem Kopf vorging, und danach stand mir damals nun wirklich nicht der Sinn. Er war von meiner Krankheit besessen, und er wollte unter allen Umständen beweisen, dass das, woran ich litt, mit dem sogenannten Jerusalemsyndrom verwandt war.

Dass ich noch nie in Jerusalem war, war in seinen Augen ein zu vernachlässigendes Detail. Ihm ging es ums Prinzip.

Wie immer ging es ums Prinzip. Das ganze Drumherum war nur Füllmaterial.

Ich musste eine schriftliche Beschwerde einreichen, um von ihm befreit zu werden.

Hannelore fragte, ob sie abends noch zum Quatschen zu mir aufs Zimmer kommen dürfe. Ich sagte ihr, dass ich nichts dagegen hätte, obwohl ich nicht richtig verstand, weshalb sie sich an mich klammerte.

Aber wenn ich ehrlich bin, dann schmeichelte mir ihr Interesse durchaus. Als sei ich jemand, der zählte. Der wichtig ist. Man schätzte meine Gesellschaft. Möglicherweise lag das an meiner unwiderstehlichen Ausstrahlung. Den meisten Leuten gelang es nicht, irgendeine Ausstrahlung bei mir zu entdecken, und sie sahen nur das große, schwarze Kopftuch. Doch dass ich eine Ausstrahlung besaß, daran zweifelte ich nicht – daran habe ich noch nie gezweifelt.

An diesem Abend erzählte sie mir, sie habe nach der dritten gescheiterten Beziehung damit angefangen, sich mit dem Rasiermesser die Unterarme zu ritzen. So, wie es ihr letzter Freund auch gemacht hatte.

Und dann die fünf Welpen.

Sie habe fünf Welpen erlöst, erzählte sie. Ich hatte das ungute Gefühl, sie habe das »Erlösen« nicht in der Art durchgeführt, dass man die Geschichte später als fröhliches Jugendfeuilleton mit pädagogischen Ambitionen verwenden könnte.

Ich hatte mich nicht geirrt. Sie hatte in ihrem kurzen Leben fünf Welpen ersäuft.

»Wieso machst du so etwas Krankes?«, hatte ich sie geradeheraus gefragt.

Ihr schien das in diesem Moment das Humanste zu sein, was sie tun konnte, lautete ihre sterile Antwort. Sie waren alle mutterlos gewesen und hatten keine Ahnung, was es hieß, ohne Mutter zu leben.

Es war etwas in ihren Blicken gewesen, das sie dazu getrieben hatte. Dieses Suchende in den Augen. Hannelore behauptete, sie hätten gewusst, dass ihnen etwas fehlte, aber damals konnten sie noch nicht erfassen, was es war. Und deshalb habe sie sie erlöst, bevor die grauenhafte Erkenntnis, ein Leben ohne Anker, ohne Sinn zu führen, ganz zu ihnen durchdrang. Niemand verdiene ein solches Leben.

Andauernd auf der Suche nach etwas, das nicht mehr da war. Nach Antworten auf Fragen, die nie gestellt werden können.

Den ersten Welpen, der auf diese Art das erlösende Ende fand, hatte sie von ihrer Tante bekommen, kurz nach dem Selbstmord ihrer Mutter.

Sie hatte sich zugleich traurig und erleichtert gefühlt. Es war schwierig gewesen, doch es hatte sein müssen. Dass sie damit wieder allein war, hatte sie damals in Kauf genommen. Es wäre egoistisch gewesen, nur an ihr eigenes Glück und ihre Gefühle zu denken. So war sie nicht erzogen worden.

Nach den Welpen kamen die schlechten Männer und schließlich dann die Frauen. Das Ritzen verlieh ihr das Gefühl, lebendig zu sein, gab ihr das Gefühl von Macht.

»Trotz dieser elenden Gefühle im Kopf existierte ich.« So erklärte sie es, und je mehr sie ritzte, je stärker der Schmerz war, desto leerer wurde ihr Kopf. Danach hielt sie allem wieder eine Zeitlang stand. Die düsteren Gedanken waren erst einmal vertrieben.

Bis sie dann ihren Job verlor. Sie arbeitete in einem Kaufhaus, aber als sie an die Kasse versetzt wurde, ging es schief. Sie sollte einen Kittel mit kurzen Ärmeln tragen, doch sie weigerte sich. Anfangs trug sie ein langärmliges T-Shirt unter der Uniform. Aber ihr Arbeitgeber kannte keine Gnade, es sollten alle gleich aussehen. Er wollte seinen Kunden ein einheitliches Bild vermitteln, und dazu passte auf keinen Fall eine Kassiererin, die ein schwarzes langärmliges T-Shirt unter dem Kittel trug. Da blieb sie einfach zu Hause. Adieu

Job, adieu Stabilität, adieu Zeitvertreib, adieu soziale Kontakte und willkommen Sozialhilfe, Einsamkeit und Verwirrung. Sie ritzte nun tiefer. Bis es anfing zu bluten. Nicht dass sie sterben wollte, aber sie wollte einfach Blut sehen und den ganzen Schmerz wegritzen.

Es fühle sich gut an, sagte sie, und ich war bestürzt, als ich die schrundigen Narben sah.

Sie fragte mich, ob ich einen Freund hätte.

Und ich schwieg in allen Tonlagen über Jamal, erzählte ihr aber alles von Johan. Schließlich waren wir füreinander gemacht. Durch ein eigenartiges, grausames Spiel der Natur oder des Schicksals oder von beiden, inzwischen ist das auch egal, wurde Johan als *kafir* in die Welt geschickt. Weiß und gottlos. Ich will damit sagen, von den Milliarden Menschen, die als Muslim in die Welt geschickt werden, bekam ausgerechnet Johan kein Muslim-Wasserzeichen von dem Allwissenden.

Und wir waren ineinander verliebt, aber nicht füreinander bestimmt.

Verstärkend kam noch hinzu, dass Johan aus einer Familie stammte, die vor langer Zeit die Kirchentür mit einer derartigen Gewalt hinter sich zugeschlagen hatte, dass es unmöglich war, sie jemals wieder zu öffnen. Seit Generationen existierte in seiner Familie keinerlei Glauben mehr. Jedenfalls nicht an etwas Übernatürliches, denn an sich selbst glaubten sie durchaus. Sie glaubten an die Gestaltungsmöglichkeit ihres Daseins und an die freie Wahl.

Kurz, ans Glück. Ihr Glück und das Glück ihrer Kinder und Enkel. Sie glaubten so leidenschaftlich und überzeugt daran, dass es ihnen tatsächlich gelang, glücklich zu sein.

Jedenfalls konnten sie große Dinge verwirklichen. Sie hörten auf eine innere Stimme, die ihnen sagte, wer sie waren, was sie wollten und was sie zu tun hatten, um das zu erreichen. Und sie vertrauten auf diese Stimme. Sie folgten dieser Stimme blindlings. Auf die Dauer bereitete es ihnen nicht einmal mehr Mühe, dieses Talent, diese Begabung zum Glück und zur Selbstverwirklichung an die nächste Generation weiterzugeben. Es ging von allein, als würde es in ihren Genen liegen.

Generationsglückliche. Ja, das waren sie im Lauf der Zeit geworden, und es überraschte sie schon lange nicht mehr, dass sich ihnen das Glück in den wunderbarsten Formen offenbarte. Aus seinem Hobby den Beruf machen, mit Dichtern und geschätzten Künstlern befreundet sein, die Welt bereisen, die wahre Liebe und zugleich die wahre Freundschaft, ein Art-déco-Haus mit einer Seele.

So war das. Gott war tot. Als Mythos demaskiert. Wissenschaftlich entseelt. Der Heilige Geist wurde eigenhändig und rational aus dem Himmel genommen und wieder in die Dinge hineingestopft. Aus einem animistischen Reflex heraus umgaben sie sich mit Dingen, die eine Seele besaßen. Sie kehrten zurück zum Anfang von allem. Zur Essenz. Zu dem, was sie Essenz nannten. Ohne Gewissensbisse.

Sie wurden nicht verrückt.

Ich war wirklich neidisch. Neidisch, wie erreichbar die Dinge waren, mit oder ohne Seele. Neidisch auf die Leichtigkeit, mit der sie ihre Träume realisierten. Doch ich tröstete mich mit dem Gedanken, dass diese Welt ihnen gehörte und dass ich, mit Hingabe, Standhaftigkeit und Geduld, bestimmt meinen Anteil vom ewigen Leben bekäme.

Bis ich dann eines Tages zu dem furchtbaren Schluss

kam, dass Gott nicht unfehlbar war. Dass ihm im Gegenteil ein ganz gravierender Fehler unterlaufen war, als er Jamal, meinen Ehemann, zu einem Muslim gemacht hatte und Johan nicht.

Dass ich meinem Ehemann in Gedanken untreu war, damit konnte ich noch leben, besser gesagt, es war der Grund, weshalb ich noch lebte, doch als ich nun auch noch Gott abtrünnig wurde, da verlor ich jeglichen Halt.

Ich zweifelte an der Vorsehung Gottes, ich protestierte gegen seine unergründlichen Wege. Von ihm konnte ich keinen Segen mehr erwarten. Ich war verdammt. Und das war das Allerletzte, was ich sein wollte. Ich beschloss, reuig und fromm zu sein und mein Leben in den Dienst Gottes zu stellen. Und da das Wort Gottes verkündet werden musste, machte ich es mir zur Aufgabe, die Menschen zu rufen. Ich begann mit einem hübschen Text, worin ich die Grauen des *dschahnnam* und die Herrlichkeit des *al-Âchira* einander gegenüberstellte. Ich verschickte den Text als Kettenbrief im Internet an Tausende von Leuten. Ich erhielt unzählige Antworten.

Danach schrieb ich einen Text über den Tod. Wenn ich ihn mir wieder wachrufe, bekomme ich noch immer eine Gänsehaut.

Salam aleikum, Schwestern und Brüder

Ein schwarzes Loch, tief und eng. In Erwartung seiner Bewohner.

Allein.

Nackt und kalt.

Ängstlich.

Gehüllt in weiße Tücher, legt man ihn nieder.

Behutsam und wortlos.

Erde bedeckt ihn.

Es wird immer dunkler, Schritte verhallen.

Und dann die Stille. Die einsame Stille.

Wo sind sie alle? Wo sind seine Eltern, für die er so viel getan hat? Und wo seine Freunde, denen er in schwierigen Zeiten immer eine Stütze war? Wo sind seine Kinder, für die er sein Leben hergeben würde?

Niemand.

Niemand, der ihm helfen, niemand, der ihn hören könnte!

Wo sind die Menschen, für die er sich so sehr abgemüht hat? Für die er oft das Gebet aufgeschoben hat? Wo sind seine Freunde, mit denen er seine Zeit in den Kneipen vergeudet hat und Allah *subhanahu wa ta'ala* vergaß?

Doch obwohl er Allah *subhanahu wa ta'ala* vergaß, vergaß Allah *subhanahu wa ta'ala* ihn nicht.

Der Zeitpunkt für seine Strafe oder Belohnung wird kommen.

Seine Taten sind das Einzige, was ihm bleibt, und seine Taten werden gnadenlos enthüllen, wer er war.

Und dann überkommt ihn Reue. Dort, an diesem dunklen, nasskalten und einsamen Ort, spürt er Reue.

Dort, an diesem Ort, den er nicht mehr fliehen kann, dort spürt er die Reue wegen seiner dürftigen Gottesfurcht, weil er nicht genug für seinen Schöpfer getan hat.

Er wird seinen Übermut bereuen. Er hatte gedacht, der Tod würde noch nicht an ihn denken. Dass er noch zu jung und zu stark zum Sterben sei. Er hatte gedacht, er würde noch viele Jahre vor sich haben, in denen er seinen irdischen Träumen nachjagen konnte. Er hatte gedacht, auf seine alten Tage nach Mekka zu gehen und danach jeden Tag Gott zu dienen.

Später, hatte er gedacht.

Das ist der Hochmut der Kurzsichtigen und Überheblichen.

Doch Gott hat seinen Plan, den einzig wahren Plan.

Hatte er das nicht gewusst? Hatte er nicht gewusst, dass Gott, bevor ein Mensch geboren wird, bereits festgelegt hat, wann er sterben wird?

Und der Tod kommt als Freund, wenn man nach den Vorschriften von Allah *subhanahu wa ta'ala* gelebt hat. Und er kommt als dein größter Feind, wenn man nach seinen eigenen Vorschriften gelebt hat.

Brüder und Schwestern, die Wahl liegt bei Euch.

Überlegt Euch, was Ihr wollt.

Wollt Ihr ein dunkles Zuhause, vollgestopft mit Euren schlechten Taten? Ein Haus voller abscheulicher Überraschungen?

Ich hoffe für Euch, dass Eure Taten ebenso weiß sind wie das weiße Tuch, in das man Euch hüllen wird. Überlegt es Euch gut, jetzt, wo es noch möglich ist. Überlegt jetzt, und nicht erst später oder morgen.

Hört nicht auf, Euch zu fragen, ob das, was Ihr tut, auch gut ist. Liebe Schwestern und Brüder, seid achtsam und unterscheidet zwischen Gut und Böse.

Viele Schwestern und Brüder kennen den Unterschied zwischen Gut und Böse nicht, sie lassen sich von ihren Lüsten leiten und begehen damit unverzeihliche Sünden.

Denkt deshalb an den Tag, an dem Ihr einsam sein werdet, allein mit Euren Taten.

Denkt an das niemals erlöschende Fegefeuer.

Denkt an den Tag, an dem jeder vor Allah *subhanahu wa ta'ala* stehen wird.

Überlegt gut, Schwestern und Brüder, bevor es zu spät ist und es keinen Weg zurück gibt!

Schicke dies an möglichst viele Schwestern und Brüder, damit sie auf ihre Lüste und Taten achten. Denn am Jüngsten Tag wird sich jeder vor Allah *subhanahu wa ta'ala* für seine eigenen Taten verantworten müssen. Möge Allah *subhanahu wa ta'ala* die Schwestern und Brüder beschützen gegen ungesetzliche Sehnsüchte und gegen die schrecklichen Folgen, die das für die Menschen und die Gesellschaft hat.

Salam aleikum

Und dann überlegte ich mir, dass es doch wirklich ziemlich leicht war, die Menschheit vom Computer aus zu retten. Ich musste auf die Straße. Ich musste zu den Menschen hin.

Es geschah im Wartezimmer meines Hausarztes, dort entstand die Idee für Âchira Airlines. Der Direktflug in den Himmel.

One way.

Ich weiß noch, dass ich meine Gebetskette zwischen den Fingern hielt und die 99 Namen Gottes vor mich hin murmelte, als mein Blick auf das aufblitzende Cover eines Hochglanzmagazins fiel. Die Zeitschriften lagen stapelweise auf dem Tisch. Früher hatte ich mir immer gleich bei Betreten des Wartezimmers eine genommen und mich erst dann hingesetzt.

Doch das machte ich schon lange nicht mehr. Ich nahm meine Gebetskette mit. Überallhin. Später würde ich sogar einen kompakten Gebetsteppich mitnehmen, komplett mit Kompass.

Das Cover schillerte verführerisch. Ein strahlend blauer Himmel und ein unberührter Strand mit einem weiten Meer. Auf der rechten Seite des Fotos beugte sich eine Palme wogend über den Strand.

Ich weiß noch, dass ich darüber verwundert war, keine halbnackte Frau auf dem Foto herumhüpfen zu sehen. Ich griff nach der Zeitschrift, eines dieser teuren Lifestylemagazine. Ihr wisst schon, eines dieser Magazine, die den Leuten die Tricks beibringen, wie man ein Leben als Superstar führt. Mit Beiträgen darüber, was sie essen dürfen und wo sie es essen müssen, was sie jetzt auf der Stelle kaufen müssen und was wiederum unter gar keinen Umständen, wie man seiner abgeflauten Beziehung wieder frischen Wind einbläst, wie man seine Jeans zu tragen hat und wie man ökologisch vertretbar und mit dem Flieger eine paradiesische Woche am anderen Ende der Welt erleben kann. Mein Blick verharrte einen Moment auf dem feinen perlmuttfarbenen Strand, ein fetter Schriftzug zog meine Aufmerksamkeit auf sich: »Ticket zum Paradies, zehn Tipps für einen unvergleichlichen Urlaub.«

Ich erinnere mich noch, dass ich überlegt habe, ob das Paradies wirklich so aussah. Ob es dort Palmen gab, Muscheln am Strand.

Ich warf die Zeitschrift wieder auf den Tisch, als mir bewusst wurde, dass es sich nur um einen Täuschungsversuch handelte. Es müsste jemanden geben, der diesen Menschen Tipps gab, wie sie zum einzig wahren Paradies kamen, nach *al-Âchira*. Jemand müsste der Menschheit mal einen guten Dienst erweisen, indem er ihr Tickets zum echten Paradies verkaufte, nicht gegen eine Geldsumme, sondern im Tausch für die Unterzeichnung eines Reglements, das die Chance auf den Eintritt erhöhte.

Und so entstand Âchira Airlines.

Ich entwarf ein minimales Basisreglement, an das die Menschen sich zu halten hatten, wenn sie ihre Chance aufs Jenseits vergrößern wollten.

Die Leute konnten bei mir ein Ticket buchen, wenn sie sich mit dem Âchira-Reglement einverstanden erklärten. Frauen und Männer mussten sich bedecken und durften sich nur in neutralen, schlichten Farben kleiden, denn Farbe zog an, so wie leuchtend grelle Blumen die Bienen und Schmetterlinge anzogen. In der Natur erfüllten Farben ihren Zweck, doch bei den Menschen führten sie nur zu Verdruss.

So wie die Musik und das Vergnügen. Meiner Meinung nach war die Wahl für den wahren Gläubigen doch schnell gefällt, wenn er die Wahl hatte zwischen Anbetung und Tanzen.

Die Menschen sollten viel beten, fasten und Buße tun. Nur so vergrößerte sich ihre Chance, ein Ticket ins Jenseits zu erstehen. Dafür reichte es aus, wenn die Leute sich mit dem Reglement einverstanden erklärten. Selbstverständlich bot ich den Leuten keine Garantie für einen Platz im Himmel. Ich war keine Betrügerin. Aber ich gab ihnen einen Halt. Ich begann, Leute in den Geschäften anzusprechen.

In Straßenbahnen und Bussen versuchte ich meine selbstgemachten Tickets zu verkaufen.

Der Rest der Geschichte ist Vergangenheit.

Armer Jamal. Sie machten ihm weis, ich sei besessen und grauenvolle *dschnun* würden in mir hausen. Ich sei nicht alleine. Und Jamal ließ sich von einem Heiler zum nächsten schleppen. Er durchkreuzte ganz Benelux auf der Suche nach dem besten und gelehrtesten *rfkih*. Er ließ sogar aus der Hauptstadt einen afrikanischen Heiler kommen. Professor Traoré, *toubib spirituel*, spezialisiert auf Teufelsaustreibungen, so steht es zumindest auf seinem Visitenkärtchen. Als er mir die Hände auf den Kopf legen wollte, schrie ich ihn an, er solle mit seinen schmierigen schwarzen Pfoten gefälligst von mir wegbleiben. Zum Ausgleich bekam der Professor hundert Euro, ohne dass es ihm gelungen war, auch nur ein winziges Geistlein aus mir zu vertreiben.

Andere sagten wiederum, ich sei gestresst und bräuchte dringend einen Tapetenwechsel und Entspannung. Also buchte Jamal eine Woche auf den griechischen Inseln. Bis der Hausarzt ihn überzeugte, dass ich tatsächlich ein bisschen verrückt sei. Die Einrichtung, in die ich zwangseingewiesen wurde, war natürlich keine Kykladeninsel, und ich blühte dort auch nicht auf, ganz im Gegenteil.

Doch dank der Pillen litt ich zum Glück nicht mehr unter Anfällen von Gotteslästerung. Denn trotz Âchira Airlines gab es bei mir immer wieder Momente, da nahm ich es Gott übel, dass er Johan für die Hölle vorbestimmt hatte.

Die Medikation machte mich wahrscheinlich auch zugänglicher für die Geschichte über die grünen Männchen mit dem großen Auge auf der Stirn. So sieht meine kindliche Vorstellung von den Wesen aus dem All aus, denn laut Hannelore hatten sie keinen Körper und bestanden ganz und gar aus Geist. Sei waren schemenhaft. Fast unsichtbar, aber da. Ungefähr so wie der Wahnsinn, bildete ich mir ein.

Von da an bestand mein Leben aus langen Phasen innerhalb der Einrichtung, und dazwischen durfte ich immer mal wieder nach Hause, wo ich mir einen Sport daraus machte, ungesehen nachts »das Auto zu nehmen« und zu verschwinden.

Während meiner Schwärmereien, die immer mehrere Tage anhielten, habe ich per Zufall so mancherlei Sehenswürdigkeit entdeckt. Darunter zum Beispiel die Abtei von Maredsous im Molignée-Tal. Es war überraschend, dass die Benediktiner dort ein Leben führten, das meinem Motto sehr ähnlich war.

»Ora et labora.« Beim Beten übertrafen die Mönche mich jedoch. Am liebsten siebenmal am Tag anstatt fünfmal. Ich fasste den Entschluss, ab jetzt mindestens genauso devot zu werden wie sie. Ich erhöhte die Anzahl der Gebete von fünf auf acht während des Tages und drei, anstatt einem, in der Nacht.

Von dem Moment an, als ich wieder etwas klarer im Kopf war, nahm ich Jamal mit zu den Orten, die ich während meiner Streiftouren entdeckt hatte. Ungefähr zu der Zeit, als wir alle Sehenswürdigkeiten gemeinsam aufgesucht hatten, verfiel ich erneut in mein Delirium und stahl in der Nacht die Autoschlüssel, um in den Süden des Landes zu fahren und mir weitere touristische Highlights anzusehen. Dieser Teil des Landes hatte eine ungewöhnliche Anziehungskraft auf mich, wahrscheinlich lag es an der leicht hügeligen Landschaft.

Ich machte Jamal verrückt. Schweren Herzens lieferte er mich wieder ein. Und ich verabscheute es, mit Menschen eingesperrt zu werden, die der festen Überzeugung waren, fliegen zu können oder Jesus Christus zu sein. Doch zum Glück war hier drinnen nicht jeder der Welt komplett entrückt.

Die meisten waren höchstens ein wenig verwirrt. Einfach zu leben war für sie nun einmal schmerzvoller als für andere. Das Leben war kein Fluss, keine Selbstverständlichkeit.

Ich war in einen Mann verliebt, der nicht für mich bestimmt war, und er war in mich verliebt, was die Verarbeitung und Ergebung um einiges erschwerte. Wie einige Ansichten von der Zeit unberührt blieben, erzählte ich bereits.

Ich erzählte Hannelore von einem Vorfall aus meiner Jugend. Ein Vorfall, der sich in meinem Gedächtnis als ein einschneidender Moment der Umkehr eingegraben hatte. Ein bestimmter Moment, der ganz deutlich eine Grenze zwischen früher und heute markierte.

Ich war damals vielleicht zwölf oder dreizehn, als ich gemeinsam mit meiner Mutter und meiner Schwester eine große Hochzeitsfeier besuchte, eine der ersten, die in einem großen Saal gefeiert wurde, nicht in einem heruntergekom-

menen Gemeindezentrum, sondern in einem echten Festsaal, mit großen schönen Kronleuchtern und prachtvoll
gedeckten Tischen mit Blumenarrangements in der Mitte.
Es handelte sich um die Hochzeitsfeier eines Nachbarmäd-
chens. Sie arbeitete bei einem Telemarketingunternehmen,
wo sie innerhalb kürzester Zeit in die Führung aufgestiegen war. Und um ihren Erfolg zu demonstrieren, veranstal-
tete sie eine glamouröse Hochzeitsfeier mit allem Drum und
Dran. Doch sie hielt sich präzise an die strikte Regel, dass die
Gäste nach Männern und Frauen getrennt wurden. Egal, ob
man in die Chefetage aufgestiegen war, man durfte niemals
vergessen, woher man kam und wer man war. Sie hatte ihren
Vorgesetzten mit Frau eingeladen. Am Eingang des Frauen-
saals gaben die beiden sich einen Kuss und verabredeten,
dass sie sich nach der Feier am Ausgang treffen wollten.

Die Ehefrau wurde an dem Tisch für die Ehrengäste platziert, ganz vorne im Saal, in der Nähe der Throne für das
Hochzeitspaar und mit einer guten Sicht auf die Tanzfläche.
Es gab keine Band, nur eine D-Jane. Ich bemerkte, wie die
Fotografin im Verlauf des Abends die Kamera auf die Frau
richtete und ein paar Fotos von ihr schoss. Damals dachte
ich, sie würde die Fotos machen, weil sie die einzige Weiße
unter den vielen geladenen Gästen war.

Als das Fest vorangeschritten war und sich ziemlich viele
Frauen auf der Tanzfläche tummelten, sah ich, wie der Chef
den Frauensaal betrat. Er trug einen gepflegten Anzug und
lächelte. Mit den Augen suchte er den Saal nach seiner Frau
ab. Ein paar Frauen hatten ihn bemerkt, und es war, als
fiele er nicht weiter auf. Als sei er kein echter Mann. Keiner schien Anstoß an seiner Anwesenheit zu nehmen, auch
ich nicht.

Sein Geschlecht strahlte keine Bedrohung aus, denn es gab die unüberwindbare Barriere der Rasse, der Herkunft und vor allem der Religion. Besonders die Religion trennte uns wie der Grand Canyon. Das gab jedem, den Frauen, besonders aber den Männern, ein sicheres Gefühl.

Es war, als betrachte man im Zoo die Tiere aus der Wildnis. Dort können Mütter mit ihren kleinen Kindern ruhig spazieren gehen und zwischendurch den Eisbären bewundern, der in der freien Laufbahn wild und gefährlich ist. Der nur ein einziges Mal auszuholen braucht, um mit seinen Pranken einen erwachsenen Mann in Fetzen zu zerreißen. Im Zoo wird dieses Monster zu einem großen Kuscheltier, rührend und putzig. »Schau doch mal, wie niedlich das Bärchen ist«, sagen die Mütter, während das Tier gelangweilt umherschlendert, auf seiner künstlichen Insel in einer tiefen Wassergrube. Der Bär trottet schmollend von einem Kunsteisblock zum nächsten, umzingelt von einem schmalen Wassergraben, begrenzt von einer hohen Mauer, die bis zum Publikum reicht, das hinter Sicherheitsglas die Bewegungen des Tieres verfolgt. Unbesorgt, furchtlos und voller Vertrauen.

Wir strotzten vor Überlegenheitsgefühl.

Es konnte nichts passieren. Und aus demselben Grund konnte der Chef sich, zwar ein wenig verloren, aber dennoch frei, in dem großen Saal bewegen und den Anblick genießen. Sich ungeniert an dem Gefunkel, Gemunkel und Gelächter verlustieren.

Einige der Frauen sahen aus wie glitzernde Vulkane. Aufgedonnert und aufgetakelt bis zum Abwinken. Andere wiederum waren atemberaubend. Sie schenkten ihm ein sinnliches Lächeln. War es möglich, dass einige von ihnen in diesem Moment vielleicht doch eine Spur von dem wilden Tier bemerkten, und war das der Grund, weshalb sie schnell den Blick senkten? Ich weiß es nicht, ich war damals noch zu jung. Jedenfalls nahm man keinen Anstoß an dem Chef inmitten der Frauen.

Bis Mahjouba uns einen Streich spielte, der das ganze Viertel bis in seine Grundfesten erschütterte. Es hätte uns bereits auf der Hochzeitsfeier auffallen müssen, dass mit ihr etwas nicht stimmte. Dass sie es sich traute, sich ohne *takschita* zu präsentieren. Erst tauchte sie viel zu spät auf, und dann, wohlgemerkt, in einem schwarzen Hosenanzug. Sehr elegant, und dem Stoff und dem Schnitt nach zu urteilen, hatte sie ihn auch bestimmt nicht beim Pakistani im Bahnhofsviertel erstanden.

Damals hätten wir erkennen müssen, dass Mahjouba uns zu verstehen geben wollte, sie gehöre nicht zu uns. Sie hatte ihre alten Kleider abgelegt. Und sie tanzte an diesem Abend nicht. Einige Tage nach der Hochzeitsfeier platzte die Bombe im Viertel.

Mahjouba verschwand mit einem reichen jüdischen Mann. Nicht einmal ein gewöhnlicher Belgier, nein, sie hatte sich etwas Besseres ausgesucht. Mit Bedacht. Sie wechselte sofort ins feindliche Lager über.

Während der ersten Tage hatte das eine seltsame Stille im Viertel ausgelöst. Als würde es keine Worte für das geben, was Mahjouba getan hatte.

Und dann fing jemand, zunächst zögerlich, schließlich aber öffentlich und mit ganzer Empörung an, von Schande und Abscheu zu sprechen. Wochenlang schwirrte Mahjoubas Verrat in den Straßen herum, beim Metzger, beim Arzt im Wartezimmer, bei den Männern am Ausgang der Moschee, auf den Bänken der Spielplätze.

Mahjoubas Familie ließ sich nicht mehr auf der Straße blicken. Es war, als hätten sie einen Todesfall. Nur traute sich niemand, ihnen zu kondolieren.

Als kurz nach Mahjoubas Streich ein Verkaufsschild im Fenster des Hauses ihrer Eltern hing, fand jeder das ganz selbstverständlich.

Jahrelang hing es dort. Das Orange des Schildes verblasste mit der Zeit, und die vier Ecken wölbten sich vor lauter Mutlosigkeit nach innen. Die beiden Worte, die dort in schwarzen Lettern standen, ähnelten immer mehr einem Hilfeschrei, einem unterdrückten Ruf.

ZU VERKAUFEN

In Gottes Namen! Kauft es doch! Irgendjemand! Damit diese Leute von hier verschwinden!

Tag und Nacht flehte es im Stillen, doch ohne Resultat.

Unser Viertel zählte damals nicht unbedingt zu den Gegenden, wo man gern ein Haus erwerben wollte. Das Viertel würde erst viele Jahre später attraktiv werden für Jungverdiener mit zwei Kindern, nach der Gentrifizierung und den Renovierungsversprechungen.

Und Mahjoubas Familie lebte noch immer dort. Wäre es möglich gewesen, dann hätten sie sich mit Haus und Hof davongemacht. Irgendwohin, wo keiner sie kannte und wo niemand etwas von Mahjouba und ihrem jüdischen Mann wusste.

Erst als einige Jahre darauf noch weitere junge Frauen aus dem Viertel mit Weißen verschwanden, nahm die Familie das Schild aus dem Fenster.

Seitdem hatte sich die Einstellung im Viertel geändert. Von nun an bedeutete jeder Mann, ungeachtet seiner ethnischen Zugehörigkeit oder Religion, eine Gefahr. Man erkannte das wilde Tier im anderen, und man rechnete damit, dass es seine Klauen ausfuhr. Die Ränge schlossen sich.

Hannelore hatte die ganze Zeit über schweigsam meinen Erzählungen gelauscht. Sie schien beeindruckt zu sein.

»Bei den Xenoallochianern ist alles möglich«, sagte sie schließlich. »Bei denen könntest du problemlos mit Johan zusammen sein.«

Ich zuckte mit den Schultern. Es ging mir nicht darum, bei Johan sein zu können, es ging mir darum, mir meinen Platz im *al-Âchira* zu sichern.

»Aber wer behauptet denn, Xenoalloch sei nicht *al-Âchira*?«

Darauf fiel mir nicht sogleich eine Antwort ein.

Am nächsten Tag stand Johan plötzlich vor mir. Die Besuchszeit war fast abgelaufen. Jamal eben erst wieder aufgebrochen. Ich erschrak zu Tode und brachte kein Wort heraus. Er stand einfach da und hielt ein kleines Päckchen in den Händen. Ganz offensichtlich ein Geschenk, das er von seinem Körper wegzuschieben versuchte, das sich aber immer wieder an ihm rieb, wie ein scheues Tier, das dieser merkwürdigen Frau nicht ausgehändigt werden wollte.

Natürlich sagte er auch nicht viel mehr als ein kaum vernehmbares »Hey«. Ohne nachzudenken, nahm ich ihm das

Päckchen aus der Hand. Anfangs verstärkte er erschrocken den Griff, und es sah aus, als würden wir zwei Sekunden lang um das Päckchen kämpfen.

»Für dich«, lautete sein überflüssiger Kommentar, als er es losließ. »Ich musste kommen. Nawal hat mir erzählt, dass du hier bist.«

Ich hatte Lust, Nawal umzubringen und ihr gleichzeitig tausendmal die Füße zu küssen.

Trotz seiner müden Augen sah er traumhaft aus. Ich starrte auf seine Lippen, und ohne nachzudenken, küsste ich ihn.

Er hielt mich an den Schultern fest und zog mich stärker an sich.

Falsch, falsch, falsch, summte es leise in meinem Kopf, als ich ihn sanft in die Unterlippe biss. Ich schob ihn mit falscher Empörung von mir, bevor er eine Gelegenheit hatte, mein unziemliches Verhalten zu erwidern.

»Wieso tust du das?«, fragte ich keuchend. Wie verwerflich ich doch sein konnte.

Es hätte mich nicht verwundert, wenn er mich hochgehoben und aus der Anstalt hinausgetragen hätte. Mein Retter, mein Held.

Vor langer Zeit hatte ich Johan erklärt, warum wir nichts, warum wir niemals etwas miteinander haben könnten. Ich hatte ihm alle relevanten Stellen im Koran mit gelbem Textmarker angestrichen, in einer neuen Übersetzung, die ich ihm zum Abschied schenkte.

»Dort steht alles geschrieben. Mir bleibt keine Wahl«, hatte ich zu ihm gesagt. »Wenn du wenigstens an Jesus glauben würdest, dann hätten wir so etwas wie einen Anknüpfungspunkt.« Meine Stimme hatte vorwurfsvoll geklungen. »Aber ohne irgendeinen Glauben einfach so zum Glauben an Allah und seinen Propheten überzugehen, das kann ich mir bei dir nicht vorstellen, nicht einmal, wenn die Jungfrau Maria dir erschiene, mit einem Schild in der Hand, auf dem steht, der Islam sei der wahre Glaube. Wahrscheinlich würdest du sie nur amüsiert anschauen und ihr einen Vogel zeigen. So einer bist du doch.«

Daraufhin hatte Johan ein oder zwei Tage später ein paar *ayas* zitiert, die seiner Meinung nach eine Eröffnung für ein gemeinsames Glück sein konnten. Er hatte den Koran komplett in einem Zug durchgelesen und genau die Passagen notiert, die zutreffen könnten. Er mailte mir triumphierend und nahezu in Ekstase (ich sah das an den Emoticons, mit denen er in der Mail nicht gerade sparsam umgegangen war).

»Und ich werde nicht Diener dessen sein, dem ihr dient … Ihr habt eure Religion, und ich habe meine Religion.«

Für ihn war das der Beweis dafür, dass der Koran andere Glaubensrichtungen und Meinungen tolerierte. *Sura Al-Kafirun* bedeutete für ihn einen Ansporn zur Freiheit der Glaubensüberzeugung. Für ihn stand darin, dass er seinen Glauben (er behauptete, der Atheismus sei auch ein Glaube, zwar einer ohne Gott, aber dennoch ein Glaube; er war davon überzeugt, dass da noch mehr zwischen Himmel und Erde war) behalten und mich dennoch heiraten konnte. Meinen Glauben würde ich dann selbstverständlich behalten können.

Tja, das hat man dann davon, wenn ein Nicht-Muslim sich in die Koranlektüre vertieft.

Kurz darauf habe ich Jamal geheiratet.

Er ist sehr lieb, und er ist nicht der Mann meiner Träume. Man kann nicht alles im Leben haben.

Ein Leben nach den Regeln, die einen schließlich ins *al-Âchira* bringen, und zudem mit dem Richtigen verheiratet zu sein, das scheint, zumindest für mich, unerreichbar zu sein. Irgendwo hapert es immer an den Parametern des Glücks. Häufig sind sie mangelhaft, defekt. So sah ich das. Wegen eines Fehlers war Johan kein Muslim. Und ich war dazu verdammt, eine unglückliche, aber devote Muslima zu sein.

Und dann stand er dort, in der Anstalt. Wie stark kann ein Mensch gedemütigt werden?

»Du musst damit aufhören, den Schein wahren zu wollen, das macht dich kaputt.« Er zögerte kurz. »Und mich machst du damit auch kaputt.« Johan ist, wie ich zuvor bereits erwähnte, ein Traum von einem Mann, allerdings zählt der richtige Umgang mit labilen Menschen weiß Gott nicht zu seinen Spezialitäten.

»Du? Kaputt? Wow! Da mag ich mir gar nicht vorstellen, wie du dann in einem nicht-kaputten Zustand aussiehst. Hast du dann Flügel und Superkräfte?« Ich ging zum Tisch, auf dem ein hübscher Blumenstrauß lag, der darauf wartete, ins Wasser gestellt zu werden. Mit dem Strauß in der Hand drehte ich mich wütend zu ihm um. »Wer hat denn noch seinen Job? Wer läuft denn hier jeden Tag schön ordentlich rasiert und frisiert herum?«

Mir fiel zu spät ein, dass ich mich mit dieser Bemerkung verriet, denn ich beobachtete ihn täglich, wie er zur Arbeit ging. Allerdings wusste ich, dass er es wusste und absichtlich hier vorbeiging, denn das Haus, in dem ich wohnte, befand sich nun wirklich nicht auf seinem direkten Arbeitsweg.

»Und da hast du tatsächlich den Mumm, hier aufzukreuzen und mir zu sagen, ich würde dich kaputtmachen?« Vor lauter Wut fuchtelte ich wie eine Besessene mit dem Blumenstrauß herum. Ein Stiel knickte.

Johan ergriff meine Hand und brachte den Strauß in Sicherheit.

»Ich bin allein. Ich kann nicht mehr«, sagte er. »Als hätte jemand bei mir die Pausentaste gedrückt und dann einfach vergessen, dass ich warte. Und du tust etwas, was ich einfach nicht begreifen kann. Wie kannst du das durchhalten?« Plötzlich schien er sich des Ortes bewusst zu werden, an dem er und ich uns gerade befanden.

Wir hörten, wie jemand aus dem Hintergrund rief: »So kannst du doch nicht weitermachen, Ouarda.«

»Wie stellst du dir das denn vor?« Auf die Wut folgte nun der Zynismus. »Und komm mir jetzt bloß nicht mit deinem kindischen Fluchtszenario nach Südfrankreich!«

Er träumte davon, ein alternatives B & B in der Camargue aufzumachen.

Ja, echt alternativ, mit einem Kopftuchweib und einem Mann ohne Religion.

Jemand klopfte an die Tür.

Ich erschrak. Manchmal kam Jamal noch einmal zurück, um mich kurz in den Arm zu nehmen. Das machte er immer, wenn er gerade seine melancholische Phase hatte. Seine Liebe schien umso stärker zu werden, je verrückter ich wurde. Es war jetzt schon der fünfte Tag in Folge, dass er mir einen großen Blumenstrauß mitbrachte. Ich stellte die Blumen in eine Vase mit Wasser auf die Fensterbank in meinem

Zimmer. Dort standen sie dann als stumme Zeugen meiner Untreue und meines lasterhaften Lebenswandels.

Hannelore steckte den Kopf zur Tür herein.

»'tschuldigung.«

Ihr Kopf verschwand wieder.

Ich hastete zur Tür und riss sie auf. »Nein, macht nichts, Johan wollte gerade gehen, komm ruhig herein.«

Hannelore war etwas unsicher und blieb einfach stehen. Ich musste sie ins Zimmer hereinziehen.

Johan blickte enttäuscht drein, machte aber keinerlei Anstalten aufzubrechen.

»Du bist also Johan?«

Johan nickte.

»Ihr wäret ein schönes Paar gewesen in Xcnoalloch.«

»Xenoalloch?« Man konnte seinem Gesichtsausdruck ansehen, dass er Hannelore am liebsten aus dem Zimmer geworfen hätte.

Und ich wäre am liebsten beiden an die Gurgel gegangen. Also verließ ich das Zimmer.

Johan kam mir hinterher.

»Johan, es hat keinen Sinn. Geh jetzt, die Besuchszeit ist schon lange vorüber.« Er holte mich ein und hielt mich zurück.

»Du musst etwas unternehmen, Ouarda. So kannst du nicht weitermachen.«

Er hatte mir in einer Kneipe einen Antrag gemacht. Meiner Ansicht nach kein Ort, an dem man jemandem einen Heiratsantrag machen sollte, es sei denn, man beabsichtigt damit, diesen Moment für immer mit dem Dunst von abgestandenem Bier und Zigarettenqualm in Verbindung zu bringen.

Das war bereits ein Zeichen, dass dieser Heiratsantrag nicht viel Gutes verheißen konnte. Schon damals spürte ich das.

Deshalb sind Kneipen keine guten Orte. Sie sind unrein. Handlungen, die in einer Kneipe stattfinden, haftet etwas Schmuddeliges an. Als würden die Leute, die eine Kneipe betreten, ihr steriles Ich, ihre saubere, gepflegte Außenhülle am Eingang ablegen. Und oft vergessen sie sie dort dann beim Verlassen der Kneipe.

Wie ein achtlos stehen gelassener Regenschirm oder ein einsamer Hut, der an der Garderobe hängen bleibt.

Es war das erste und auch letzte Mal, dass ich mich von den Kollegen auf ein Feierabendbier überreden ließ.

Ich nippte an meiner Cola light, und er hatte, vermutlich in einem Anfall altmodischer Höflichkeit, auch eine Cola bestellt, natürlich eine normale. Die anderen Kollegen genierten sich nicht, in meinem Beisein Trappistenbier oder einen Wein zu bestellen.

Ich tat so, als hätte ich keinerlei Probleme damit. Doch von dem starken Alkoholdunst, der um den Tisch herumwaberte, wurde mir leicht übel. Meine Kollegen, Männer und Frauen, mit denen ich bereits seit Jahren zusammenarbeitete und die ich wegen der Ernsthaftigkeit respektierte, mit der sie ihrer Arbeit nachgingen, wurden plötzlich für mich zu Fremden, die sich zu so etwas wie verbotenem Alkoholgenuss herabwürdigten. Jetzt wusste ich, dass ich mich genauso *haram* benahm wie sie, auch wenn ich keinen einzigen Tropfen trank. An einem Tisch mit Trinkern zu sitzen war genauso schlecht, wie selbst zu trinken.

Als wir dann irgendwann wahrhaftig noch immer mit den ausgelassenen und lärmenden Kollegen am selben Tisch saßen, schien es plötzlich, als wären Johan und ich von den anderen getrennt. Gemeinsam waren wir in einer Luftblase gefangen.

Keiner beachtete uns. Keiner bemerkte, dass seine Augen die meinen suchten und ich ihn so lange anschaute, dass sich ein Gespräch erübrigte.

Ich drehte mein Colaglas in den Händen, eine Angewohnheit von mir, wenn ich wusste, dass gleich etwas geschehen würde, worauf ich keine passende Antwort hätte.

Ich sollte keinen Schluck mehr von meiner Cola trinken.

Als er mir seine Liebe gestand, sauste es mir in den Ohren. Es erschien mir ungehörig.

Wusste er denn nicht, dass es ausgeschlossen war? Ich musste ihn doch nicht etwa darauf hinweisen, dass sich zwischen uns eine Glaubensschlucht auftat? Aber ich sagte nichts. Ich schwieg, denn ich wollte nicht länger unterdrücken, dass auch ich ihn liebte, schon sehr lange.

Ein Jahr darauf verlor ich meinen Verstand und meine Arbeit.

Ich heiratete Jamal.

Er war hin und weg von mir.

Weil mir so starke Zweifel an Gottes Plan kamen, hatte ich damit angefangen, ein Kopftuch zu tragen. Ich hatte gedacht, die vielen verwirrenden und unruhigen Gedanken mit einem Tuch auf dem Kopf bezwingen zu können. Doch damit gelang es mir nur, meine Geistesverfassung gut vor der Außenwelt zu verbergen. Eine Zeitlang führte ich mit dem Kopftuch alle in die Irre. Es verlieh mir eine Gelassenheit, die von vielen bewundert wurde.

Jamal fand mich mutig. Und liebte mich noch stärker.

Und ich, ich fand mich verwerflich.

Ich sah Johan an und überlegte, ob es nicht besser wäre, wenn er oder ich oder wir beide tot wären.

Ah, der Tod, das Ultimum Remedium. Der Tod, absoluter Marktführer, wenn es um die definitive Bereinigung aussichtsloser Situationen ging. Zwischen überhaupt nichts unternehmen und dem Tod gab es sicherlich noch mehr Möglichkeiten, und vielleicht befand sich direkt vor dem Tod eine weniger drastische Lösung, wahrscheinlich nicht ganz so perfekt, aber eine, mit der man leben konnte. Deshalb fragte ich ihn, was ich denn tun solle.

Was er von mir erwartete.

»Komm mit mir, ich hole dich hier raus. Nehme dich irgendwohin mit, weit weg, damit dich keiner mehr finden kann.«

Hannelore kam angeschlurft. »Wisst ihr, dass es möglich ist?«

Johan sah Hannelore an und dann wieder mich. »Wer ist sie?«, fragte er verärgert.

»Das ist meine Freundin«, sagte ich fest entschlossen.

Hannelore lächelte zufrieden.

Meine verrückte Freundin, die tatsächlich glaubte, auf dem Planeten Xenoalloch bestünde die Möglichkeit, mit einem Ungläubigen zusammen zu sein. Dass die außerirdischen Wesen alle Hindernisse aus dem Weg räumen könnten. Sie war der festen Überzeugung, sie bekäme einmal Zutritt in diese Welt, wenn sie sich nur offen dafür zeigte. Seit Wochen gab sie sich alle Mühe, mich dafür zu interessieren, und ich hatte eine Riesenlust, ihre Geschichte zu glauben. Sie wollte, dass wir uns gemeinsam von den Außerirdischen in ihre Welt geleiten ließen.

Sie mochte mich. Sehr sogar.

»Es gibt keinen Zufall. Alles ist vorbestimmt. Der einzige Ort, an dem ihr glücklich sein könnt, ist Xenoalloch. Und deshalb bin ich eine Befürworterin seines Planes.« Hannelore warf Johan einen eindringlichen Blick zu.

»Mein Plan?«

»Weg von hier. Schnell und unbemerkt. Und dann warten wir zu dritt ab, bis sie uns holen kommen.«

Johan nahm mich am Oberarm und schob mich ein Stück weiter in den Flur, weg von Hannelore.

»Die Frau tickt nicht ganz richtig. Ist sie wirklich deine Freundin?«, flüsterte er und warf Hannelore, die etwas entfernt von uns stehen geblieben war, einen wütenden Blick über die Schulter zu.

»Meinst du echt, sie tickt nicht ganz richtig? Merkwürdig. Und das in einem Irrenhaus?« Ich riss mich mit einem Ruck von ihm los und ging an Hannelore vorbei in mein Zimmer.

Eine Woche darauf war der Plan beschlossen und sollte ausgeführt werden.

Kurz nachdem die abendliche Besuchszeit beendet war, schlich sich Hannelore in mein Zimmer.

»Bist du bereit?« Der verschwörerische Ton in ihrer Stimme raubte der ganzen Sache den Ernst.

Ich kicherte nervös. »Auf geht's, meine Liebe!« Ich sprach eher zu mir selbst als zu Hannelore, die in der Hand einen abgewetzten Rucksack hielt, der nur halb gefüllt war. »Mehr nimmst du nicht mit?«

»Das ist alles, was ich brauche. Komm, wir müssen uns beeilen, die Schwestern hocken gerade bei ihrem Kaffee.«

Ich nahm meine Tasche. Ich hatte noch die Pantoffeln an. Ich dachte, wir hätten eine größere Chance, ungehört und ungesehen hier wegzukommen, wenn dies auf Pantoffeln und nicht auf hohen Absätzen geschah. Ich warf noch schnell einen Blick aufs Bett und in den Schrank, um sicher zu sein, dass ich nichts vergessen hatte. Auf der Fensterbank standen fünf halbverwelkte Blumensträuße und starrten mich taubstumm an. Damals wurde mir bewusst, dass ich nie wieder Blumen würde ertragen können.

Hannelore steckte den Kopf durch die Tür und spähte in den Flur. Sie machte ein Zeichen, dass ich ihr folgen solle. Ich versuchte mit ihr mitzuhalten.

Offenbar hatte sie den Weg hinaus sehr präzise studiert. Sie wusste genau, welche Türen sie öffnen musste, damit wir schnell und ungesehen ins Treppenhaus auf der Rückseite des Gebäudes gelangten. Wir schlichen wie die Internatsschülerinnen die Stufen hinunter. Erleichtert atmete ich auf, als ich die Glastür zum Garten erblickte, doch Hannelore ignorierte sie und tapste weiter nach unten. Ich folgte ihr.

Mit einem Schlüssel öffnete Hannelore die Kellertür.

»Wo hast du den denn her?«, fragte ich voller Bewunderung. Mit einem vielsagenden Lächeln drückte sie die Tür auf und machte Licht.

»Es stimmt also nicht, dass sie die Leichen im Keller aufbewahren«, flüsterte ich, als wir durch den Keller gingen.

»Das hier ist ein Irrenhaus und keine Trauerhalle«, antwortete Hannelore.

Wir gingen zur Vorderseite des Gebäudes. Der Kellerraum badete im Tageslicht, das durch die vielen schmalen Fenster hereinfiel.

Hannelore hatte ein paar Tage zuvor eine Kellerluke ausgesucht, und Johan sollte die Kette während der Nacht durchtrennen. Sie lief nun schnurstracks zu dem Fenster.

»Hilf mir beim Aufdrücken.«

Ich kroch zu Hannelore in die Nische unter dem Gitterrost. Überall hingen Spinnweben, und ich erschauderte bei dem Gedanken an die kleinen, langbeinigen Tierchen, die jetzt ihre Chance wahrnahmen und mir ins Haar oder in die Kleidung krochen. Hannelore war viel mutiger. Sie zog sich den Ärmel ihrer Jacke über die Hand und wischte eine ganze Spinnenwelt weg. Wir drückten ein paarmal kräftig gegen den Gitterrost. Er löste sich mit einem Ruck. Wir brauchten uns nur noch ein wenig zu strecken und den Gitterrost ganz hinauszuschieben. Zögernd steckte ich den Kopf aus dem Kellerloch und entdeckte zu meiner Erleichterung, dass wir uns im Sichtschutz eines großen Buschs befanden. Es war ein seltsames Gefühl, plötzlich in der freien Natur zu sein, nach all den Wochen der Verwahrung mit Therapien und Medikamenten.

Mir war danach, wieder in das Loch zurückzukriechen und die Treppen hinaufzulaufen. Zurück in meinen Turm, wo ich, wenn ich es wollte, die Welt aus einer sicheren Entfernung betrachten konnte. Wo ich in meiner Bewegungsfreiheit eingeschränkt war, in meinem Denken. Weil das besser so war.

In der Straße hing die typische Verlassenheit eines Sonntags. Sonntage fand ich schon immer unangenehm. Ein Tag, an dem sich nichts bewegte. Das Leben würde erst am nächsten Tag beginnen, und ich war schon immer ein eher unruhiger Typ.

Ich folgte Hannelores Vorbild und warf meinen Rucksack hinaus. Geschmeidig wie eine Katze zog sich Hannelore als Erste hoch. Plötzlich fühlte ich Johans Hände um meinen Arm. Er half mir aus dem Loch heraus.

Ich stand auf der Straße, unsicher und verstört. Außerhalb der Anstalt.

Der Drang, wieder zurück in die Öffnung zu kriechen und in mein Zimmer zu gehen, wurde stärker.

Johan bemerkte meine Zweifel und meine Angst. Wortlos hob er den Rucksack vom Boden auf und zog mich hinter dem Busch hervor, zu seinem Wagen, den er ein Stückchen entfernt geparkt hatte. Er ließ mich vorne einsteigen, Hannelore saß bereits hinten.

Meinen Rucksack warf er in den Kofferraum und stieg schnell ein.

Hannelore kicherte nervös, als wir abfuhren.

Ein Kind Gottes

Mein Sohn heißt Furkan, er war Muslim, und ich war seine Mutter. Als er geboren wurde, war ich endlich jemand. Er würde mir helfen, der Welt zu trotzen. Er würde von mir das Böse fernhalten.

Wie ein Schutzengel.

Furkan.

Die Trennlinie zwischen Gut und Böse war von nun an eindeutig.

Doch ich fiel, und ich hörte nicht mehr auf zu fallen, und mein kleines Baby war viel zu klein, um mich aufzufangen. Und niemand war da.

Beide waren wir vaterlos, mein Sohn und ich. Doch mein Vater hatte mich einmal gekannt, hatte mich innig geliebt.

Und er ließ mich, hoch oben auf seinen starken Schultern, wie einen Engel schweben.

»Schau, Melek, schau, ein Luftballon! Fang ihn, versuch es!«

Ich lachte, und ich war mir sicher, dass ich den Luftballon, wenn es wirklich sein müsste, auch berühren könnte, und sei es nur mit den Fingerspitzen. Egal, wie labil mein Gleichgewicht oben auf seinen Schultern auch sein mochte, ich fühlte mich dort sicher und frei von Angst.

Die türkische Botschaft erkannte keine außerehelichen Kinder an. »Nimm dein Kind wieder mit, ohne Vater kann er kein Türke werden.«

Ich wollte schreien und zetern und wildfremde Leute um Hilfe bitten, doch ich schwieg und ging mit Furkan im Arm weiter. Wieso bist du zu mir gekommen, Furkan? In meinem Leben gibt es keinen Platz für dich, es gibt noch nicht einmal Platz für mich selbst. Siehst du das denn nicht? Ich kann dich nicht weiter tragen. Wohin denn? Wohin möchtest du denn, dass ich dich tragen soll?

Ich könnte ihn irgendwo zurücklassen und schnell wegrennen. Ich könnte nach Hause zurückgehen und Papa fragen, ob ich meinen Kopf in seinen Schoß legen darf und er mir dann übers Haar streicht. Ich würde eine zweite Chance bekommen.

Und Furkan würde in der Kälte vielleicht ganz schnell erfrieren, oder es würde ihn jemand finden, und auch er bekäme eine zweite Chance.

Doch obwohl ich in dieser großen Stadt überall düstere Winkel und Ecken sah, die mich geradezu aufforderten, Furkan dort zurückzulassen, drückte ich ihn fest an mich und lief weiter.

Ohne richtiges Ziel.

Dann nahmen sie ihn mir weg. »Nicht für lange«, beteuerten sie. Bis ich wieder Ordnung in mein Leben gebracht hätte.

Es sei besser für Furkan. Und für mich.

Ich gab ihn widerstandslos weg, weil ich glaubte, ich könnte ihn genauso leicht aus dem Kopf bekommen, wie ich ihn auch aus meinem Körper vertrieben hatte.

Aber ich konnte ihn nicht vergessen. Ich konnte nicht so

tun, als sei er nur ein flüchtiger Gedanke gewesen. Sosehr ich mich auch bemühte, es gelang mir einfach nicht, ihn nur auf eine Erinnerung zu reduzieren, die gemischte Gefühle bei mir auslöste. Ich konnte nicht so tun, als sei er lediglich ein weiteres Hindernis auf meinem langen trübseligen Weg zu mir selbst. Zudem stimmte es auch nicht, dass er von meinem Körper getrennt war. Damals wurde mir bewusst, dass er noch immer mein Körper war. Dass er wehtat. Dass seine Abwesenheit wie ein Messer in meinen Körper stach und ihn verwundete. Es gab Momente, da wurde ich von einem Schmerz übermannt, der mich nach dem Tod verlangen ließ.

Seine Abwesenheit füllte mein ganzes Leben aus, und plötzlich hatte nichts mehr einen Sinn. Plötzlich gab es wirklich keinerlei Grund, morgens noch aufzustehen. Und es dauerte so ewig, alles verlangsamte sich, die Tage wurden bleischwer.

So einfach es gewesen war, ihn wegzugeben, so schwierig war es, ihn wiederzubekommen oder ihn zumindest vor Menschen zu behüten, die aus ihm ein Kind machen wollten, das er nicht war.

Ich konnte einfach nicht glauben, dass in dem Plädoyer des Rechtsanwalts der Pflegefamilie alle rassistischen Auffassungen, die ich bei jedem Kontakt mit der Familie zu hören bekam, wieder auftauchten. Diesmal allerdings anders formuliert, kultivierter. Der Rechtsanwalt verwendete schwierigere Wörter und bildete längere Sätze, doch was er sagte, war genau das, was ich immer von der Pflegefamilie zu hören bekam, wenn ich Furkan zurückforderte.

Und dennoch hatte ich Vertrauen. Jetzt konnten die Jugendrichterin und alle weiteren Anwesenden im Gerichtssaal, darunter auch Leute, die mit der Sache überhaupt nichts zu tun hatten, selbst hören, wie ungerecht und schlecht die Pflegeeltern waren. Ihr voreingenommenes und arrogantes Verhalten konnte man ihnen wirklich nicht durchgehen lassen. Wir befanden uns nun vor einem Richter, und ein Richter ist gerecht. Er muss gerecht sein, denn das ist er mir schuldig, das ist sein Beruf. Für ihn darf es keine verschiedenen Hautfarben geben. Das war Gesetz und das war mein Halt. Dieser blinde Glaube hatte mich dazu gebracht, die Pflegeeltern vor Gericht zu zerren. Diesmal war nicht ich die Angeklagte, und ich war mir sicher, dass man mich diesmal auch anhören würde.

»Frau Jugendrichterin, wir bitten Sie eindringlich, die andauernden Schikanen von Frau Ozgül hinsichtlich meiner Mandanten zu unterbinden.« Der Rechtsanwalt hatte in meine Richtung geschaut, ohne mich dabei anzusehen. Ich fragte mich, ob er Kinder hatte. Ich fragte mich, ob er wusste, wie ich lebte, wie weit es mit mir gekommen war.

Das Gesicht der Jugendrichterin zeigte keinerlei Regung, während der Rechtsanwalt fortfuhr.

»Frau Ozgül hat von Anfang an gewusst, dass ihr Kind von einer christlich geprägten Familie aufgenommen wird. Es geschieht übrigens aus christlicher Nächstenliebe, dass diese Familie sich dazu bereit erklärt hat, Kinder aufzunehmen, die sich in einer schwierigen Situation befinden. Dies hat allerdings auch Konsequenzen. Jedes Kind, das sich über einen kürzeren oder längeren Zeitraum in ihrer Familie aufhält, wird zu einem integralen Teil der Familie. Es wird nicht zwischen den eigenen Kindern und den Pflegekindern unterschieden.

Somit besteht keinerlei Unterschied zwischen Furkan, Johan oder Klara. Kinder, die alle zu einer Familie zählen. Damit wollen die Pflegeeltern vermeiden, dass sich Furkan später einmal diskriminiert fühlen könnte, wenn er herausfindet, dass seine Pflegeeltern ihn, im Gegensatz zu seinem Pflegebruder und seiner Pflegeschwester, nicht haben taufen lassen. Sie dürfen zudem nicht vergessen, dass Furkan schon als kleines Baby in die Familie kam.«

Zwei Monate war er, als sie ihn mir wegnahmen. Er kam drei Wochen zu früh auf die Welt und wog noch nicht einmal zwei Kilo. Weil er nicht sofort zu schreien anfing, nahmen sie ihn mir weg. Erst mehrere Stunden nach der Geburt brachten sie ihn mir wieder. Ich traute mich nicht, ihn anzufassen. Er war viel zu klein und hatte eine seltsame Farbe, so hatte ich mir mein Baby nicht vorgestellt. Die Krankenschwester ermunterte mich freundlich, und ganz vorsichtig nahm ich ihn an mich. Er sah so verletzlich aus, und ich musste weinen, weil wir von nun an einander ausgeliefert waren. Deswegen war ich erleichtert, als er noch einen Monat im Krankenhaus bleiben musste. Täglich ging ich zu ihm, um ihn zu füttern und zu versorgen. Es war, als würde ich Mutter spielen. Ich machte alles, doch gleichzeitig fragte ich mich auch, wie es weitergehen sollte, wie ich für ein Kind sorgen sollte. Manchmal, wenn ich spät am Nachmittag das Krankenhaus verließ, hoffte ich, dass er am nächsten Tag nicht mehr da sein würde und ich mir das alles nur eingebildet hatte. Doch er blieb, und eines Tages musste ich ihn mit nach Hause nehmen.

»Frau Ozgüls Forderung scheint gerechtfertigt zu sein, Frau Richterin, schließlich ist sie die leibliche Mutter des Kindes, doch der Schein trügt. Denn was verbirgt sich hinter ihrer vehementen Verweigerung einer Taufe ihres Sohnes? Ihr Sohn darf als Muslim nicht verloren gehen! Er muss Muslim bleiben, und sie hat die heilige Aufgabe, ihren islamischen Glauben an ihren Sohn weiterzugeben. Sonst ist sie als Muslimamutter gescheitert.«

Ich war lange der Ansicht gewesen, niemals eine gute Mutter sein zu können. Ich hatte keine Gefühle für meinen Sohn gehabt, während der ersten Wochen, also war ich ein schlechter Mensch. Und das haben sie gegen mich verwendet, als sie ihn mir weggenommen haben. Ich hätte ihn verwahrlosen lassen und in Gefahr gebracht. Aber ich hatte nicht gewusst, was ich tun sollte, ich wusste nicht, was von mir erwartet wurde. Ich lebte in dem Wahn, dass Furkan stark genug sein würde, um mich von den Drogen fernzuhalten. Und als das offenbar nicht so war, nahm ich es ihm übel.

»Die Frage, die sich nun stellt, ist Folgende: Verbessert sich Furkans Ausgangssituation, wenn wir ihn einer Religion überlassen, die man bezüglich ihrer Liberalität und Toleranz nicht unbedingt rühmen kann? Der hartnäckige und irrationale Widerstand der Mutter gegen die Taufe, die, wie ich bereits zuvor erläutert habe, Frau Richterin, eher aus der Sorge heraus resultiert, alle Kinder innerhalb der Familie gleich zu behandeln, beweist doch geradezu die Intoleranz dieses Glaubens.

Wir alle wissen, wofür der Islam steht, Frau Richterin, natürlich ohne verallgemeinern zu wollen. Doch ist diese Religion auch mit unseren westlichen Normen und unserem Lebensstil zu vereinbaren? Darüber müssen Sie, Frau Richterin, ein Urteil fällen. Doch alles, was ich über diesen Glauben höre, sehe und lese, stimmt mich skeptisch. Ist es auch in Furkans Interesse, der jetzt von einer liebevollen und toleranten Familie aufgenommen wurde, eine islamische Erziehung zu genießen?

Über diese Frage dürfen wir nicht einfach so hinweggehen. Angenommen, die Antwort fällt bejahend aus, wie sehen dann die direkten Konsequenzen aus? Nun, damit würden wir die Familie verpflichten, sich streng an die islamischen Essensvorschriften zu halten. Kein Schweinefleisch, kein kurz angebratenes Fleisch, außer es ist *halal*. Das geht sehr weit. Meine Mandanten müssten ihre Lebensgewohnheiten komplett ändern. Frau Ozgül will eigentlich nur ihre Gesetze unseren Mandanten aufzwingen.«

Ich habe ihn Furkan genannt, weil er mein Kind ist, doch erst später wurde mir bewusst, dass ich noch mehr tun musste, als ihm nur einen Namen zu geben. Ich musste für ihn sorgen, ihn beschützen, denn er war mein Furkan.

»Doch wie schwierig die Umsetzung von Frau Ozgüls Forderungen auch sein mag, sie ist gar nichts im Vergleich zu dem, was Furkan in Zukunft erwartet, wenn es nur nach Frau Ozgül ginge. Frau Ozgül hat nämlich verkündet, dass sie, falls Sie ihr heute Recht geben, einen Termin für Furkans Beschneidung ausmachen will.

In welchen Zeiten leben wir eigentlich, dass wir einen kleinen wehrlosen Jungen einem Glauben aussetzen, der einen Angriff auf den menschlichen Körper predigt? Vor allem diese Tatsache beunruhigt meine Mandanten außerordentlich. Deshalb bitte ich Sie, Frau Jugendrichterin, gerade diesbezüglich die Interessen des Kindes zu bedenken. Ich danke Ihnen.«

Meine Rechtsanwältin warf einen verdatterten Blick auf ihre Akte und verneinte, als sie gefragt wurde, ob sie dem noch etwas hinzuzufügen habe. Ich sollte etwas sagen.

»Frau Richterin, der Generalvikar hat mir gesagt, es sei gegen den Glauben, bei einem Kind gegen den Willen der Eltern die Taufe durchzuführen. Ich stehe hier als Mutter von Furkan vor Ihnen und sage Ihnen, dass ich eindeutig gegen die Taufe meines Sohnes bin.«

Von ihrem Thron blickte sie auf mich herab. »Vielleicht haben Sie das noch nicht bemerkt, aber wir leben hier in einer Demokratie.« Ihre Stimme klang trotz ihres jungen Gesichts streng und kalt. »Trennung von Kirche und Staat, sagt Ihnen das was?«

Ich konnte an ihrem Blick erkennen, dass sie die Wahrheit für sich gepachtet hatte und keiner daran zweifelte.

»Wo kommen wir denn hin, wenn ich meine Entscheidungen von *fatwas* oder Dogmen abhängig machte? Ich unterstelle einmal, dass Sie dem Vikar nicht gebeichtet haben, dass Sie eine unverheiratete Mutter sind? Wie hätte sein Ratschlag dann ausgesehen? Denken Sie doch erst einmal darüber nach. Die Debatte ist hiermit beendet.«

Meine Rechtsanwältin sah mich an, als hätte ich ihr ein furchtbares Geheimnis vorenthalten.

»Hattest du das wirklich vor, Melek?«

Ich wusste nicht, worauf sie hinauswollte.

»Das mit der Beschneidung?«

»Er ist ein Muslimjunge, da gehört das nun einmal dazu.«

»Aber dir ist schon klar, dass das hier ein sensibles Thema ist? Es sah bereits nicht gut aus für dich, wegen deiner Vergangenheit und so, und jetzt auch das noch!«

Ja, und jetzt auch das noch. Was war das denn? Das war ich. So, wie ich war und wie ich sein wollte.

Das war Melek Ozgül, die krampfhaft versuchte, wieder auf die Beine zu kommen, und mit der Kraft der Verzweiflung kämpfte, damit sie sich selbst und ihren Sohn nicht verlor.

Aber ich war schwach, und ich hatte das Pech, in einer Gesellschaft zu leben, in der man die Schwachen aufs Abstellgleis schob, sie mundtot machte, damit andere für sie sprechen mussten, die ihnen ihre Gesinnung, ihr Verständnis darüber, was gut oder schlecht war, aufzwängten und es verteidigten, ohne richtig zuzuhören, worum es eigentlich ging. Sie machten mich schwach und klein, weil ich niemals recht haben konnte, weil ich einen falschen Blick auf die Dinge hatte.

Ich würde meinem Sohn niemals etwas wegnehmen wollen, ich wollte ihm etwas geben, damit er mehr sein würde, als ich es jemals gewesen war.

Besser.

Er heißt Furkan. Kein Name für einen Christen. Diesen Namen habe ich ihm gegeben. Ich.

»Ich will meinen Sohn zurückhaben.«

Die Rechtsanwältin sah mich mitleidig an. »Melek, so gelingt uns das aber nicht.«

Trotz meiner bangen Vorahnung war das Urteil der Jugendrichterin für mich ein Schlag ins Gesicht. Furkan durfte getauft werden.

Es war, als würde damit die letzte grausame Phase eingeleitet, um uns für immer voneinander zu trennen. Schon mehrere Monate waren wir körperlich getrennt, und noch immer bekam ich nachts regelmäßig Krampfanfälle, so sehr vermisste ich sein warmes kleines Babykörperchen.

Ich wurde fast wahnsinnig vor Sehnsucht, seinen süßlichen Geruch einatmen zu können und seinen Körper an mich zu drücken. Anfangs schlief ich nach langen durchweinten Stunden wimmernd und erschöpft wieder ein. Doch nach einiger Zeit fehlte mir die Kraft zum Weinen, meine Tränen schienen versiegt zu sein, und die Hoffnungslosigkeit trieb mich aus dem Bett, aus dem Haus, hinaus auf die Straße.

Und nun versetzte man uns den Gnadenstoß. Unsere Seelen wurden voneinander getrennt. Für ewig und noch weit darüber hinaus. Muslime und Nicht-Muslime, treffen sie im Jenseits aufeinander?

Die vier Nächte, die zwischen der Urteilssprechung und der Taufe lagen, irrte ich herum. Während einer dieser nächtlichen ziellosen Touren sah ich einen Mann an einem verlassenen Bushaltehäuschen. Der letzte Bus war bereits vor Stunden abgefahren, der erste würde erst in ein paar Stunden kommen.

Ich habe mich noch nie vor der Nacht gefürchtet, vor den Geräuschen, den Schattierungen in den Grauzonen, der fahlen Straßenbeleuchtung oder gar der absoluten, alles verschluckenden Finsternis. Das Einzige, was mir Angst machte, waren Schatten und Silhouetten von Menschen. Ich ging davon aus, dass jeder vernünftige Mensch zu dieser unglückseligen Uhrzeit schon längst schlief.

Umherirrende Menschen waren solche wie ich oder zwielichtige Gestalten. Gerade als mich mein Instinkt in einem weiten Bogen um das Bushaltehäuschen herumleiten wollte, sah ich etwas, das ich mir nicht sogleich erklären konnte. Irgendetwas kam mir an dem Mann bekannt vor.

Ich versuchte den Blick zu schärfen.

Es war die Haltung, in der er dort saß. Die Beine leicht gespreizt. Die Ellenbogen auf die Knie gestützt. Den Kopf hatte er in den Händen ruhen. Er starrte vor sich hin.

Irgendetwas war mit diesem Mann, und bevor ich mich versah, war ich nur noch zwei Meter von ihm entfernt. Jetzt konnte ich auch seine Hände sehen. Kurz dachte ich, er schliefe. Das lag auch an der Linie seines gewölbten Rückens, den breiten Schultern. Er wirkte erschöpft, nicht wirklich alt, aber müde.

Auf einen Schlag verließ mich jegliche Energie, sie versickerte in der Erde, als er den Kopf hob und mich ansah. Seine Augen, irgendetwas war mit seinen Augen. Ich machte einen Schritt zur Seite. Das Leuchten, das bei ihm immer erschien, wenn er mich sah, war nun verschwunden.

»Melek?«

Er erhob sich und kam auf mich zu. Ohne ein Wort zu sagen, drückte er mich an sich. Ich hörte sein unterdrücktes Schluchzen, sein Körper bebte leicht.

Ich hielt ihn so fest, dass meine Finger zu schmerzen anfingen, aber meine Augen wurden nicht feucht.

Ich wusste, dass es so etwas in der wirklichen Welt eigentlich nicht geben konnte. Ich wusste, dass mir mein Verstand einen Streich spielte. Und dennoch hielt ich ihn weiter fest, als würde ich am Abgrund balancieren, und er wäre mein einziger Halt. Ich würde niemals als Erste den Griff lockern. Niemals.

Ich würde ihn nie wieder loslassen, denn ich wusste, was es bedeutete, Schmerzen zu haben, Angst zu haben, ohne seine Eltern in der Nähe zu wissen. Ohne ihre tröstenden Worte und starken Arme.

Gefühle von Schmerz oder Angst waren bitterer, stärker, und sie wussten mich immer und überall zu erreichen, weil ich ihnen vollkommen allein ausgesetzt war. Es stellte sich niemand zwischen sie und mich.

»Wieso kommst du nicht wieder nach Hause zurück, Melek? Warum kann es nicht so wie früher sein, Melek? Meine Melek. Tun wir einfach so, als wärest du nie weggewesen, oder nur für ganz kurz. Und jetzt kehrst du wieder zurück.«

»Und Furkan?«

Er ließ mich los. Leicht. Aber er ließ mich los.

Und wieder fühlte ich, wie eine warme Energiequelle versiegte.

Einen Moment lang glaubte ich, ich würde taumeln, doch ich blieb stehen und bewahrte mein Gleichgewicht. Wieder war ich allein und meinen Ängsten ausgeliefert.

»Deine Mutter träumt jede Nacht von dir, ich werde ihr sagen, dass es dir gutgeht.«

»Ja, Papa, sag ihr das. Sag ihr, dass ich sie vermisse.«

Er schob die Hände in die Jackentaschen und verschwand.

Ich wollte ihm hinterherlaufen, seine Hand nehmen und gemeinsam mit ihm nach Hause gehen. Morgen würde ich in meinem Zimmer aufwachen, und neben mir im Bett würde Furkan liegen.

»Papa! Sag ihr, dass ich sie demnächst einmal besuchen komme.« Er drehte sich nicht mehr um.

Ich blieb stehen und schaute ihm nach, bis er nicht mehr zu erkennen war, bis meine Augen zu tränen begannen. Er war schon so weit weg, schon so lange außer Sichtweite, das Einzige, was er tun konnte, war umzukehren. Doch er ging weiter, genau wie auch ich nicht wieder nach Hause zurückgekehrt bin.

Der erste Bus des Tages kam angefahren, hielt vor mir an und öffnete die Türen. »Na, junge Frau, wird das heute noch was?«

Folgsam stieg ich ein und setzte mich hinten in den Bus.

Langsam wurde es hell, die Stadt erwachte, anfangs zögerlich, den Schlaf noch in den Gliedern. Vereinzelt ein Mann oder eine Frau, die den einsamen Straßen trotzten, auf dem Weg zur Arbeit. Gedankenverloren schaute ich den Lieferwagen hinterher, die sich in den Verkehr einreihten. Wie sie mit dem Blinker von Fahrbahn zu Fahrbahn wechselten.

An der nächsten Bushaltestelle standen bereits zwei wartende Männer und ein kleiner Junge, höchstens zehn Jahre alt. Ich überlegte, wohin er so früh am Morgen wollte, ganz allein, und wie Furkan mit zehn aussehen würde und ob ich ihn allein mit dem Bus fahren lassen würde. Als er ein paar Haltestellen später ausstieg, sah er mich an. Ich lächelte ihm zu.

Und dann, keine Stunde später, als hätte jemand einen unhörbaren Startschuss abgefeuert, brach das Leben in den Straßen aus.

Als das Treiben etwas nachließ, fuhr der Bus in eine Gegend, die ich nicht kannte. Eine Gegend mit breiten Straßen und schönen stattlichen Häusern. Die ordentlich gepflegten Grünanlagen und die hochgewachsenen Bäume zu beiden Seiten der Straße verleiteten mich dazu auszusteigen.

Es war ein klarer Herbsttag. Ein Tag, der für Gegenden

wie diese wie gemacht schien, mit solchen Häusern und solchen Bewohnern.

Blau und friedlich.

Ich kam an einem frei stehenden weißen Gebäude vorbei. Es wirkte viel wichtiger als ein gewöhnliches Haus, und als ich davorstand, erkannte ich die Fassade wieder. Es war das Haus, das ich vor ein paar Wochen gesehen hatte, auf der Website des Bischofs.

Ein Haus im klassizistischen Stil, das 1944 bei einem Luftangriff von einer Bombe getroffen wurde, so war es dem Text auf der Website neben dem Foto zu entnehmen. Ich konnte mir nicht so recht vorstellen, dass eine Bombe auf dieses Gebäude gefallen sein sollte. Es sah trotz allem solider und unendlich viel schöner aus als die Wohnungen, die ich während der vergangenen Jahre bewohnt hatte.

Ich hatte Lust, dort zu klingeln und zu fragen, ob ich den Bischof sprechen könne. Ihn zu fragen, wozu der ganze Prunk gut sei, wenn er noch nicht einmal dazu befähigt schien, Verfügungsgewalt bei Glaubensangelegenheiten zu haben. Trennung von Kirche und Staat, sagte die Jugendrichterin. Die Kirche befand sich zweifellos außerhalb des Staates, doch der Staat befand sich mitten im Herzen der Kirche. Ich wendete mich von dem Haus ab. Ich wollte schnurstracks zur Kinderkrippe gehen und Furkan einfach mitnehmen. Ich würde für ein paar Tage irgendwo untertauchen, um dann dieses Scheißland zu verlassen, für immer.

Es hatte keinen Sinn, noch weiter Regeln zu respektieren, die unredlich und unmenschlich waren, die einen so demütigten. Die einen daran hinderten, so zu sein, wie man war. Ich existierte hier nicht, und Furkan konnte nur in der Form und unter den Bedingungen existieren, wie sie ihm von ihnen vorgegeben wurden. Von nun an sollten sie alle auch nicht mehr für mich existieren. Das Einzige, was zählte, war Furkan und meine Liebe für ihn.

Ich war fest entschlossen. Niemand konnte mich zurückhalten.

Es war halb fünf. Ich rief mir ein Taxi, sonst würde es mir nicht gelingen, vor den Pflegeeltern in der Kinderkrippe zu sein.

Als das Taxi kam, beschloss ich, es bei der Kinderkrippe warten zu lassen, damit ich schneller mit Furkan von dort verschwinden konnte.

Ich würde reingehen, schnell Furkan suchen und ihn mitnehmen, bevor die Erzieherinnen etwas bemerkten.

Um zehn vor fünf stand ich vor der Kinderkrippe. Mit vorgetäuschtem Selbstbewusstsein ging ich hinein, geradewegs zum Spielraum durch. Es waren noch viele kleine Kinder dort.

Die beiden anwesenden Erzieherinnen standen plaudernd an einem Schreibtisch und beachteten mich nicht weiter.

Ich ließ meinen Blick über die Kinderköpfchen schweifen, doch Furkan sah ich nirgends.

Mein Magen krampfte sich zusammen, und ich bekam feuchte Hände. Plötzlich sah ich einen dunkelhaarigen Jungen, der mit dem Rücken zu mir auf dem Boden saß und spielte. Mein Herz fing wie wild an zu rasen.

»Furkan!«

Ich ging zu ihm, und alles um mich herum verschwamm. Der Schreibtisch der Erzieherinnen stand in unmittelbarer Nähe des Ausgangs, es würde unmöglich sein, ungesehen den Raum zu verlassen. Doch ich war der festen Überzeugung, dass ich mit Furkan in den Armen einfach hinauslaufen könnte. Gott würde dafür sorgen, dass die Erzieherinnen einen Moment geblendet und bewegungslos wie die Statuen wären.

Ich kniete mich vor den Jungen hin und legte ihm behutsam eine Hand auf das zarte Köpfchen. Ein Kind starrte mich an.

Verzweifelt versuchte ich irgendetwas von Furkan in dem Gesichtchen zu erkennen.

»Wo ist Furkan, mein Kleiner? Zeig mir Furkan.«

Das Kind reichte mir einen Baustein. Ich nahm ihn wortlos und stand wieder auf. Ich sah mich noch einmal um, von links nach rechts. Ich versuchte, die Kinder langsam zu mustern, aber ich wurde immer aufgeregter, und mein Blick hetzte in Höchstgeschwindigkeit über die Gesichter. Furkan war nicht dabei.

Die Erzieherinnen hatten inzwischen ihr Gespräch beendet, und eine von ihnen kam auf mich zu.

»Kann ich Ihnen vielleicht helfen?«

Ich versuchte irgendetwas zu stammeln, aber ich brachte kein verständliches Wort heraus. Bestürzt lief ich hinaus. Das Taxi wartete noch immer auf mich. Ich stieg ein und bemerkte, dass mir die Knie zitterten und ich kaum atmen konnte.

»Meine Mutter, ich will zu meiner Mutter«, murmelte ich und schob mir nervös eine Haarsträhne hinters Ohr. Ich versuchte, mich zu beruhigen, doch mein Herz raste wie wild weiter.

»Eine Adresse wäre nicht schlecht, junge Frau.«

Zuerst fiel mir die Straße nicht ein. Mich überkam ein Gefühl der Beklemmung.

Es war doch nicht möglich, dass ich vergessen hatte, wo meine Mutter wohnt! Wie konnte ich die Straße vergessen, in der ich jahrelang gespielt hatte? Die Straße, die ich viermal täglich den Weg zur Schule und wieder zurück gegangen war? Die Straße, in der ich mit meinen Freundinnen Süßigkeiten am Kiosk gekauft hatte?

Dieser Moment des Gedächtnisverlustes zog mir den Boden unter den Füßen weg. Ich fühlte Panik in mir aufsteigen, ich war verloren.

Ich fand den Weg nach Hause nicht mehr.

Der Taxifahrer sah mich im Rückspiegel an und wartete.

Ich stürzte derweil in ein tiefes schwarzes Loch, und als ich fast den Boden erreicht hatte, fiel mir die Straße wieder ein.

»Laremanstraat 15.« Ich stieß es wie einen Seufzer aus.

Der Taxifahrer hatte es offenbar nicht verstanden.

»Laremanstraat 15«, wiederholte ich nun lauter.

Wortlos startete er das Taxi.

Dschihab

Drei ganze Zuckerwürfel verschwanden in dem nur halb-vollen Plastikbecher mit Kaffee, den der neue Dozent für Französisch vor sich stehen hatte.

Er kam aus dem Kongo.

Sie erschauerte, begrüßte ihn aber dennoch äußerst freundlich. Ihr war schon öfter aufgefallen, dass sozial Benachteiligte, insbesondere aber Ausländer, ihre Getränke übermäßig süßten. Als versuchten sie damit, die Bitternis und Farblosigkeit ihres Lebens zu kaschieren, vielleicht auch zu mildern. Kein Wunder, dass die größten Zuckerkonsumenten und auch -produzenten die Entwicklungsländer selbst waren.

Ihrer Meinung nach bestand ein direkter Zusammenhang zwischen dem Zuckerkonsum und dem Entwicklungsstand eines Volkes. Der Zuckerverbrauch entwickelter Länder sank stetig, und man ging immer mehr zu Süßstoffen über, wie Sacharin oder Aspartam. Wohingegen Entwicklungsländer, insbesondere Afrika, falls es die Mittel dazu hätte, sich als zuckerverschlingender Kontinent entpuppen würde. Zu diesem Schluss war sie nach jahrelanger Beobachtung des Zuckerverbrauchs der Ausländer gekommen, die sie unterrichtete.

Trotz ihrer geringen Existenzmittel war Zucker zu einem leicht zugänglichen Konsumgut geworden, das ihre Ernährung im Übermaß bestimmte.

Zucker war das Gold ihrer Küche. Das muss mit ihrer Kultur zusammenhängen, dachte sie.

Mit dem Zucker schienen sie ihren Erfolg demonstrieren zu wollen, ihren kürzlich erworbenen Wohlstand. Je süßer ihre Getränke und Speisen, desto wohlhabender waren sie. Ein Gradmesser für oberflächliches Glück, alles nur schöner Schein, sonst nichts.

Da war es auch nicht weiter verwunderlich, dass einige daraus sogar ein echtes Fest machten, überlegte sie.

Sie nahm nie Zucker, weder im Kaffee noch im Tee. Schon öfter hatte sie diesen marokkanischen Tee probiert, den sie ohnehin überschätzt fand. Das letzte Mal war vor zwei Jahren gewesen, während der Abschiedsfeier, die ihre Studenten für sie organisiert hatten. Sie wollten sich damit für ihr Engagement bedanken und für alles, was sie ihnen beigebracht hatte. Eine Geste, die ihr zeigen sollte, dass sie nicht einfach irgendjemand war, der sie unterrichtet hatte, sondern jemand, der ihnen behilflich gewesen war, einen Weg im Leben zu finden.

Für sie war es fast eine Selbstverständlichkeit, dass ihre Studenten sie auf Händen trugen, denn jeder einzelne von ihnen hatte aus den verschiedensten Gründen den richtigen Weg aus den Augen verloren. Manchmal fiel ihr dazu der Vergleich mit einem Kahn ein, der, sobald er den Hafen hinter sich ließ, auf unruhiger und unbekannter See ins Kentern geriet. Ihr Verdienst bestand darin, ihnen einen Kompass zu geben. Sie zeigte ihnen, wie sie weiterkommen konnten. Allerdings hatte sie damit gerechnet, dass das alles irgendwann einmal aufhören würde und eines Tages keine Orientierungs- und Einbürgerungsveranstaltungen mehr stattfinden müssten, aus dem ganz einfachen Grund, weil niemand mehr an Land geschwemmt wurde. Sie konnte diese Arbeit nicht bis in alle Ewigkeit so weitermachen, es laugte sie aus.

Sich einfach nur zu verabschieden oder eine simple Feier kam für sie nicht in Frage. Bei ihnen musste alles mit viel Überschwang und Übermaß passieren. Die Leichtigkeit, mit der sich ihre Studenten untereinander anfreundeten, hatte sie immer wieder verblüfft. Weder Sprache noch Herkunft schienen für sie eine Barriere darzustellen. Ihre Fremdartigkeit erfuhren sie als etwas Gemeinsames, und sie verbrüderten sich nach Herzenslust. Jedem Unterrichtstag ging eine ausführliche Begrüßungszeremonie voraus, wobei Küsse und Umarmungen nicht fehlen durften. Sogar ihre Gestik war von einer widerlich süßen Klebrigkeit, die nahezu fühlbar war. Körperlichkeit hatte ihr schon immer Unbehagen bereitet, egal ob ihr Körper dabei in die Rituale des Anfassens, Streichelns, Betastens, Ansichdrückens und Küssens einbezogen wurde oder nicht.

»Körperlichkeit ist des Teufels«, hatten ihr die Nonnen im Internat immer weisgemacht. Und als kleines Mädchen hatte sie sich stark von diesen mantraartig wiederholten Meinungen beeindrucken lassen.

Später löste sie sich dann mit Leichtigkeit und ohne Gewissensbisse von Gott und den Geboten. Doch tief in ihrem Inneren sandten diese Mantras ein beständiges, kaum wahrnehmbares Signal aus. Wie eine Funkbake: Einmal installiert, sandte sie ohne großen Energieaufwand verlässlich und in regelmäßigen Zeitabständen für alle Ewigkeit Signale an die Oberfläche.

Sogar als außenstehendem Betrachter konnte es einem manchmal von diesem barocken Umarmungsspektakel, das sich täglich in ihrem Unterrichtsraum vollzog, ganz übel werden. Es ärgerte sie jedes Mal maßlos, dass sie erst verspätet mit dem Unterricht beginnen konnte.

Ihr waren auch die riesigen Zuckerberge für das Fest aufgefallen. Selbstgebackene Kekse und Torten, Gebäck in allen Farben und Formen, Schokolade und sonstige Zuckergebilde.

Als einer ihrer Studenten ihr ein Glas dampfenden Tee hinhielt, konnte sie aus Anstand nicht ablehnen und musste wenigstens daran nippen.

Der Dampf, der ihr sogleich in die Nase stieg, verhieß bereits nichts Gutes. Ein sirupartiger Zuckerdunst ging dem scharfen Minzegeruch voran.

Sie spürte, wie sich ihr Magen zusammenzog, aber sie trank dennoch einen Schluck, weil alle sie erwartungsvoll anstarrten.

Offenbar war es nicht genug, dass sie die Studenten ein ganzes Jahr lang begleitet, befragt und schließlich in den einzelnen Fächern, die sie gab, beurteilt hatte. Nein, sie musste ihnen auch noch beifällig zunicken, nachdem sie von ihrem Tee gekostet hatte.

Als ob sie ihnen damit zeigen würde, dass sie sich da draußen in der Welt gewiss bewähren würden, weil sie so guten Tee zubereiten konnten. Doch wenn sie den Mut dazu gehabt hätte, dann hätte sie ihnen ihre Theorie über die umgekehrte Relation von Zuckergenuss und der Entwicklung eines Volkes erörtert.

Sie trank einen Schluck.

Bis heute weiß sie nicht, woran sie sich ihre Zunge verbrannt hat, an der heißen Flüssigkeit oder dem widerlich hohen Zuckergehalt. Eins stand danach für sie jedoch fest: Nie wieder würde sie ein Getränk von jemandem annehmen, der sich nicht auf derselben sozialen Stufe wie sie befand.

Inzwischen hatte sie einen neuen Job bei einer renommierten Bildungseinrichtung, und sie hatte gelernt, dass man deutlicher sein musste. Das war sie den Studenten schuldig.

Der Dozent für Französisch verließ mit einem zufriedenen Lächeln das Büro. Den leeren Becher ließ er auf dem Tisch zurück. Sie konnte der Versuchung nicht widerstehen und kontrollierte den Becherboden. Wie vermutet, lag dort ein glänzender, feuchter Zuckerbrei. In einem halben Becher Kaffee konnten sich unmöglich drei Zuckerwürfel ganz auflösen, dachte sie und nahm ihren ungesüßten Kaffee mit an ihren Schreibtisch.

Eine Woche vor Beginn des neuen Lehrjahres war sie vollauf mit Bewerbungsgesprächen der Kandidaten beschäftigt, die den schriftlichen Teil der Zulassungsprüfung erfolgreich bestanden hatten. Als sie am Wartezimmer vorbei zu ihrem Büro ging, hatte sie gesehen, dass dort eine Frau mit einem Kopftuch saß.

Ihre erste Kandidatin erwartete sie erst in einer Viertelstunde. Sie hatte noch genügend Zeit, den Computer hochzufahren und ihren Kaffee zu trinken.

Gerade als sie damit beschäftigt war, ihre Termine durchzugehen, kam die Sekretärin ins Zimmer und teilte ihr mit, dass die erste Kandidatin bereits eingetroffen sei.

Es war zehn Minuten vor neun. Punkt neun stand sie auf und ging ins Wartezimmer. Außer der Frau mit dem Kopftuch befand sich niemand im Raum.

Die Frau mit dem Kopftuch wirkte leicht angespannt, aber sie grüßte sie. Sie grüßte zurück und verließ darauf das Zimmer.

Im Sekretariat war niemand. Sie nahm den Kalender mit den eingetragenen Terminen und sah, dass unter ihrem Namen der Name der Kandidatin stand und daneben die Zeit ihres Eintreffens: »Amal Hayati, 8:40 h«.

Sie wird doch nicht etwa wieder gegangen sein, dachte sie kurz. Das wäre schade, denn ihrer Bewerbungsmappe nach schien sie eine ausgezeichnete Studentin zu sein. Sie hatte mit glänzenden Noten verschiedene Ausbildungen absolviert, sie war stets pünktlich, und die Dozenten waren voll des Lobes über sie. Diese Kandidatin schien ganz klar nicht das Abenteuer zu suchen, und sie wusste aus Erfahrung, dass der Erfolg eines Lehrjahres oft von ein oder zwei Studenten in der Gruppe abhing, die ein Vorbild für die anderen abgaben. Das Niveau und das Tempo wurden gesteigert, wenn es ein paar herausragende Studenten gab, sie halfen den anderen weiterzukommen.

Das Gespräch mit dieser Kandidatin war eigentlich nur eine Formalität. Sie klebte ein Post-it mit der Frage »Wo ist Frau Hayati?« auf den Computerbildschirm der Sekretärin und kehrte wieder in ihr Büro zurück. Als sie an dem Wartezimmer vorbeikam, spürte sie, dass die Frau mit dem Kopftuch kurz zu ihr aufschaute. Sie ging weiter, ohne sie anzusehen.

Kurz darauf rief die Sekretärin an, um ihr mitzuteilen, dass Frau Hayati noch immer im Wartezimmer sitze.

Um Viertel nach neun ging sie erneut zum Wartezimmer. Und wieder sah sie außer der Frau mit dem Kopftuch niemanden im Raum.

Leicht verärgert ging sie weiter ins Sekretariat.

Die Sekretärin telefonierte.

Im Flüsterton und mit Gebärden fragte sie, wo denn Frau Hayati sei.

Die Sekretärin machte eine ausholende Bewegung mit dem Arm und zeigte zum Wartezimmer, danach fuhr sie sich mit der Hand über den Kopf und dann seitlich an den Schläfen entlang hinunter zum Kinn, wo sie die Hand schließlich zu einer Faust ballte und dort ruhen ließ, während sie der Person am anderen Ende der Leitung erklärte, welche Bewerbungsunterlagen sie bis zu welchem Termin abzugeben habe.

Einen Moment war sie irritiert.

Sie beschloss, schnell zurück in ihr Büro zu gehen, zögerte dann aber, da sie zwangsläufig am Wartezimmer vorbeimusste. Sie würde einfach schnell durchlaufen und ja nicht ins Zimmer schauen, wenn sie daran vorbeikam.

Trotz ihres Tempos spürte sie erneut, dass die Frau aufgeschaut hatte.

Als sie sicher in ihrem Büro angekommen war, schloss sie die Tür und nahm sich erneut die Mappe von Frau Hayati zur Hand. In den Händen hielt sie das Profil einer engagierten und intelligenten jungen Frau. Es gelang ihr nicht, die Information auf dem Papier mit der unsicheren Frau mit dem Kopftuch im Wartezimmer in Einklang zu bringen. Schnell überflog sie die Daten, vielleicht hatte sie etwas übersehen.

Frau Amal Hayati, 32 Jahre.

Mutter, zwei Kinder.

Geschieden.

Schulabschluss an der Technischen Realschule, Führerschein Klasse B, gutes Niederländisch, Französisch, Englisch und Basiskenntnisse Deutsch.

Belgische Staatsangehörigkeit.

Hobbys: Schwimmen und Lesen.

Acht Jahre hatte sie in einem multinationalen Konzern gearbeitet, zunächst als Rezeptionistin, dann als Chefsekretärin. Danach hatte sie zwei Kinder bekommen und war zwei Jahre in Elternzeit gegangen. Zu ihrem früheren Arbeitsplatz war sie nicht mehr zurückgekehrt. Stattdessen hatte sie mehrere Zusatzausbildungen und Spezialisierungen absolviert.

Und nun hatte sie erfolgreich die Zulassungsprüfung für die Ausbildung zur medizinischen Fachangestellten erlangt.

Um 9:35 h rief sie die Direktorin der Einrichtung an.

Es war das erste Mal, dass sie es mit einer Frau mit einem Kopftuch zu tun hatten.

Es gab keine Regeln, wie man sich in einem solchen Fall zu verhalten hatte, doch für beide Frauen stand sofort fest, dass Studentinnen mit einem Kopftuch nicht den Zielen und der Philosophie ihres Unterrichtszentrums entsprachen. Eine Philosophie, die keine der beiden Frauen in diesem Moment hätte darlegen können. Doch sie empfanden beide, dass ein Kopftuch nicht in ihre Einrichtung passte, und instinktiv wollten sie sich davor schützen.

Die Direktorin schlug vor, dass man dennoch mit der

Bewerberin sprechen sollte, ihr aber sehr deutlich machen müsse, dass das Tragen eines Kopftuches nicht möglich sei. Dass es nicht mit den Grundregeln der Neutralität in Einklang zu bringen sei, die sie alle hier vertraten.

Sie selbst sah allerdings keinen Sinn mehr darin, das Bewerbungsgespräch noch stattfinden zu lassen.

Ihr Blick richtete sich bereits in die Zukunft, über dieses eine Ausbildungsjahr hinaus. Arbeitgeber, die bereit wären, eine Frau mit einem Kopftuch einzustellen, waren rar, und dann setzte sich das Problem immer weiter fort. Ihr war bewusst, dass dieses Problem auch die Grundlagen ihrer Gesellschaft berührte.

Das Kopftuch bedeutete in ihren Augen einen unübersehbaren und riesigen Schritt zurück von all dem, woran sie als moderne und unabhängige Frau glaubte.

Es wäre also äußerst naiv, wenn man der Frau die Möglichkeit bieten würde, die Ausbildung ohne Kopftuch hier zu absolvieren, und sie danach wieder mit Kopftuch auf den Arbeitsmarkt losließe.

Die Direktorin verstand ihre Sichtweise durchaus, doch sie befürchtete juristische Folgen, wenn die Einrichtung der Bewerberin keine Alternative anbot.

Um 9:50 h legte sie den Hörer auf.

Sie konnte wirklich nicht verstehen, warum einige Frauen sich heutzutage noch an archaische Gebräuche hielten.

Punkt 10:00 h ging sie zum Wartezimmer, um die Frau zu holen. Frau Hayati folgte ihr und setzte sich schweigsam.

Während sie die Bürotür schloss und zu ihrem Stuhl ging, fiel ihr ein, dass sie sich für die Stunde Warterei entschuldigen müsste, doch sie brachte kein Wort der Entschuldigung über die Lippen. Zu sehr verwirrte und entsetzte sie das unerwartete Kopftuch, das ihr den kompletten Morgen und wahrscheinlich auch den Rest des Tages vollkommen durcheinandergebracht hatte. Dann spürte sie eine seltsame Streitlust in sich aufkommen. Vielleicht gelang es ihr ja, heute noch etwas Positives zu tun, vielleicht gelang es ihr, einen Beitrag zu einer Welt ohne Unterschied zu leisten, einer Welt ohne Klassen und ohne männliche Überlegenheit.

»Ihr Testergebnis ist ausgezeichnet.« Sie öffnete die Mappe. »Ich verstehe jedoch nicht ganz, wieso Sie nach der Elternzeit nicht wieder zu Ihrem alten Arbeitgeber zurückgekehrt sind.«

Die Frau mit dem Kopftuch sah sie mit einem Lächeln an.

»Nach der Geburt meines ersten Kindes traf ich die Entscheidung, zukünftig ein Kopftuch zu tragen. Ich fühlte mich dazu innerlich bereit. Allerdings hatte ich nicht damit gerechnet, dass mein Arbeitgeber ein solches Theater veranstalten würde, da er zuvor über meine Arbeit immer voll des Lobes gewesen war. Mir hat die Arbeit auch sehr gefallen. Sie bot Aufstiegsmöglichkeiten, und ich war natürlich zutiefst enttäuscht, als es plötzlich keinen Platz mehr für mich dort zu geben schien. Es war eine Imagefrage.«

Sie hatte eine sanfte und angenehme Stimme. Ihr Niederländisch war tadellos. Es passte nur nicht, dass diese Stimme und diese Sprache aus dem Mund einer Frau kamen, die ein Kopftuch trug. Man konnte nur ihr Gesicht sehen. Sie hatte eine helle, fast durchscheinende Haut und wunderbare Augen, hellbraun mit einem grünen Schimmer.

Mit einer gewissen Bestürzung fiel ihr auf, dass das hellgraue Kopftuch aus einem Stoff genäht war, der keineswegs billig war, und ihre Schönheit unterstrich. Für einen Moment wusste sie nicht mehr, welche Frage sie noch stellen sollte. Eine Stille trat ein.

»Sie sind hier geboren, aber dennoch haben Sie beschlossen, ein Kopftuch zu tragen?«

»Das Tragen eines Kopftuches hat nichts mit dem Geburtsort zu tun, sondern etwas mit Glauben.«

»Und woran glauben Sie?«

»Ich verstehe Ihre Frage nicht.«

»Wieso tragen Sie dieses Kopftuch?«

Die Frau richtete sich auf und hob den Kopf. Sie nahm eine stolze Haltung an und machte keinerlei Anstalten, die Frage zu beantworten, die ihr ziemlich direkt gestellt worden war.

»Also, Frau Hayati.« Sie versuchte freundlicher zu klingen. »Die Sache ist nämlich Folgende, dass wir in unserem Zentrum für die Gleichberechtigung zwischen Männern und Frauen eintreten, und zwar in einem neutralen Rahmen. Somit ist ein Kopftuch in unserer Einrichtung nicht erwünscht. Zudem müssen wir den Blick auch über die Zeit in unserer Einrichtung hinaus richten. Was glauben Sie denn, wie es Ihnen gelingen soll, mit einem Kopftuch eine Arbeit zu finden?«

»Sie wollen damit also sagen, dass ich die Ausbildung nicht absolvieren kann, weil ich danach sowieso keine Stelle bekomme? Wie können Sie sich denn da so sicher sein? Die einzige Sicherheit, die Sie und ich zurzeit haben, ist doch die, dass meine Chance auf eine Stelle um einiges geringer ausfällt, wenn ich diese Ausbildung nicht absolviere.«

»Und was machen Sie, wenn ein Arbeitgeber Ihnen eine

Stelle anbietet, allerdings unter der Voraussetzung, dass Sie dieses Kopftuch abnehmen?«

»Ein Arbeitgeber mit derartig trivialen Bedingungen hat seine geeignete Kandidatin offenbar noch nicht gefunden.«

»Diese Einrichtung betreffend, kann ich Ihnen bereits jetzt mitteilen, dass das Tragen eines Kopftuches keine triviale Angelegenheit darstellt. Sie können an der Ausbildung hier teilnehmen unter der Voraussetzung, dass Sie das Kopftuch während der Zeit ablegen.«

Die Frau mit dem Kopftuch sah sie an und sagte kein Wort.

Jammerschade, dachte sie. Diese Frau ist bildhübsch. Sie könnte ein Model sein, doch stattdessen versteckt sie sich hinter einem Kopftuch, um ihre Zugehörigkeit zu einer Gruppe zu zeigen, anstatt sich als Individuum zu bekennen.

»Sie sind offenbar nicht einmal selbst in der Lage, mir zu erklären, weshalb Sie unbedingt dieses Kopftuch tragen müssen.«

Die junge Frau schien einen Moment zu zögern, erwiderte dann aber doch: »Ich bedaure es, aber offenbar wollen Sie nicht einsehen, dass ich einfach nur eine Frau bin, die genau wie Sie auch im Leben weiterkommen will. Sie geben sich keinerlei Mühe, sich in meine Lage hineinzuversetzen.«

Auf der anderen Seite des Schreibtischs rutschte die Dozentin unbehaglich auf ihrem Stuhl hin und her. Ihr kam die Reaktion der Frau stark überzogen vor.

Was sollte ihr Gespür für Empathie mit einem Kopftuch zu tun haben, das ganz offensichtlich nicht in diese Einrichtung passte?

Die Frau mit dem Kopftuch erhob sich langsam. Ihre Handtasche hielt sie mit beiden Händen fest.

»Ich gehe davon aus, dass ich Ihre begründete Ablehnung noch schriftlich erhalte?«

»Ja, natürlich.«

Die Frau mit dem Kopftuch ging zur Tür.

»Es liegt ganz bei Ihnen, Frau Hayati. Sie sind diejenige, die sich hier entscheiden muss.«

Als sie wieder allein im Büro war, lehnte sie sich im Schreibtischstuhl zurück und stieß einen Seufzer aus. Das war eine ziemlich vertrackte Situation. Sie haderte mit sich selbst. Jammerschade, dachte sie nochmals.

Eine einzige Frau mit Kopftuch reichte aus, und alle Frauen würden weiterhin ein Kopftuch tragen. Wie konnte sie dieser Frau nur helfen? Wie konnte sie ihr zeigen, dass ein Kopftuch Unterdrückung bedeutete, eine Geringschätzung der Frau?

Einem Ideal zu folgen war kein Zuckerschlecken, das wusste sie nur allzu gut. Unweigerlich kam es dabei zu Opfern, sogar innerhalb der Gruppe, für die man seine Ideale erreichen wollte.

Dieser Vorfall würde sie noch eine Weile beschäftigen, stellte sie widerwillig fest. Dabei wäre es ihr viel lieber gewesen, vergnügt und mit frischem Elan in das neue Lehrjahr zu starten. Sie trank einen Schluck von ihrem bitteren, eiskalten Kaffee und warf einen Blick auf die Uhr in der Bildschirmecke. Es war 11:30 h, sie überlegte, dass sie schon jetzt in die Stadt aufbrechen könnte, wo sie sich mit einer Freundin zum Mittagessen verabredet hatte. Sie war zwar eine halbe Stunde zu früh dran, aber sie hielt es nicht länger in ihrem Büro aus.

In dem Bistro, in dem sie sich verabredet hatten, war noch nicht viel los. Sie wählte einen Tisch an dem großen Fenster mit einem guten Blick auf die Straße und die Fußgänger. Ihr fiel auf, dass mehr Frauen als Männer unterwegs waren und viele von ihnen eine andere Hautfarbe hatten. Einige hatten eine besonders hübsche Frisur, andere trugen ihr Haar lang, in einem strengen Zopf oder einem lässigen Knoten am Hinterkopf. Einige verbargen ihre gewiss üppige Haarpracht unter einem bunten Kopftuch. Sie zählte drei Kopftücher während der ersten Viertelstunde, die sie am Fenster saß. Sie war bestürzt darüber, dass sie in dieser Stadt alle fünf Minuten mit einem Kopftuch konfrontiert wurde. Es war ihr zwar zuvor bereits aufgefallen, doch nicht so oft, und auch damals hatte es sie gestört, aber eher theoretisch. Sie hatte sich nur beiläufig nach dem Grund gefragt.

Sie bedauerte diese Frauen, wenn sie ihr zufällig auffielen, doch danach hatte sie sie schon bald wieder vergessen. Für sie waren sie nur Schattengestalten, die ohne Gesicht, ohne Persönlichkeit, gekennzeichnet durch ein Kopftuch, den Blick starr nach unten gesenkt, mit gekrümmtem Rücken an den Häusern vorbeigingen, um möglichst schnell von einem Punkt zum nächsten zu gelangen. Die Öffentlichkeit schien nicht zu ihrer natürlichen Umgebung zu zählen.

Doch als sie nun genauer hinsah, stellte sie fest, dass die meisten von ihnen erhobenen Hauptes durch die Straßen gingen und ihren Raum für sich beanspruchten. Waren sie mit mehreren Frauen unterwegs, dann lachten sie oder waren ins Gespräch vertieft, wahrscheinlich auf Niederländisch, so tadellos wie das von Amal Hayati, inzwischen konnte sie sich das sehr gut vorstellen.

Sie überlegte, was Amal Hayati gerade machte.

»Na, du Traumsuse, sitzt du schon lange hier?«

Sie schaute auf, und bevor sie ihrer Freundin eine Antwort geben konnte, bekam sie schon einen Begrüßungskuss von ihr auf die Wange.

»Hast du schon bestellt? Und was hast du denn eben so konzentriert beobachtet? Ich stand draußen und habe dir zugewinkt, doch du hast einfach durch mich hindurchgeschaut! Es ist doch hoffentlich nichts passiert?«

Sie sprach kaum während des Essens und antwortete nur knapp auf die Fragen ihrer Freundin. Eigentlich hörte sie auch nur mit halbem Ohr dem Geplauder ihrer Freundin zu.

Als sie beim Kaffee angekommen waren, fiel ihr eine lärmende Gruppe Jugendlicher auf, die Rucksäcke und Taschen mit sich herumschleppten und teils auf dem Gehweg, teils auf der Straße gingen. Ein großer Mann mit einem Regenschirm in der Hand versuchte die Gruppe zusammenzutreiben, wie ein Schäfer, der noch nicht lange, aber sichtlich gegen seinen Willen in diesem Beruf gelandet war. Er wirkte erschöpft. Seine Ermahnungen an die Jugendlichen untermalte er mit weit ausholenden Bewegungen seines Schirms.

Vom Bistro aus konnte sie seine Befehle nicht verstehen. Die Jungen und Mädchen, die er im Zaum zu halten versuchte, taten einfach so, als würden sie ihn nicht hören, und liefen wild durcheinander und laut krakeelend weiter. Auch so würden sie zu ihrem Ziel gelangen, auch wenn es ein todlangweiliges Museum mit leblosen Exponaten und entsprechend langweiligen Geschichten sein würde, dachte sie.

Sie zählte in der Horde vier Gesichter mit einem hellen Teint.

»Ist dir auch aufgefallen, dass heutzutage mehr Frauen und sogar junge Mädchen ein Kopftuch tragen?«

Ihre Freundin schob sich gerade eine Praline in den Mund und konnte nicht sogleich antworten, nickte aber zustimmend.

»Ich frage mich wirklich, was sie dazu treibt und wohin das führen soll. Was denken diese Frauen und Mädchen nur, was erwarten sie vom Leben? Gibt es denn keinen Widerstand gegen diese Ungleichheit?«

Ihre Freundin nickte wieder und fühlte sich verpflichtet, auch etwas zu diesem Thema zu sagen. »Diese armen marokkanischen Mädchen haben noch einen ziemlich langen Weg vor sich.«

»Nicht nur Marokkanerinnen tragen ein Kopftuch, sondern Muslimas generell.«

»Das hat doch auch irgendeinen Namen, oder? Bei denen heißt das doch nicht einfach Kopftuch. Ist das nicht ein *dschihab* oder *dschihad*?«

»*Hidschab* für das Kopftuch, *dschihad* für den Heiligen Krieg.« Sie hatte vor kurzem einen Artikel über den weltweiten Terrorismus gelesen, in dem diese Ausdrücke mehrmals auftauchten. Neue Begriffe behielt sie immer sehr leicht.

Ihre Freundin zog voller Bewunderung die Augenbrauen hoch und nippte an ihrem Kaffee.

Als sie zu Hause war, ging sie zu ihrem Schrank und holte sich ein Seidentuch heraus. Im Badezimmer legte sie es sich behutsam um den Kopf. Erst so, wie ihre Mutter es früher trug, wenn sie freitags immer zum Sint-Agnes-Internat kam, um sie abzuholen. Ihre Mutter trug nur selten zweimal dasselbe Seidentuch, denn die Frau vom Arzt und die vom Rechtsanwalt trugen auch nie zweimal dasselbe Tuch.

Sie löste den Knoten unterm Kinn. Jetzt versuchte sie es so, wie sie es bei Amal Hayati gesehen hatte, elegant um den Kopf und den Hals drapiert. Doch dafür schien das Tuch zu kurz zu sein.

Sie ging ins Schlafzimmer und zog die Schublade mit den Tüchern nun ganz aus dem Schrank heraus, auf der Suche nach der richtigen Größe.

Mit drei Exemplaren kehrte sie ins Badezimmer zurück. Nach langem Herumexperimentieren war sie schließlich ziemlich nah am Original dran, so wie sie es sich eingeprägt hatte.

Doch das Tuch saß nicht perfekt auf ihrem Kopf und rahmte auch nicht elegant ihr Gesicht ein. Sie wirkte eher wie eine bunte, knollige exotische Blume.

Im Wohnzimmerschrank stand ihr Nähkästchen mit den Stecknadeln, die nun eingesetzt wurden. Nach einer halben Stunde Steckerei, Falten und Glattstreichen war sie mit dem Resultat zufrieden. Im Spiegel erschien zu ihrem Erstaunen eine Muslima.

»Du meine Güte.«

Sie drehte sich noch einmal um die eigene Achse und versuchte sich im Profil zu betrachten.

»Was für ein Anblick!«

Sie lachte und drehte sich vor dem Spiegel weiterhin im Kreis herum. Sie legte beide Hände an den Kopf. »Das ist schon ziemlich seltsam«, murmelte sie. Dann richtete sie sich auf, strich mit den Händen an ihrem Körper entlang und erhob stolz den Kopf. Herausfordernd blickte sie ihr Spiegelbild an.

»Sehen Sie.« Sie versuchte ihrer Stimme einen möglichst weihevollen Klang zu verleihen. »Sie sollten verstehen, dass ich ein Kopftuch trage, weil ich tief, sehr tief gläubig bin. Sie können das nicht verstehen, das sehe ich gleich, doch ich bestehe darauf, dass Sie sich kurz in meine Lage hineinversetzen.« Sie näherte sich dem Spiegel etwas, dann verschränkte sie die Arme vor der Brust. »Können Sie sich bitte kurz in mich hineinversetzen? Es geht hier schließlich nur um ein Stück Stoff, ist doch schick, oder? Ich bin mir sicher, dass es Ihnen wunderbar stehen wird.« Sie machte eine Vierteldrehung und warf einen auffordernden Blick in den Spiegel. Sie zwinkerte. »Wie hübsch Sie mit diesem Kopftuch aussehen. Darauf muss erst einmal ein köstliches Glas Tee getrunken werden.«

Sie ging in die Küche und setzte Wasser auf. Das Kopftuch umhüllte ihren Kopf und die Ohren, und es schien, als würde sie sich unter Wasser befinden, so gedämpft klang alles.

Die sanfte Seide streichelte ihr über die Wangen und den Hals. Das Gefühl war nicht unangenehm. Das Wasser fing an zu kochen, und bevor der Kessel pfeifen würde, nahm sie ihn vom Herd.

Plötzlich stellte sie den Wasserkessel mit einer schroffen Bewegung wieder ab. Und was wäre, wenn sie so, wie sie war, einfach auf die Straße ginge? Wollte sie nicht erfahren, wie Amal Hayati die Welt sah? Sich ein Kopftuch umzubinden reichte nicht aus, sie musste sich damit auch auf die Straße hinauswagen. Nur so würde es ihr gelingen, mit Amal Hayatis Augen die Welt zu sehen. Sie schnappte sich ihre Handtasche vom Tisch und ging zur Wohnungstür. Ein Gefühl der Beklemmung überfiel sie, als sie ihre Hand auf die Türklinke legte. Ihr wurde heiß. Sie atmete ein paarmal tief durch und fasste sich schließlich ein Herz. Es handelte sich ja nur um ein Experiment, was die Nachbarn dachten, spielte keine Rolle. Mit einem Ruck zog sie die Tür auf und trat auf die Straße.

Außer ihrer Nachbarin, die den Hund ausführte, war niemand zu sehen, und dennoch hatte sie das Gefühl, tausend unsichtbare Augen richteten sich auf sie und seien fest entschlossen, jede einzelne Bewegung von ihr zu registrieren. Die Nachbarin, die sie sonst immer freundlich grüßte, ging zu ihrer großen Überraschung nun einfach an ihr vorbei, ohne sie eines Blickes zu würdigen. Sie schaute ihr hinterher. War das wirklich die Nachbarin, die sie sonst nicht aus den Klauen ließ, um sich lang und breit über die sinnlosesten Dinge auszulassen? Es war ihr schon öfter passiert, dass sie nach einem langen Arbeitstag lieber noch ein paar Runden um den Block drehte, um der Nachbarin, die den Hund ausführte, nicht in die Arme zu laufen. Sie musste grinsen. Jetzt hatte sie einen anderen Trick, wie sie ihren Attacken entkommen konnte.

An der Bushaltestelle blieb sie stehen. Eigentlich konnte sie jetzt auch die hinterlegte Sendung bei der Post abholen. Sie hörte bereits das Geräusch des sich nähernden Busses, bevor er um die Ecke gebogen war. Sie postierte sich außerhalb des Bushaltehäuschens, so wie sie es immer tat, wenn sie mit dem Bus fuhr. Da kam der Bus auch schon, doch er schien seine Geschwindigkeit nicht zu drosseln. Zu ihrem Entsetzen fuhr er einfach weiter.

»He!«, rief sie empört.

Der Bus machte noch eine elegante Kurve nach rechts und verschwand dann auf Nimmerwiedersehen.

»Das ist doch wirklich nicht zu fassen!« Sie sprach laut, als hätte sie Zuhörer. Schnell holte sie sich einen Stift und einen Kalender aus der Tasche und notierte sich die Nummer und die Abfahrtszeit des Busses. Das würde noch Folgen haben. Als der nächste Bus kam, hielt er an.

Verärgert stieg sie ein. »Finden Sie das okay, dass die Linie 22 nicht angehalten hat?«

Der Busfahrer schien das nicht so dramatisch zu finden. »Wahrscheinlich hat er Sie nicht gesehen.«

»Nicht gesehen? Ich trage immerhin ein fuchsiafarbenes Kopftuch, mit dem jeder Jumbojet eine sichere Landung hinbekäme!«

Der Busfahrer fuhr weiter, ohne ihr eine Antwort zu geben. Sie musste sich an der Stange festhalten, damit sie nicht umfiel.

Sie trug ein Kopftuch und keine Hadeskappe, die sie unsichtbar machte. Allmählich dämmerte ihr, dass vielleicht doch ein Fünkchen Wahrheit daran war. Hatte sie Amal Hayati nicht auch übersehen, als sie im Wartezimmer saß? Es war schon irgendwie paradox. Sie hatte sie gesehen, oder besser gesagt, sie hatte eine Frau mit Kopftuch gesehen, doch Amal Hayati hatte sie nirgendwo gesehen. Sie war da, zugleich aber auch nicht. Sie hatte über eine Stunde dafür gebraucht, der Frau mit dem Kopftuch einen Namen zu geben. Es konnte also stimmen, dass Frauen mit einem Kopftuch tatsächlich unsichtbar wurden. Das war alles sehr verwirrend, aber auch sehr spannend. Ob es ihnen darum ging? Unsichtbar zu werden? Trugen diese Frauen alle ein Kopftuch, damit sie nicht wahrgenommen wurden? Das hatte fast phantastische Züge. Einer der großen, bislang noch nicht erreichten Träume der Menschheit war es, unsichtbar zu werden. Offenbar war das bislang nur Illusionisten und Muslimas gelungen. Sie war erschüttert. Die Möglichkeiten, die das eröffnete, waren unvorstellbar. Muslimas konnten mächtig und unverletzbar sein, sie konnten sich mit Leichtigkeit in dieser großen Stadt bewegen, zugleich aber unbeachtet bleiben. Das Kopftuch sorgte dafür, dass sie gar nicht da waren. Welche Freiheit! Sie unterdrückte ein Lachen. Früher wäre sie nie auf die Idee gekommen, ein Kopftuch mit Freiheit zu assoziieren.

Sie musste das genauer untersuchen. Sie drückte auf den Knopf, um auszusteigen. Während sie die Nummer der Sekretärin im Handy aufrief, stieg sie aus und lief eilig in die Richtung zurück, aus der sie mit dem Bus gekommen war. Sie wollte ihr Auto holen und zu Amal Hayati fahren.

Sie musste Amal Hayati von ihren Beobachtungen berichten und wollte sie fragen, ob das Vermögen, unsichtbar zu werden, einer der Gründe war, weshalb sie ein Kopftuch trug.

Eilig ging sie zu ihrem Wagen und versuchte sich die Adresse zu merken, die die Sekretärin ihr gerade durchgegeben hatte. Vor lauter Aufregung wäre sie fast auf den Hund der Nachbarin getreten, die wieder an ihr vorbeikam. Diesmal ignorierten sie beide einander.

Amal Hayati sah in ihrer halblangen orientalischen Tunika vollkommen anders aus. Das Tuch, das sie lässig über den Kopf und die Schultern gelegt trug, glitt ihr langsam vom Kopf, als sie mit offenem Mund die Frau vor ihrer Tür anstarrte.

»Bitte entschuldigen Sie, dass ich einfach so unangekündigt bei Ihnen vor der Tür stehe, Frau Hayati. Ich hoffe, ich störe nicht.«

»Sie? Wieso tragen Sie ein Kopftuch?«

»Äh, nun ja, kann ich vielleicht kurz hereinkommen?«

Amal Hayati nahm sich die Hand vom Mund und erschien aus der Erstarrung zu erwachen.

»Ja, natürlich, aber bitte, kommen Sie doch herein.«

Im Wohnzimmer machten zwei kleine Mädchen ihre Hausaufgaben an einem niedrigen Tisch. Sie schauten nicht auf.

Wortlos lief Amal weiter durch in die Küche.

»Die Mädchen machen ihre Aufgaben. Hier können wir ruhig sitzen, ohne sie zu stören.«

Sie bedeutete ihr, sich auf die Bank am Esstisch zu setzen. Die Wohnung war hell und modern eingerichtet. Überall hingen Zeichnungen und Fotos. Darunter befand sich ein Foto von einem Mädchen in einem roten Kleidchen und einem schelmisch guckenden Jungen, der einen Spielzeuglaster aus Blech hochhielt.

»Das bin ich an meinem zwölften Geburtstag, aufgenommen in Marokko.«

Die Dozentin lächelte ihr zu. »Schön. Hier auch. Ich meine, Sie wohnen schön.«

»Vielen Dank.«

Amal füllte einen Wasserkessel.

»Kaffee oder Tee?«, fragte sie, ohne ihre Arbeit vor der Anrichte zu unterbrechen.

»Nein, vielen Dank.«

Amal Hayati drehte sich mit dem Wasserkessel in der Hand zu ihr um.

»Ich wollte sowieso Tee für mich und die Mädchen aufsetzen. Wir müssen ihn doch nicht etwa alleine trinken?«

»Nein, da haben Sie recht. Das wäre nicht nett von mir.

Also dann einen Tee.« Und schnell fügte sie noch hinzu. »Ich meine einen normalen Tee, bitte ohne Zucker.«

Amal Hayati lachte. »Normalen Tee, ohne Zucker, soso. Ich bezweifle, ob ich so was im Haus habe. Mal schauen.«

Sie öffnete einen Küchenschrank und inspizierte den Inhalt.

»Ich könnte Ihnen Lindenblüte, Hagebutte, Pfefferminz oder noch etwas Earl Grey anbieten.«

Am liebsten hätte sie den angebotenen Tee abgelehnt, doch das würde kindisch wirken, also sagte sie, dass sie gern eine Tasse Earl Grey hätte.

Amal Hayati setzte sich ihr gegenüber hin, zwischen ihnen standen zwei dampfende Becher mit Tee, einer gezuckert, einer ungezuckert. Sie hatte kastanienbraunes gewelltes Haar, das ihr bis auf die Schultern fiel. Plötzlich beugte sich Amal Hayati vor und musterte sie kritisch.

»Bitte nicht bewegen, über ihrer Augenbraue schaut eine Stecknadel aus dem Kopftuch hervor.«

Mit einer flinken Bewegung nahm sie die Stecknadel heraus und sah aber dann, dass das Kopftuch mit Nadeln übersät war.

»Mein Gott, Sie haben ja überall Stecknadeln! Aber da kann doch ein Unglück passieren!«

Amal Hayati stand nun auf und stellte sich neben sie.

»Sagen Sie mal, was hatten Sie eigentlich vor? Soll ich Ihnen helfen, die Nadeln herauszunehmen?«

»Ja, das ist vielleicht keine schlechte Idee, jetzt bekomme ich es doch mit der Angst zu tun.« Sie kam sich ziemlich albern vor.

»Es wäre sicher nicht angenehm, wenn Sie sich unfreiwillig ein Augenbrauenpiercing zulegen. Eigentlich ziemlich originell, ein Piercing und ein Kopftuch, und das beides innerhalb eines einzigen Tages.«

Sie sahen sich an und brachen in Gelächter aus.

»Nein, stillhalten!«

Gehorsam blieb sie bewegungslos sitzen.

»Wie sind Sie nur auf diese Idee gekommen?«

»Ich habe mir einfach Ihren Vorwurf zu Herzen genommen.«

»Aber ich kann mich nicht daran erinnern, Ihnen vorgeworfen zu haben, Sie würden kein Kopftuch tragen.«

»Nein, das nicht. Aber Sie fanden, ich würde mich strikt weigern, mich in Sie hineinzuversetzen, doch das stimmt nicht.«

»Oh.«

Vorsichtig nahm Amal Stecknadel für Stecknadel aus dem Kopftuch. »Und, haben Sie nun, da Sie unter lebensgefährlichen Bedingungen mit dem Kopftuch herumlaufen, das Gefühl, mich besser zu verstehen?«

»Warum wollen Sie nicht gesehen werden? Welchen Vorteil hat es, wenn man unsichtbar ist?«

Amal Hayati hielt inne. »Wieso unsichtbar?«

»Frau Hayati, können Sie sich vorstellen, was ich mit diesem Stück Stoff auf dem Kopf alles mitgemacht habe? Ich wurde unsichtbar! Niemand nahm mich wahr. Zunächst war ich empört, doch dann hatte ich das Gefühl, dass noch mehr hinter der Sache steckt. Vielleicht erlangt ihr so, ich meine die Frauen mit einem Kopftuch, ein gewisses Maß an Freiheit. Unsichtbar und frei, geht es euch darum? Ich möchte wirklich gern verstehen, wieso viele Frauen so viel Energie aufbringen, nur um nicht gesehen zu werden? Ist das die einzige Art, wie ihr zum Beispiel auf die Straße gehen könnt? Ist das vielleicht eine Bedingung? Lasst ihr euch unter dem Druck der Männer wegzaubern, als ob es euch nicht geben würde, und könnt ihr euch dann freier bewegen?«

Amal Hayati unterbrach ihre Arbeit nicht. »Sie haben das Kopftuch viel zu stramm gebunden«, seufzte sie.

Als sie die letzte Stecknadel aus dem Tuch herausgezogen hatte, nahm sie eine kleine Vorratsschachtel aus der Schublade und schob das Stecknadelhäufchen hinein, das sich auf dem Tisch angesammelt hatte.

Das Kopftuch stand nun unelegant vom Kopf der Dozentin ab, die ein wenig betreten einen Schluck von ihrem bitteren Tee trank.

Amal Hayati kam wieder zurück zum Tisch, nahm ihren Tee, der inzwischen nur noch lauwarm war, stellte den Becher ab und legte ihre Hände flach auf den Tisch. Sie trug noch immer ihren Ehering.

»Weshalb sollte ich unsichtbar werden wollen? Glauben Sie etwa, ich will Sie damit foppen oder so? Ich will Ihnen nicht den Kopf abhacken und als Trophäe nehmen, ich will einfach nur eine Ausbildung machen, verstehen Sie das?«

»Aber Ihre Mädchen.«

»Was soll mit meinen Mädchen sein?«

»Und wir, Sie und ich und alle Frauen, all das, wofür wir gekämpft haben und was wir erreicht haben?« Verzweiflung klang in ihrer Stimme mit, die vor lauter Emotionen fast kippte.

Amal schüttelte den Kopf. »Warum suchen Sie so weit weg?«

Sie erhob sich, nahm ihren Becher und stellte ihn zum Abwasch in die Spüle. »Meine Mädchen«, sagte sie und drehte sich zu der Frau am Küchentisch um. »Erklären Sie mir doch bitte einmal, wie ich meine Mädchen zu starken und unabhängigen Frauen erziehen soll, wenn es mir selbst nicht gelingt, mein Leben auf meine Art zu führen?«

Nun erhob sich auch die Dozentin. Plötzlich wurde sie sich des Kopftuches bewusst, das sich bereits seit einer Weile wie ein zerknitterter Lappen auf ihrem Kopf befand, und zog es weg. Sie knüllte das Tuch zu einem Ball, den sie achtlos in ihre Handtasche steckte.

»Wovor haben Sie Angst?« Mit vor der Brust verschränkten Armen näherte sich ihr Amal.

»Ich habe Angst davor, dass es Männern mit dem Umweg über Gott wieder gelingt, Frauen auf ein Ding zu reduzieren und sie in allem zu unterdrücken.«

»Finden Sie es denn weniger schlimm, wenn Männer und Frauen im Namen von etwas anderem als dem Namen Gottes andere unterdrücken?«

Die Frauen sahen einander einen Moment lang stillschweigend an. Eines der Mädchen kam in die Küche, um zu fragen, ob es jetzt fernsehen dürfe.

»Ich will Ihre Zeit nicht noch weiter beanspruchen. Es tut mir leid, dass ich hier einfach so eingefallen bin. Vielen Dank für den Tee.«

Sie ging zum Ausgang. Amal folgte ihr.

Die Dozentin zögerte kurz, als sie in der geöffneten Tür stand. Sie sah Amal an. »Es tut mir leid, dass ich Sie heute Morgen so lange habe warten lassen.«

Ohne sich umzudrehen, ging sie die Straße hinunter.

Ammetis, der Schläfer

Hyles euphorbiae; die Puppe des Wolfsmilchschwärmers kann bis zu 5 Jahre in der Diapause verharren.

Entgleisung. Das war die größte Angst meiner Mutter. Sie hatte eine panische Angst vor Menschen, die sich mit unglaublicher Dreistigkeit von den ausgetretenen Wegen entfernten und unterwegs im Zickzackgang eine Spur der Verwüstung hinterließen, ohne sich auch nur im Geringsten um den angerichteten Schaden zu kümmern. Diese Angst raubte ihr nächtelang den Schlaf.

Manchmal hatte sie das Gefühl, einer Erklärung sehr nahe zu sein. Dann stand sie auf und holte ihr Heft hervor, in das sie einige Gedanken hineinschrieb. Gekritzel, woraus sie später erklärende Theorien ableiten wollte. Doch am nächsten Morgen konnte sie nie entziffern, was sie in der Nacht notiert hatte, und sie konnte sich zu ihrem großen Ärger auch nicht mehr an die nächtlichen Einfälle und Eingebungen erinnern, so kurz vor dem Frühstück.

Dennoch vergaß sie nie, was sie umtrieb. Wovon sie besessen war.

Das Risiko der Entgleisung auf null zu reduzieren.

Als sie endlich ausgetüftelt hatte, wie sie das Risiko minimieren konnte, wie sie sich gegen unerwünschte Vorfälle und Wendungen schützen konnte, beschloss sie doch, schwanger zu werden.

Die Chancen standen eins zu zwei. Eins zu zwei, dass es ein Mädchen würde, und damit war das Risiko über fünfzig Prozent geringer, dass etwas schiefginge. Statistisch gesehen hatten Mädchen eine größere Chance, volljährig zu werden. Mädchen waren brav und hatten Angst. Davon war sie felsenfest überzeugt, da sie selbst ein Musterbeispiel für gutes Benehmen war. Sie war fürsorglich und aufmerksam, und sie liebte ihre Eltern, sie würde ihnen nie wehtun.

Und falls sie einen Jungen bekäme, wäre die Verantwortung zwar ein schweres Joch, doch sie war bereit, sie auf sich zu nehmen, so wie ein tiefgläubiger Mensch auch bereit war, sein Schicksal hinzunehmen. Mutig und still.

Ansonsten gab es keinerlei Sicherheit.

Und während ich mich wie ein junger Spross in ihrem Körper entfaltete, reifte ihr Plan.

Vielleicht war die Entgleisung doch zu vermeiden.

Jedes Gelenk und jeder Knochen, der sich formte, tat weh. Es war fast so, als wüchse ich zu einem alten Mann heran.

Anfangs war ich mir nicht darüber im Klaren gewesen, dass außer meinem Kopf auch noch etwas anderes an mir wuchs. Beinchen, Arme, eine Wirbelsäule, die wie ein gekrümmtes Seepferdchen den oberen und unteren Teil meines Körpers miteinander verband.

Ich konnte es in jeder einzelnen zarten Faser spüren, in jeder sich entfaltenden Handfläche, in den winzigen Organen, die erst langsam und zögerlich das Blut in sich zirkulieren ließen und es dann mit vollster Überzeugung durch den Körper pumpten, als hätten sie nie etwas anderes getan.

Das Leben schmerzte ganz fürchterlich. Es zerrte an mir wie ein heimtückischer Quälgeist, der mir schon mal zeigen wollte, was mir noch alles bevorstand.

In der zehnten Woche gab es dann auch noch ein Geschlechtsteil. Es hatte sehr lange gebraucht, bis es endlich in Erscheinung getreten war. Im Vergleich mit meinem Herz oder meinem Gehirn war es eher primitiv, und dennoch würde dieses Organ meine Identität bestimmen. Meine Mutter hatte tief Luft geholt, als sie hörte, dass es ein Junge wird. Die Furcht würde sie nie mehr verlassen.

»*Rajel, rajel!*«

»Schön, oder? Das erste Kind, und dann gleich ein echter *rajel!*«

Der Gynäkologe ließ den Apparat noch einmal über den Bauch meiner Mutter gleiten. Mir passte dieser schamlose Eingriff in meine Privatsphäre überhaupt nicht. Anfangs war mir auch nicht ganz klar gewesen, wonach dieser unverschämte Voyeur suchte.

»Schön, schön, schön«, murmelte er zufrieden und bewegte weiter den Apparat hin und her. In einem unbeobachteten Moment spreizte ich kurz meine Beinchen. Der Gynäkologe hielt den Apparat an und krähte triumphierend: »*Shouf, shouf, rajel,* seht ihr es auch! Ganz eindeutig. Also, Frau und Herr Aboulakal, sehen Sie, da können wir uns jetzt mal ganz sicher sein.« Er sprach ein schwungvolles Niederländisch, das die Neigung hatte, ein wenig spöttisch zu klingen, vor allem wenn er seiner Begeisterung Ausdruck verleihen wollte.

Das war wirklich etwas Eigenartiges. Das Geschlecht. Offenbar hatten die Erwachsenen die Welt rund um das Geschlecht hierarchisch strukturiert. Ihre Normen und Werte wurden gänzlich von einem geschlechtsspezifischen Blick auf die Welt bestimmt. Und das Ding baumelte da unten unbeteiligt und offenbar auch ohne jeglichen Nutzen herum. Die Tatsache, dass ich ein Junge war, erhob meine Mutter und meinen Vater in den Augen des Gynäkologen zu privilegierten Eltern. Sie hatten damit das Recht, auf Eltern mit einem Mädchen herabzuschauen.

Meine Mutter machte das nervös. Die Gefahr der Entgleisung war wieder in den Vordergrund gerückt.

Ich fand das ungeziemend und trat nach dem Apparat. Schauen Mütter nach der Geburt denn nicht erst einmal in die Augen ihres Babys?

Mich würde es nicht wundern, wenn der Gynäkologe mich gleich nach der Geburt an den Beinchen packt und mich ungeniert kopfüber hängen lässt, um den Umstehenden mein nichtssagendes Organ zu präsentieren.

Wie kommt es nur, dass einem so kleinen und eher beiläufigen Organ eine so große Bedeutung beigemessen wird?

»Dein Doktor Volkers mit seinem Globetrotter-Arabisch gefällt mir nicht«, hörte ich meinen Vater zu meiner Mutter sagen, als wir wieder draußen waren. »Findest du nicht auch, dass er mit seinem *rajel*-Getue ziemlich übertrieben hat?«

Meine Mutter versuchte es mit einem Lachen abzutun und warf einen entzückten Blick auf das Stückchen Papier mit dem Ultraschallbild. »Er ist einfach perfekt!« Ich fühlte mich geschmeichelt.

Natürlich ist das Unsinn, doch nachdem mein Geschlecht feststand, kam es mir so vor, als sei die Temperatur des Fruchtwassers ein wenig kühler geworden. Nach dem Besuch beim Gynäkologen holte meine Mutter das Mahagonikästchen, das innen mit Kupfer ausgekleidet war, entschlossen aus dem Schrank hervor und stellte es gut sichtbar in die Mitte des Küchentischs. Das Kästchen enthielt bereits einige Kassenbons. Und ich brauchte ein paar Wochen, bis ich endlich verstand, womit sie beschäftigt war.

Meine Mutter hat ein Bedürfnis nach Sicherheit. Dass alles so wird, wie sie es will. Zu viel Ungewissheit ist da nicht gut.

Sie war ziemlich ängstlich, meine schöne, junge, zum ersten Mal schwangere Mutter.

Ich möchte sie euch kurz vorstellen. Fünfundzwanzig, intelligent und hübsch. Eine Mutter, die ich als kleiner Junge gern heiraten würde. Auf die ich stolz sein würde, wenn sie mich nach der Schule am Ausgang erwartete. Später würde sie bei meinen pubertierenden pickeligen Freunden Objekt ihrer heimlichen Phantasien sein.

Aber da sind wir noch nicht, noch lange nicht.

Meine Mutter hatte sich vorgenommen, dass ich erfolgreich und gut sein sollte. Ich würde nicht so wie die anderen werden. Dafür würde sie schon sorgen.

Kein Nest aus Watte, sondern Mut zur Auseinandersetzung und Rechenschaft ablegen.

Alles würde von ihr notiert werden. Die neun Monate, die ich in ihrem Körper gewohnt hatte. Die Kräfte, die ich ihr entzogen hatte. Die Morgenübelkeit, die Blässe. Die hässlichen Streifen auf ihrem Bauch und den Brüsten. Auch die schlaflosen Nächte. Und mein Vater, der durfte sie nicht mehr anfassen. Sie fand, er stank nach Hühnchen. Bis auf den letzten Cent führte sie präzise Buch über alle Ausgaben, die mich betrafen. Die Arztrechnungen, die zahlreichen Quittungen über Vitamine, Salben, Söckchen, Strampelanzüge, den Buggy und das Kinderbett, die Kuscheltiere und die Kissen. Die komplette Ausstattung. Es bereitete ihr durchaus Freude, die Sachen auszusuchen und genau darauf zu achten, dass alles zueinanderpasste. Sie hatte einen Blick fürs Detail. Mein zukünftiges Kinderzimmer hätte ohne weiteres in einem Schöner-Wohnen-Magazin abgebildet werden können.

Schließlich war ich ihr Kind. Ihr erstes Kind. Sie wollte mich unbedingt und um alles in der Welt bekommen. Sie liebte mich bereits jetzt. Doch sie war wachsam, und nichts durfte dem Zufall überlassen werden. Das kam alles von der Risikoanalyse. Meine Mutter war nämlich der festen Überzeugung, dass es bei mir ein erhöhtes Risiko für Entgleisung gab. Ein Risiko, furchtbar schlecht zu werden.

Solche Negativ-Vorbilder kannte sie zuhauf. Das schlimmste war ihr eigener Bruder. Mein Onkel. Mit ihm wollte sie nichts mehr zu tun haben. Die Briefe, die er ihr aus dem Gefängnis schrieb, öffnete sie nicht mehr. Als hätte sie Angst, sie könnte damit etwas von seiner Welt in ihr Heim einschleppen. Sie hatten ihn aus ihrem Leben verbannt und somit dafür gesorgt, dass er für niemanden zum Vorbild werden konnte. Und die Quittungen, die sie nun sammelte, waren für den Fall gedacht, dass trotz all ihrer Bemühungen etwas mit mir schiefgehen sollte. Sie zweifelte nicht daran, dass sie ihren eigenen Sohn genauso einfach verstoßen könnte wie ihren Bruder, wenn ich vom rechten Weg abkam. Doch erst einmal führte sie Buch. Damit ich später sehen konnte, welch immensen finanziellen und auch emotionalen Einsatz sie für mich erbracht hatte. Wie sehr sie sich aufgeopfert hatte, um mich zu bekommen. Vielleicht würde ich es mir dann zweimal überlegen, bevor ich mich in falsche Gesellschaft begab, mit Drogen in Berührung kam, meine Lehrer anpöbelte und viel zu früh die Schule verließ. Zweimal überlegen, bevor ich ein Auto knackte. Sollte ich entgleisen, würde sie zur Nebenklägerin gegen mich werden. Dank ihrer präzisen Buchhaltung könnte sie dann genau belegen, bis zwei Stellen hinter dem Komma, welchen Schaden ich ihr zugefügt hatte. Alles, jeden Cent, den sie in mich investiert hatte, müsste ich ihr dann zurückzahlen, und natürlich hatte sie auch den moralischen Schaden beziffert. Und wenn ihre Rechnungen bezahlt wären, ihr Schaden vergolten und alles beglichen wäre, würde sie so tun, als hätte sie keinen Sohn. Das hatte sie sich fest vorgenommen.

Meine leibliche Mutter! Also, ich finde schon, dass man so einem Kerl wenigstens eine Chance geben sollte, oder?

Eine Auszeit, Leute! Kurz anhalten. Unter diesen Umständen kann man doch nicht weitermachen.

In meiner zwanzigsten Woche traf ich deswegen eine schwierige, aber notwendige Entscheidung.

Meiner Mutter war wieder übel, und sie machte sich Sorgen, weil sie mich nicht mehr spürte.

»Komm, mach schon, Zinedine, tritt mal gegen meine Hand. Mach es für Mama.«

Ich dachte überhaupt nicht daran, mich zu regen. Jetzt nicht, Mutter.

Gestern, während der monatlichen Kontrolluntersuchung, hatte der Gynäkologe ihr noch versichert, dass alles in bester Ordnung sei. Alles an mir war genau so, wie es zu diesem Zeitpunkt sein musste, ich befand mich schön in der Mitte der Wachstums- und Gewichtskurve. Statistisch gab es keinerlei Anlass zur Beunruhigung. Als sie wieder angezogen war, hatte ich mich gemächlich in den Schlafmodus begeben. Ich rollte mich zu einem kleinen, unbeweglichen Ball zusammen. Mit dem Daumen im Mund schloss ich die Augen. Auf dem Heimweg wurde ich in den Schlaf gewiegt. Mein Herzrhythmus wurde langsamer, und alles badete in einem gebrochenen Weiß.

»Mach dir keine Sorgen, Liebes, er ist bestimmt nur müde von der ganzen Treterei während der vergangenen Tage. Weißt du, Babys nehmen sich manchmal auch einen Ruhetag. Und du bewegst dich viel, es kann auch sein, dass du ihn nicht spürst, weil du immer so beschäftigt bist.«

Mein Vater versuchte sie während der ersten Tage zu beruhigen, aber sie wusste, dass etwas nicht stimmte. Am dritten Tag stand meine Mutter wieder beim Gynäkologen auf der Matte. Vollkommen aufgelöst hatte sie ihn angerufen, und er ließ sie schließlich kommen. »Lieber einmal zu viel untersucht«, hatte er gesagt.

Sie wurde an einen Monitor angeschlossen. Von dem Moment an, als sie meinen Herzschlag hörte, atmete sie erleichtert auf. Doktor Volkers lauschte eine Weile.

Ich weiß genau, dass es ihr am liebsten gewesen wäre, man hätte sie während der noch verbleibenden zwanzig Wochen mit diesem Apparat verkabelt. Damit sie jede Sekunde meine Temperatur kontrollieren, die Herzfrequenz und meine Bewegungen beobachten konnte.

»Und warum bewegt er sich nicht?«, fragte sie.

»Er schläft. Babys brauchen viel, sehr viel Schlaf.« Der Arzt antwortete und machte sich ein paar Notizen.

»Allerdings ist sein Herzschlag sehr ruhig«, sagte er schließlich.

Meine Mutter federte hoch.

»Sie brauchen sich keine Sorgen zu machen«, versuchte er sie schnell zu beruhigen. »Vorerst ist alles noch ganz normal, aber wir behalten Sie zur Beobachtung heute Nacht lieber hier.«

Ich fühlte mich schuldig, weil sie sich die ganze Nacht schlaflos herumwälzte. Aber ich blieb bei meinem Entschluss, sie war einfach zu weit gegangen mit ihren Quittungen. Jeden Kassenzettel hatte sie aufbewahrt, egal mit welchem Betrag, und zwar vom ersten Tag an nach ihrer ersten Untersuchung beim Frauenarzt.

Und als sie dann mein Geschlecht erfuhr, hatte sie das Mahagonikästchen herausgeholt, als wolle sie nun Ernst machen. Jeden Sonntagabend, wenn sie keine Ausgaben mehr tätigen konnte, führte sie Buch über die vergangene Woche in einem großen himmelblauen Buch mit weißen Seiten zum Einkleben und dem fröhlichen Titel *Mein erstes Baby!*. Neben jeden Kassenzettel, den sie an der Stelle einklebte, an die eigentlich das erste Ultraschallbild hingehört hätte, notierte sie das Datum, beschrieb das erworbene Produkt und fügte einen kurzen persönlichen Kommentar hinzu.

Sie hatte zum Beispiel neben die Quittung vom Babyshop am 23. März Folgendes geschrieben: »Freya meint, das hier sei DAS Wundermittel überhaupt gegen Schwangerschaftsstreifen. Frühzeitig mit dem Eincremen beginnen, so lautet die Botschaft. Bin gespannt, ob es funktioniert, riechen tut es jedenfalls schon mal gut.«

Unter dem Kassenbon mit demselben Datum für Babysöckchen: »Ich konnte einfach nicht widerstehen!!! So winzig! Der Wahnsinn, und so süß!«

Nach den ersten zwei Monaten brachte sie es bereits auf einen Betrag von 421 Euro, inklusive Arztkosten. Mit rosa Textmarker unterstrich sie ihre vorläufige Endsumme und schrieb dazu: »Echt verrückt, was so eine kleine Zygote kostet!«

Ende der Woche hatten die Ärzte herausgefunden, dass meine Körperfunktionen auf sehr niedrigem Niveau abliefen. Mein Stoffwechsel hatte sich verlangsamt, und nach drei Wochen trafen sie gemeinsam die erschütternde Diagnose. Physiologischer Entwicklungsstillstand.

Endlich hatten sie verstanden, dass ich nicht mehr wuchs. Ärzte renommierter Universitäten rauften sich die Haare, weil ihnen nirgendwo aus der Geschichte der Medizin ein ähnlicher Fall bekannt war.

Und meine zukünftige Großmutter streckte die Hände zum Himmel, denn an mythischen und phantastischen Geschichten zu diesem Thema mangelte es nicht, ganz im Gegenteil. Ihre Schwiegertochter hatte einen *ammetis* in der Gebärmutter. Einen schlafenden Fötus. Und das war wirklich etwas ganz Schlimmes. Sie kannte Frauen, die liefen ihr ganzes Leben mit einer Frucht in sich herum, die nicht erwachen wollte, niemals geboren werden wollte. Unzählige Frauen hatte das kinderlos und unglücklich gemacht.

Meine Großmutter kannte sogar eine Witwe, die Jahre

nach dem Tod ihres Ehemanns ein Kind zur Welt gebracht hatte. Ein Theologe attestierte ihr, dass es sich um einen *ammetis* handeln würde. Damit hatte das Kind denselben Stammbaum wie seine Schwestern und Brüder. Und die Witwe wurde damit jeglichen Verdachts enthoben.

Meine arme Mutter wurde gepikst und gewogen. Sie wurde mit Infusionen und Sonden verbunden, damit Kochsalzlösungen und Vitamine über den Weg der blauen und geschwollenen Adern in ihren Körper gelangen konnten. Und auf ihrer Bauchdecke, auf der ein paar Minuten zuvor noch die warme Hand meines Vaters geruht hatte, befestigten behutsame Krankenschwestern mit freundlichen Stimmen Elektroden.

Alles, um mir eine Reaktion zu entlocken.

Gynäkologen aus dem Ausland wurden hinzugezogen, die sich aufgebracht wegen der Untersuchungsergebnisse zankten. Schließlich schlug man ein gewagtes Experiment vor: Sie wollten mich reizen. Das vierköpfige Ärzteteam war sich einig, dass dies der letzte Versuch sei, um eine Änderung des Zustands herbeizuführen. Es durfte keine Zeit verloren werden. Ich hatte bereits vier Wochen Wachstumsrückstand.

Einer der Gynäkologen führte das Wort. »Frau Aboulakal, wir möchten Ihnen mitteilen, dass es sich hier um eine äußerst ungewöhnliche Situation handelt. Eine Diapause gibt es bei Menschen normalerweise nicht. Es handelt sich um ein Symptom, das nur bei gewissen Insekten in Erscheinung tritt und auch nur als Reaktion auf irgendwelche ungünstigen Außenfaktoren. Wir sind uns alle darüber einig, dass der Organismus, damit meine ich natürlich Ihr Baby, nur aus seiner Diapause herausgeholt werden kann, indem wir es sehr speziell, jedoch nicht ungefährlich stimulieren.«

Meine Mutter richtete sich in ihrem Bett auf, sah den vierköpfigen weißen Drachen starr an, bedankte sich für die fürsorgliche Aufmerksamkeit und bat darum, eine Schwester zu holen, die sie von den tropfenden Infusionen und ratternden Maschinen befreien sollte.

Als meine Mutter so weit war, dass sie sich angezogen hatte, war auch mein Vater im Zimmer und trug ihr das Köfferchen hinaus, das Geschwader der Ärzte im Schlepptau, das sichtlich erregt, aber sprachlos war. Zutiefst darüber empört, dass ihre so außergewöhnliche Patientin einfach verschwand.

Mein Vater hatte versucht, trotz der Umstände eine möglichst angenehme Heimkehr vorzubereiten. Die Wohnung war schön aufgeräumt, und dem knappen Kommentar meiner Mutter zu entnehmen, hatte er sogar für einen Blumenstrauß auf dem Küchentisch gesorgt. Das Mahagonikästchen war von diesem Platz verbannt.

Den Tee, den er ihr bereitete, rührte sie nicht an.

Er wollte sie in die Arme nehmen, doch sie hielt ihn mit einer sanften, aber bestimmten Handbewegung zurück.

»Ich lege mich noch ein wenig hin.«

»Rufst du mich, wenn du mich brauchst?« Immer noch versuchte er sie davon zu überzeugen, dass er für sie da war.

Mit Kleidung und Schuhen kroch meine Mutter ins Bett. Später am Abend schaute mein Vater bei ihr rein.

Sie gab keine Antwort, als er sie fragte, ob sie etwas brauche.

Als er die Tür hinter sich schloss, drehte meine Mutter

sich auf den Rücken. Sie legte beide Hände auf ihren Bauch, und ihre rechte Hand umschloss meinen Hinterkopf.

»Warum willst du nicht wachsen?«

Ich hörte aufmerksam zu.

Sanft streichelte sie mir über den Kopf, und ich hatte Lust, mich mit dem Köpfchen wie eine Katze in ihre Hand zu schmiegen.

»Bist du denn nicht neugierig, wie es hier draußen so ist? Willst du nicht laufen lernen, Fußball spielen und Rad fahren?«

Fußball, ja, das sagte mir etwas. Ich wusste, dass mein Vater hoffte, ich würde einmal das wahr machen, was er wegen seines kaputten Knies nie hatte erreichen können.

»Letztens habe ich ein ganz tolles Fahrrädchen geschen. Ich musste mich sehr zurückhalten, damit ich es nicht gleich kaufte, aber du wirst erst mit drei oder so darauf fahren können. Papa wird dir mit großer Begeisterung das Radfahren beibringen. Er kann so was ziemlich gut, weißt du? Im vergangenen Sommer hat er noch einer Cousine von dir geholfen und ihr die Angst genommen. Sie war mehrmals gefallen und traute sich nicht mehr aufs Rad. Ihr Vater war sehr ungeduldig mit ihr und fand ihr Verhalten albern. Und dann hat dein Vater sich um sie gekümmert, und im Nu konnte sie wunderbar Rad fahren. Er kann sehr gut mit Kindern umgehen.«

Sie schwieg eine Weile.

»Er zerbricht daran.«

Sie sagte es so leise, dass ich es fast nicht verstand. Als würde sie es nur denken. Vielleicht wollte sie nicht, dass ich es hörte. Vielleicht wollte sie mir keine Schuldgefühle bereiten.

Ich versuchte mein Unbehagen herunterzuschlucken.

Sie hielt kurz den Atem an und verstärkte den Griff um ihren Bauch.

Sie hatte etwas gespürt.

Mercedes 207
(mitien ou sebha)

Er hatte eine Riesenlust, ihn richtig anzuschnauzen, aber er riss sich zusammen. Das war doch wirklich nicht zu fassen. Und es passierte ihm immer wieder. Jedes Mal nahm er die falsche Abzweigung, und jedes Mal brauchte er mindestens eine Stunde, bis er wieder aus dieser verdammten Stadt hinausfand. Kurz vor Madrid hatte er ihm noch eingebläut, immer auf der NIV zu bleiben und sich ja nicht von der Abzweigung nach San Sebastián de los Reyes verwirren zu lassen, einer Gemeinde der Stadt Madrid. Denn das war nicht das San Sebastián im hohen Norden Spaniens, an der Grenze zu Frankreich, die letzte Stadt, bevor sie dann ihrem Ziel ein Land näher rückten. Was für ein Typ!

Er zündete sich eine Zigarette an. Die lenkte ihn wenigstens ab, während Boulif seinen riesigen Mercedes in dem wahnsinnigen Stadtverkehr von Madrid festfuhr. Passanten sahen sie an, als würden sie ein großes, seltsames, weißes Ungetüm auf vier Rädern erblicken, das sich ganz offensichtlich nicht in seinem Biotop befand und daher ruckelnd und zögernd zwischen der rechten und linken Spur hin und her sprang. Abrupt hielt Boulif vor einer roten Ampel an.

Schweiß stand ihm auf der Stirn. Diese viereckigen Kisten hatten zwar ein ziemlich großes Fassungsvermögen, leider aber keine Servolenkung.

»H'med, kannst du die Fußgänger mal nach dem richtigen Weg fragen?«

Es klang ziemlich entmutigt.

»Fahr einfach geradeaus, wir werden den richtigen Weg schon noch finden«, antwortete H'med verärgert.

Die Fußgänger nach dem Weg fragen. In welcher Sprache denn bitte schön? Vielleicht auf Andalusisch-Arabisch?, dachte er wütend, als er die Fensterscheibe an seiner Wagenseite herunterkurbelte.

Boulif drängte ihn. »Los, Mann, jetzt frag doch mal nach dem Weg, sonst finden wir hier nie wieder heraus. Du kannst doch ein bisschen Spanisch?«

»Mein Spanisch ist schlechter als deins, damit kommen wir keinen Schritt weiter. Wir müssen wieder zurück auf den Ring. Pass doch auf, du Idiot, wir haben Rot!«

Mit einem Ruck kam der voll beladene Koloss zum Stehen. Durch die riesige Windschutzscheibe beobachteten die beiden Männer nun schweigend, wie sich ein Menschenstrom von rechts und von links über die Straße in Bewegung setzte. Es ähnelte einem Dokumentarfilm, den sie sich in einem Breitbildfernseher anschauten. Auf der Höhe des Mercedes machte der Menschenstrom, ohne zu murren, einen geschmeidigen Bogen um die Motorhaube herum, die einen halben Meter über den Zebrastreifen hinausragte.

Boulif stieß einen Seufzer aus und kurbelte ebenfalls seine Scheibe hinunter. »Mir war noch nie so ganz klar, warum die Spanier Ampeln haben, und wohin strömt diese

Menschenmasse eigentlich ununterbrochen? Ziemlich viele Leute, oder?«

H'med starrte vor sich hin in den Zigarettenrauch.

Ohne eine Antwort abzuwarten, hielt Boulif den Kopf aus dem Fenster. »*Perdón, señor, señor!*«, ging er die Leute an.

Ein Mann mittleren Alters löste sich aus der Menschenmenge und blieb stehen. »*Dónde está la autopista a San Sebastián? Al norte?*« Der Mann schien kurz zu überlegen und setzte dann zu einer ausführlichen Wegbeschreibung an. Um den Schein zu wahren, sagte Boulif ein paarmal »*Sí, sí*«, und als der Mann seine Beschreibung beendet hatte, bedankte Boulif sich bei ihm mit einem freundlichen »*Gracias!*«. Frustriert ließ er sich wieder hinter das riesige Lenkrad zurückfallen, richtete den Blick nach vorn und setzte das Gefährt in Bewegung. Er versuchte die Beschreibungen des Mannes zu entschlüsseln.

»Anfangs hat er doch was von einem Kreisverkehr erzählt, oder?«

H'med stieß den Rauch vor sich aus.

»Ich bin mir echt sicher, dass er was von einem Kreisverkehr erzählt hat, und danach dann links … oder war es rechts?«

»Ich bin jedenfalls auf dem richtigen Weg. Er meinte doch diese Richtung?«

H'med gab noch immer keine Antwort. Er kannte das Szenario bereits auswendig, weil es sich drei- oder viermal im Jahr wiederholte. Ende des Liedes war immer, dass Boulif schließlich ein Taxi anhielt, das ihn gegen Bezahlung aus der Stadt hinauslotste. Dem schloss sich jedes Mal ein etwa halbstündiger Sermon über den Taxifahrer an, weil er ihm für diese lächerliche Strecke eine unverschämt hohe Summe abgeknöpft hatte. Und schließlich folgte immer das große Aufatmen, wenn sie sich endlich wieder auf der breiten Autobahn in Richtung Belgien befanden.

Irgendeinen Grund zum Fortgehen hatte er immer. Seine Frau glaubte ihm zwar schon lange nicht mehr, doch sie ließ ihn einfach ziehen. Überraschend früh war er in seinem Leben von Müdigkeit und Enttäuschung übermannt worden, die ihn lange Zeit blockiert hatten. Er hatte sein Leben nicht mehr im Griff. Tag für Tag zeigte sich ihm die Realität überdeutlich, sie war unumstößlich und definitiv, vor allem aber enthielt sie keinen Funken Hoffnung. Er konnte nichts mehr dagegen unternehmen.

Als es ihm schließlich doch gelang, die Passivität von sich abzuschütteln, entschloss er sich, alles zurückzulassen und zu emigrieren, zurück zu den Ursprüngen. Noch war es nicht zu spät. Doch seine Frau spielte nicht mit. Anfangs war seine Motivation hoch gewesen. Dann würde er notfalls eben ohne sie emigrieren. Doch nach ein paar Monaten in der Ferne gesellte sich eine andere Qual hinzu. Einsamkeit.

Und deswegen kehrte er zurück. Doch er konnte es nie lange an einem Ort aushalten. Immer wieder aufs Neue musste er diese Reise unternehmen. Von Nord nach Süd und von Süd nach Nord. Wie ein Verfluchter. Immer wieder aufs Neue. Ankommen, auspacken, ausruhen, sich umschauen, und dann wieder einpacken, aufbrechen und ankommen.

Seltsamerweise schien der Fluch zugleich auch ein Segen zu sein. Als würde die Reise von jemand anders angetreten. Das Leben, das er lebte, und der Mensch, zu dem er geworden war, blieben an dem Ort zurück, an dem er so schwer Wurzeln schlagen konnte. Wie ein Außenstehender sah er, wer er war, was er gut und was er schlecht machte, und vor allem, woher das zerstörende Gefühl des Versagens kam. Mit jeder Reise nahm die Schicksalsergebenheit zu. Grund dafür waren nicht so sehr seine unerfüllten Träume, sondern die seiner Söhne, die ihn traurig und manchmal ratlos machten.

Ja, es stimmte, sie hatten nie barfuß herumlaufen müssen, wie er manchmal als Kind. Gott sei Dank hatte er sie davor bewahren können. Doch sie vor der Umwelt zu bewahren, deren Feindseligkeit manchmal so verräterisch subtil war, schien um einiges schwieriger zu sein. Er machte sich Vorwürfe, weil er sie nicht vor allem beschützen konnte.

Vielleicht hatte er zu Beginn einen ganz gravierenden Fehler gemacht, als er als Neunzehnjähriger einen Teil der Ersparnisse seines Vaters ohne Erlaubnis entwendet hatte, um damit die Überfahrt zu finanzieren. Europa hatte ein Auge auf starke Männer geworfen. Er hatte gehört, in den großen nordmarokkanischen Städten würde es Gesandte aus dem Ausland geben, *El Kharij*, die junge Männer rekrutierten, damit sie beim Aufbau drüben helfen sollen. Und er wollte fortgehen, etwas von der Welt sehen und Geld verdienen.

Obwohl sein Vater sich lange nicht mit dem Gedanken anfreunden konnte, dass sein Sohn fortgehen wollte, hatte er ihm dennoch verziehen und ihm sogar seinen Segen mit auf den Weg gegeben. Wenn ein Mann fortging, brachte das vielen Menschen im Dorf Glück. Doch damals wussten sie noch nicht, dass ein Opfer nicht ausreichte, um das Glück fürs ganze Dorf zu sichern. *El Kharij* war eine zu große Verlockung für die stärksten und besten Männer des Dorfes. Sie mussten auch dorthin, es gab keinen anderen Weg.

Sie hatten sich geirrt.

Seine Jungen liefen zwar nicht ohne Schuhe herum, aber sie waren in ihren Handlungen gefesselt, sie kamen keinen Schritt voran. Inzwischen war aus dem Bergdorf ein Ort geworden, in dem nur noch diejenigen lebten, die nicht mehr wegkonnten. Er hatte gehofft, das Blatt zu wenden, indem er das Haus seines Vaters komplett renovierte, doch seine Söhne weigerten sich standhaft, auch nur die Sommerferien in den Bergen zu verbringen, ohne den Komfort, den sie gewohnt waren: kein fließendes Wasser, keine Elektrizität, kein Meer, kein Supermarkt.

Und so wurde der Ort zu einem Wallfahrtsort für all diejenigen, die sich mit nostalgischen Gefühlen an ihre Jugend dort erinnerten und fest davon überzeugt waren, dass sie nie wieder so gutes Brot gegessen und so reines Wasser getrunken hatten wie damals. Er fuhr jedes Jahr mit seiner Frau, aber ohne die Kinder, für ein paar Tage in das Dorf. Und wenn er dann einen Fuß auf das Grundstück seines Vaters setzte, fühlte er sich sofort wieder wie ein Kind, das nach Hause kommt, müde, aber glücklich.

Das Wiedersehen mit den Verwandten hatte einen läuternden Effekt auf ihn. Er hatte eine Großtante, und jedes Jahr, wenn er sich von ihr verabschiedete, war er fest davon überzeugt, dass es ein Abschied für immer sei. Doch von Jahr zu Jahr behielt er zum Glück Unrecht. Sie schien von demselben Material zu sein wie die bizarren Berge, von denen das Dorf umringt war, stark und unerschütterlich.

Trotz ihres verwitterten und sonnengegerbten Gesichts besaß sie noch einen scharfen Verstand. Sie war das Gedächtnis des Dorfes. Sie konnte sich sowohl an die fetten als auch an die mageren Jahre erinnern. Bis in jedes Detail konnte sie seine Hochzeitsfeier, vor fast vierzig Jahren, wiederaufleben lassen. So zum Beispiel auch die Geschichte mit Omar und Hmidou N'Allal, seinen beiden Onkeln, die auf seiner Feier nach jahrelanger verbitterter Fehde wieder miteinander gesprochen hatten. Alle waren sie entzückt gewesen, und sie schienen sich fast mehr über diese Versöhnung als über die Hochzeit zu freuen.

Es war ein gesegnetes Jahr gewesen, das Jahr seiner Heirat. Viele junge Männer kehrten zum ersten Mal nach Hause zurück. In ihrem Gepäck hatten sie wunderbare Geschichten und schöne Geschenke, mit denen sie die Trauer verscheuchten, in die das Dorf versunken war.

Das ganze Dorf befand sich in hellem Aufruhr, denn einige Hochzeiten standen bevor. Und die erste war seine. »Wie ein Prinz hast du ausgesehen, mein Junge, in diesem feinen Anzug.« Die Augen seiner Großtante leuchteten. Jedes Jahr hauchte sie der Geschichte seiner Hochzeit neues Leben ein und erzählte Besonderheiten, die sie im Jahr zuvor nicht enthüllt hatte. Jedes Jahr fühlte er sich wie ein kleiner Junge, der sich im Bann einer magischen Märchenerzählerin befand.

Er musste lächeln, wenn er daran dachte. Der Anzug war das Erste gewesen, was er sich in Belgien gekauft hatte. Er konnte sich noch genau daran erinnern, wie er sich damals gefühlt hatte. Von einem Tag auf den anderen befand er sich plötzlich in einer befremdenden und wundersamen Welt. Er war aus dem Himmel gefallen.

Es hatte geregnet, als er dort ankam. In solchen Massen kam in seinem Dorf nie der Regen herunter. Auch die Straßen waren fremd, die seltsamen Steine, mit denen sie gepflastert waren, schienen von Menschenhand gemacht zu sein. Sie waren anders als die Steine und der Sand in seinem Dorf. In der neuen Welt war alles aus Beton, alles war streng und linear. Die Tage waren bis in jede Sekunde eingeteilt. Alles war abgemessen und gewogen, nichts zu wenig, nichts zu viel. Sogar das Lächeln war nicht maßlos.

Die Flamani waren ein höchst seltsames Volk. Frauen mit blondem Haar, Frauen mit sehr wenig Haar und Frauen mit kurzen Röcken. Manchmal trugen sie einen Hut, aber nie ein Kopftuch. Und sie besuchten Kneipen, manchmal in Gesellschaft ihres Mannes. Ihre Sprache faszinierte ihn. »Guten Tag« oder »bonjour« klangen nicht wie »salam aleikum«, aber sie bedeuteten fast dasselbe.

Von seinem ersten Lohn kaufte er sich einen ordentlichen Anzug mit Krawatte, damit er sich mit dieser Welt in Einklang befand. Und er ließ ein Schwarzweißfoto von sich machen, das er nach Hause schickte. Ein Jahr darauf feierte er in diesem Anzug seine Hochzeit.

Er hatte das Gefühl, dies hier sei die Welt der unbegrenzten Möglichkeiten. Mit seinem jugendlichen Enthusiasmus packte er jede Chance beim Schopf. Er arbeitete für zwei, am Tag und auch in der Nacht. Sein erster Job war in einer Farbenfabrik. Gemeinsam mit seinen *muhadschirin*-Freunden, Männern, die er dank der Migration kennengelernt hatte – Boulif war einer von ihnen –, hatte er sich eine kleine Wohnung am Stadtrand von Brüssel gemietet. Damals zahlten sie monatlich fünfhundert belgische Franken Miete, ein Brot kostete drei Franken. Es war erstaunlich, wie viel mehr man damals für sein Geld bekam. Es gab viel mehr *baraka* als heute, fand er.

Seine Freunde waren seine neue Familie. Sie kannten einander gut. Einen Transport zur Fabrik gab es damals nicht, und so liefen sie täglich fast anderthalb Stunden am Kanal von Brüssel entlang, um zu ihrer Arbeitsstelle zu gelangen. Sie stellten keine Fragen, zweifelten nichts an, sie wollten einfach nur arbeiten und weiterkommen.

Sie besaßen nichts. Keine Briefe, keine Fotos. Keine Erinnerungsstücke, die von Generation zu Generation weitergegeben wurden und Geschichten erzählten. Anekdotische Bausteine eines Menschenlebens. Sie hatten nur ihre Träume und ihren Körper. Und das musste ausreichen, um ihre Welt komplett neu zu errichten, ohne sich dabei selbst zu verlieren.

Heute schien es, als hätten sie ein Leben geführt, ohne Spuren zu hinterlassen. Ihre Fußstapfen waren mit der Zeit verwischt. Sie kamen und sie gingen, keiner, der ihre Namen gekannt hätte, geschweige denn ihre Wünsche oder Sorgen. Man wusste, woher sie kamen, man wusste es vage, doch was sie mitgemacht hatten, was sich in ihren Köpfen abspielte, das war unbekannt und würde auch unbekannt bleiben, denn sie waren nicht sehr gesprächig. Sie waren Männer, die handelten. Männer, die sich nicht mit Belanglosigkeiten abgaben. Und sie kamen weiter. Fielen nie zurück. Nur nicht zögern. Das Leben war nichts für Zaghafte, jedenfalls nicht dort, wo sie herkamen.

Er hatte das Gefühl, dass er diese eindeutige und gradlinige Sicht auf die Welt nicht an seine Jungen hatte weitergeben können. Für sie bestand das Leben nicht daraus, zwischen Haupt- und Nebensächlichkeiten zu unterscheiden, sondern zwischen allem und nichts.

Sie stellten alles zur Debatte. Sich selbst, die anderen, Gott. Und das war der Punkt, wo die Sache aus dem Ruder geriet. Wer Gott in Zweifel stellte, der konnte nicht auf seine Barmherzigkeit hoffen. Und wer der Überzeugung war, dass er das Leben auch ohne Gottes Barmherzigkeit meistern konnte, der war ein Verirrter. Der Gedanke an den Zustand, in dem seine Jungen sich befanden, war so unerträglich für ihn, dass sich ihm jede Faser seines Körpers zusammenzog. Es tat ihm in der Seele weh. So hatte er das nicht gewollt. Er hatte versagt, und er konnte es nicht mehr rückgängig machen. Ihm wurden die Knie weich. Er versuchte sich auf die an ihm vorüberziehende Landschaft zu konzentrieren.

Er musste nirgendwo ankommen. Das hier war seine Bestimmung. Die Reise gab ihm Hoffnung, enthielt ein Versprechen, von dem er genau wusste, dass es nie eingelöst würde. Weiterfahren. Er musste weiterfahren. Hunderte und Aberhunderte Kilometer auf der Autobahn. Stunden, Tage und Nächte wurden gegen Kilometer eingetauscht. Inzwischen waren es Hunderttausende.

Früher hatte man noch deutlich erkennen können, dass man von dem einen in das andere Land fuhr. Jedes Land, das sie passierten, hatte seine Eigenheiten. Vor allem Spanien hatte sich während der letzten Jahre verändert. Europa zeigte sich immer stärker, wohingegen Spanien allmählich verblasste. Er vermisste die verwahrlosten Landstraßen, die sich von Ortschaft zu Ortschaft schlängelten und bei den Hafenstädten Algeciras oder Almería ankamen, nahe dem Ziel Marokko.

Eine solche Reise hatte früher leicht fünf Tage gedauert. Und heute konnte man Spanien in einer nahezu geraden Linie durchqueren, nur ganz im Süden gab es eine Autobahn, die sich durch die Berge schlängelte. Kein Dorf, nirgendwo. Stattdessen große moderne Tankstellen zu beiden Seiten der Autobahn. Dort gab es alles. Manche hatten sogar eine *mezquita*, eine Moschee, und manchmal boten sie auf der Karte eine *tajine* an, ein marokkanisches Schmorgericht. Die Spanier wussten, wie sie mit Massentourismus umzugehen hatten, überlegte er, auch wenn Spanien nicht das Ziel der vielen Marokkaner war, die alljährlich nach Hause zurückkehrten, jedenfalls bislang noch nicht.

Er sah auf und bemerkte, dass Boulif gegen den Schlaf ankämpfte.

»Halt mal bei der Tankstelle an, Boulif, dann fahr ich weiter.«

»Willkommen im Hier, mein Freund! Ich dachte, du würdest mit offenen Augen schlafen. Wo warst du mit deinen Gedanken?«

»Kannst du dich noch an unseren ersten Job in der Farbenfabrik erinnern? Und dass ich mich dort immer an dem durchdringenden Geruch gestört habe?«

»Da kannst du sagen, was du willst, das war damals noch echte Arbeit, stimmt's? Du weißt doch, dass Ali Aghzar an dem scharfen Zeug gestorben ist. Krebs mit neunundvierzig!«

»*Allah i rahmu.* Gott hab ihn selig.«

»Amin.«

Ali Aghzar war ein unvergesslicher Mann. Er war ein Urriaguel, von den Aîth Ahros. Ein zähes Volk aus dem Rif. Und er besaß alle Merkmale dieses Volkes: klein, gedrungen und mit Haaren auf den Zähnen.

In der Fabrik gab es einen Belgier, der sehr offensichtlich mit seiner Abneigung gegenüber Marokkanern zu kämpfen hatte und sich zu beherrschen versuchte. Nur bei Ali gelang ihm das nicht. Roger, so hieß der Belgier, wurde von Alis Gestalt in die Irre geführt, was ihm schließlich auch nicht gut bekommen ist. Roger hatte einen Spitznamen für Ali, mit dem er ihn ausschließlich rief: Ali Petit Singe Noir, Ali, kleiner schwarzer Affe.

Damals war Sprachunterricht noch nicht Pflicht, und das war auch gut so, denn sonst hätte Ali Roger schon viel früher eins in die Fresse geschlagen, und aus der Arbeit dort wäre nichts geworden. Den ganzen Tag lang ging das so: »Ali Petit Singe Noir, mach dies…«, »Ali Petit Singe Noir, halt die Maschine an…« Ali verstand, was von ihm verlangt wurde, aber er wusste nicht, dass sein Spitzname rassistisch war. Und deswegen führte er pflichtbewusst die Aufträge aus und lächelte dazu noch freundlich und nichtsahnend.

Bis zu einem bestimmten Tag.

Ein neuer marokkanischer Arbeiter stieß zu ihnen, er hatte sogar in Marokko studiert. Und er verstand und sprach auch ausgezeichnet Französisch. Er wurde herzlich von seinen Landesgenossen aufgenommen, für die er als Wortführer schon bald unabkömmlich wurde. Anfangs arbeitete er fleißig und schweigsam mit. Doch dann begann er immer öfter die anderen auf Sachen hinzuweisen, die seiner Meinung nach nicht in Ordnung waren, wie zum Beispiel die getrennten Umkleideräume, die unregelmäßigen Arbeitszeiten, die Arbeitsverteilung, die immer so ausfiel, dass die Belgier stets die weniger anstrengenden Aufgaben zugeteilt bekamen, und noch vieles mehr. Anfangs hatten sie ihm kein Gehör geschenkt. Einige unter ihnen fanden es sogar normal, dass man dort unterschiedliche Maßstäbe anwendete. Vor allem Ali hatte es nicht so sehr mit »diesem studierten Typen und seinem klassischen Arabisch«.

Fast wäre es zu einer Rangelei zwischen ihnen gekommen. Ali nannte den Studierten einen Unruhestifter, und der Studierte antwortete, er sei lieber ein Unruhestifter, als andauernd »schwarzer Affe« genannt zu werden und darüber dann auch noch zu lachen.

Plötzlich wurde es totenstill.

Ali ließ langsam seinen erhobenen Arm wieder sinken.

»Wer nennt mich hier einen Affen?«

Nur an den Augen konnte man erkennen, dass in Alis Kopf ein Orkan aufzog, der alles, was sich in seinem Weg befand, mit ganzer Kraft wegfegen würde.

»Was glaubst denn du, was Roger mit ›Ali Petit Singe Noir‹ meint?«

Stille.

»Ali, kleiner schwarzer Affe.«

Auch wenn es sich um eine Übersetzung ins klassische Arabisch handelte, spürte Ali in jedem Zentimeter seines 1 Meter 60 großen Körpers die Bedeutung jedes einzelnen Wortes. Ohne etwas zu erwidern, drehte er sich um und suchte Roger. Er traf ihn über einen großen Bottich mit rosa Farbe gebeugt an. Geschickt versetzte er ihm einen gezielten Tritt gegen das Bein. Blitzschnell drehte sich Roger um und blickte in die funkensprühenden Augen des Mannes von den Aîth Ahros.

»*Qu'est-ce qui te prend! Ça va pas la tête, Petit Singe?* Sag, mal, du kleiner Affe, bist du noch ganz richtig im Kopf, oder was soll das?«

»*Moi, Petit Singe Noir pour Roger?* Ich kleine schwarze Affe für Roger?«

Ohne eine Antwort abzuwarten, fiel Ali Roger an und verprügelte ihn nach Strich und Faden. Mit beiden Fäusten holte er aus und sprang hoch, um den großen Mann auch im Gesicht und im Rücken zu treffen. Er zog ihn an den Ohren und verdrehte ihm den Arm. Roger befand sich inmitten des Orkans. Ein Entkommen war unmöglich. Er versuchte es zwar, doch Ali war ihm immer voraus. Noch ein kräftiger Stoß, und Roger landete schließlich im Bottich mit der rosa Farbe.

Ein von oben bis unten rosa glänzender Roger kam mühsam wieder zum Vorschein. Ali stand vor dem Bottich, er atmete noch heftig und sah Roger wütend an.

»*Maintenant toi Roger Grand Cochon Rose!* Jetzt du Roger groß rosa Schwein!«

Die Arbeiter, die sich um die beiden geschart hatten und deren dunkle Hautfarbe den Kontrast noch stärker erscheinen ließ, brachen alle zusammen in schallendes Gelächter aus. Wochenlang lief Roger mit einem babyrosa Schimmer auf der Haut herum, doch den Spitznamen, den er Ali gegeben hatte, nahm er nie wieder in den Mund. Er hingegen blieb bis zu seiner Frühpensionierung »Roger, das große rosa Schwein«.

»Machen wir hier einen Stopp? Dann kann ich auch mal kurz zu Hause anrufen«, fragte Boulif.

H'med fiel ein, dass er das auch dringend tun musste. Er machte sich keine Sorgen, denn seine Frau regelte alles immer sehr gut ohne ihn. Er gab es nicht gern zu, doch manchmal machte seine Frau, mit Unterstützung ihrer Tochter, alles noch viel besser als er. Die Zeiten änderten sich nun einmal. Das einzusehen war aber nicht immer einfach. Er hatte gelernt, dass man die väterliche Autorität nicht anzuzweifeln hatte. Wo keine Autorität herrschte, gab es unvermeidlich *fitna*, Unruhe und Chaos. Der Wille seines seligen Vaters war das Gesetz, das immer gerecht war.

Gerechtigkeit war bei der Erziehung das Schlüsselwort gewesen, das er an seine Kinder weitergegeben hatte. Es gab jedoch kaum etwas Schwierigeres, als Kinder in einer Umgebung zu erziehen, die selbst ungerecht war und zudem andauernd seine Autorität unterminierte. Ihm war es wichtig, dass seine Kinder stolz waren, weil sie nach ihrem Glauben handelten. Ihm war auch wichtig, dass sie die Älteren respektierten, die Wahrheit sagten, hilfsbereit waren und sich mit sinnvollen Dingen beschäftigten. Doch außerhalb des Schutzes der heimischen vier Wände bekamen seine Mädchen zu hören, dass sie sich wegen des ekligen Henna auf ihren Händen während des Idd-Festes schämen sollten. Seine Kinder konnten keinerlei Anspruch auf die Wahrheit erheben, denn für die anderen basierte ihre Kultur auf der Lüge und ihr Glaube auf der Gewalt. Für die Außenwelt gab es als Maßstab zunächst nur ihre Herkunft und ihren Namen.

Er fürchtete nichts stärker als den Tod. Er gab sich alle Mühe, Gott so zu verehren, wie Er es den Mensch aufgetragen hatte. Wenn er von dieser Welt schied, wollte er, dass seine Kinder hier ihren Platz gefunden hatten. Aus Söhnen Männern machen, darin bestand die Aufgabe, die Gott den Vätern gab. Männer, die schließlich in der Lage sein sollten, ihre eigene Familie zu gründen. Er war gescheitert. Seine Söhne hatten keine Ehefrauen, die wie Kleidung für sie waren. Sie hatten noch nicht einmal einen Beruf, der ihnen Unabhängigkeit und Stolz geben konnte. Sie standen im Leben und sahen, wie es an ihnen vorbeizog.

Mit den Jahren wurde er ein bisschen milder. Seine Söhne hatten ihr Leben verfehlt, so viel stand fest, sie hatten es verpfuscht, sowohl vor Gott als auch bei den Menschen, und er hatte ihnen das immer wieder gepredigt, auch wenn sie es nicht mehr hören wollten. Und dennoch sah er ein, ohne es gegenüber seinen Söhnen zuzugeben, dass das alles auch mit Dingen zu tun hatte, die sich dem Einfluss seiner Söhne entzogen.

Bei ihm war das damals alles viel klarer gewesen. Es hatte nicht die geringsten Anzeichen dafür gegeben, dass die Neuankömmlinge als anerkannte Bürger in die Gesellschaft aufgenommen würden, auf der anderen Seite aber auch keine Ambitionen. Sie waren Gastarbeiter, und jahrzehntelang herrschte darüber ein stillschweigendes Einverständnis. Sie wurden nicht nach ihrer Meinung befragt, und sie hatten auch nicht den Drang, sie zu äußern. Er hatte am eigenen Leib erfahren, wie es war, wenn man nicht bedient wurde oder weniger Lohn als seine weiße Kollegen bekam. Aber so war es nun einmal.

Diese Lebenseinstellung wurde nun radikal abgelehnt. Mit der Konsequenz, dass seine Jungen den richtigen Weg aus den Augen verloren hatten. Es fiel ihnen schwer, sich von anderen etwas sagen zu lassen, aus Dickköpfigkeit, aus Misstrauen, aus Unkenntnis.

Er erinnerte sich noch an den Vorfall mit dem Kirschbaum. Es war das erste Mal gewesen, dass seine Söhne, damals sieben und zehn Jahre alt, von einem Polizisten nach Hause gebracht wurden. Es sollte nicht bei diesem einen Vorfall bleiben. Er hatte am Stadtrand von Antwerpen ein Häuschen gemietet, in das er seine Familie hatte nachkommen lassen. Das Haus lag neben einem großen Wiesengrundstück. Seine Kinder fanden es wunderbar, dort herumzutollen und auf Entdeckungstour zu gehen. Eines Tages stießen seine Söhne während einer dieser Touren auf einen Kirschbaum. Ohne groß darüber nachzudenken, kletterten die Kinder in den Baum, um reife Kirschen zu essen.

Als der Besitzer sie dort entdeckte, wurde er fuchsteufelswild. Wie ein Irrer kreiste er mit der Harke in der Hand um den Baum herum und zwang die verängstigten Jungen herunterzukommen. Er nahm die beiden Bengel beim Kragen und schloss sie laut fluchend und mit viel Gezeter in einen Schuppen ein. Es dauerte offenbar Stunden, bis der gerufene Polizist vom Revier kam und die Kinder befreite, die bis dahin vollkommen eingeschüchtert und verängstigt in der dunklen Hütte gehockt hatten. Der Kleinere von ihnen hatte noch ein paar Kirschen in der Hand. Vor lauter Angst hatte er sie zu Matsch zerdrückt und ließ sie erst fallen, als sein Vater die Haustür öffnete und mit Überraschung den Polizisten anhörte.

Er merkte, dass die Kinder vollkommen verängstigt waren, aber er wollte ihnen ordentlich einbläuen, dass es nicht anging, dass die Polizei wegen irgendwelchem Unfug bei ihm vor der Tür stand, den die Kinder leichtsinnig ausgeheckt hatten. Und deswegen bestrafte er sie gnadenlos. Er hörte sich zwar ihre Erzählungen an, aber er verbiss sich in seine Wut und redete sich ein, dass es keine mildernden Umstände für seine Jungen gab. Immerhin gehörte dieses Land den Belgiern.

Ihm wurde bewusst, dass er damals eigenhändig seinem Gerechtigkeitsideal, dem er immer nachgestrebt hatte, Risse zugefügt hatte. Er wollte alles richtig machen, doch aus irgendeinem Grund gelang ihm das nicht. Es war noch nie vorgekommen, dass einer seiner beiden Jungen die Stimme gegen ihn erhoben oder sich gewehrt hatte, wenn er sie schlug. Doch er wusste, was sie dachten.

Ihren Augen war es anzusehen, dass sie Tausende Kilometer weit von ihm entfernt waren, und er wusste, dass nichts und niemand auf der Welt ihm helfen konnte, diese Distanz zu überbrücken. Sie hörten einander nicht mehr, schon lange sprachen sie nicht mehr dieselbe Sprache. Auf die Dauer wurde er immer verbitterter, und sie kapselten sich immer mehr von ihm ab, damit seine Worte sie nicht mehr erreichten. Sie sahen nur einen enttäuschten Vater und dachten sich: Na und?

»Wo ist euer Stolz geblieben? Wo sind eure Träume?«

Er rief es, er fragte es leise, er dachte und träumte es. Manchmal blieb es ihm im Halse stecken und hinderte ihn zu atmen. Aber er erhielt keine Antwort. Sie hatten ihre Gesichter von ihm abgewendet.

»Sieht so etwa der Respekt aus, den euer Vater verdient? Soll ich mich dafür abgerackert haben? Hab ich euch nicht alles gegeben? Sogar mein letztes Hemd würde ich für euch verkaufen.«

Mit jeder verzweifelten Frage drifteten sie weiter von ihm ab.

Weiterfahren. Nicht anhalten, immer weiter. Denn Stillstand bedeutete, von den unwiderruflichen Tatsachen überwältigt zu werden. Stillstand bedeutete ein langsames Ertrinken in der Ohnmacht. Solange er sich noch weiter zwischen zwei Orten bewegen konnte. Zwischen zwei Orten, an denen er schon lange nicht mehr fand, was er suchte, und wo er auch nie finden würde, was er suchte.

Er versuchte sich an den Moment zu erinnern, der dieses ziellose Dasein eingeläutet hatte, doch er konnte sich nicht daran erinnern, ab wann er all die vielen Unvollkommenheiten in seinem Leben als Beweis für einen irreparabel verpfuschten Lebenslauf erkannt hatte. Er war doch immer ein Mann gewesen, der genau gewusst hatte, was er wollte. Er hatte sich nie mit Ungerechtigkeit, Hunger oder Aussichtslosigkeit abfinden können. Auch nicht mit der sicheren Prädestination zur Armut, zur Immobilität. Und deswegen ging er fort.

Als kleiner Junge war er kilometerweit durch die Berge zu Dörfern gewandert, wo er für einen halben Sack Mehl und ein Dutzend Eier Schafe und Ziegen gehütet hatte. Es war nicht so sehr die Belohnung, die ihn gelockt hatte, sondern vielmehr der Drang, die große Welt außerhalb seiner kleinen Welt zu entdecken. Welche Möglichkeiten und Chancen sie bot, dort in den Orten, wo die anderen lebten.

Einen Tagesmarsch dauerte der Weg von seinem Dorf, von Beni Touzine, bis nach Beni Urriaguel. In seinen Augen befanden sich Welten zwischen ihnen und denen dort. Schon allein ihre Sprache, sogar das Tamazight wurde anders ausgesprochen. Dort herrschten andere Auffassungen und andere Gewohnheiten. Doch auch sie waren *imazighen*, genau wie er.

Ihn verwirrten die Unterschiede nicht. Im Gegenteil, für ihn hatte ihre melodische, singende Aussprache etwas Lustiges, und schon bald beherrschte auch er sie. Weniger behagte ihm ihr ewiges Geprahle über Abd el-Krim, den Befreiungshelden des Rif. Die Beni Urriaguel taten gerade so, als hätten sie ein Patent auf diesen Mann, nur weil auch er zufällig ein Beni Urriaguel war. Sie meinten, sie könnten so auch gleich den ganzen Ruhm für den Befreiungskrieg des Rif mit einheimsen. Zu seinen besten Freunden zählten Beni Urriaguel, aber ihre überzogenen Ansprüche konnten ihn noch immer in Rage versetzen, und manchmal führte es auch zu erhitzten Diskussionen. Als er noch jung war, endeten sie häufig in Prügeleien, vor allem wenn einer zu behaupten wagte, die Beni Touzine seien Feiglinge. Reine Geschichtsklitterung, fand er. Besonders, wenn man bedachte, dass Abd el-Krim mit einer entfernten Tante von ihm verheiratet gewesen war.

Sein Urgroßvater hatte ein Waisenmädchen in seine Familie aufgenommen, das er wie seine eigene Tochter großgezogen hatte. Sie wurde später Abd el-Krims Frau, also waren sie eigentlich alle miteinander verbandelt. Angeheiratete Familie. Und das war bis heute so geblieben. Boulifs Tochter war mit einem Beni Touzine verheiratet.

Bei den Beni Urriaguel hatte er die Schönheit der Frauen kennengelernt. Eines Abends war er Zuschauer bei einer Hochzeitsfeier gewesen. Männer und Jungen hatten draußen noch zusammengehockt, überall brannten kleine Feuer, ab und zu auch mal eine Gaslaterne. Der Abend ging in die Nacht über, und der Gesang der Frauen in den Häusern übte eine unglaubliche Anziehungskraft auf ihn aus. Wahnsinnig gern hätte er sich hineingeschlichen, um einen Schimmer der Geschöpfe dort drinnen zu erhaschen, die diese bezaubernden Klänge produzierten.

Und noch bevor er sich diesen Gedanken aus dem Kopf geschlagen hatte, sah er, wie sie eine nach der anderen aus dem Haus heraustraten. Sie trugen wunderschöne glitzernde Gewänder und hatten dazu Silberschmuck angelegt. Schwarzes, wallendes Haar fiel ihnen bis zur schlanken Taille hinab. Mit kleinen, zierlichen Schritten und leicht geneigtem Kopf liefen sie, keusch lächelnd, zu dem Halbkreis, in dem die Männer saßen, ohne dabei ihren Gesang zu unterbrechen.

Ihm stockte der Atem, und seine Augen versuchten alles auf einmal zu erhaschen, aus Furcht, es könnte ihm etwas entgehen. Die Männer schien das ganze Geschehen nicht aus der Fassung zu bringen. Einige unter ihnen begleiteten auf Trommeln den Rhythmus, den die Frauen vorgaben. Trotz seiner jungen Jahre spürte er, dass die Atmosphäre sich wandelte. Eine mysteriöse Spannung schwebte in der Luft. Jedes Wort, das von nun an gesagt wurde, hatte eine verborgene Botschaft, und jede ausgeführte Handlung blieb nicht ohne Folgen für die nächsten Generationen. Ein Mädchen fing an zu tanzen. Die anderen hatten sich in zwei Gruppen aufgestellt. Die eine Gruppe sang einen

Vers, der mit einer Replik der anderen Gruppe beantwortet wurde. So ging das fast die ganze Nacht hindurch. Noch nie zuvor hatte er etwas so atemberaubend Schönes gesehen. Als er zu Hause etwas zusammenhangslos von dem berichtete, was er alles gesehen hatte, erntete er Hohngelächter und Unglauben.

»Das hast du alles nur geträumt, mein Junge. Die viele Lauferei in der Sonne bekommt dir nicht.«

»Aber warum tanzen bei uns die Mädchen auf einer Hochzeitsfeier nicht auch zwischen den Männern herum, Mutter?«

Bereits seit Tagen löcherte er seine Mutter mit albernen Fragen über tanzende Mädchen, doch diese letzte Frage war offenbar zu viel gewesen. Mit dem Pantoffel in der Hand scheuchte seine Mutter ihn aus dem Haus hinaus.

»Hol Wasser und halt mich nicht von der Arbeit ab!«

Eine ganze Woche durfte er das Dorf nicht verlassen. Seine Mutter wollte nicht, dass er zu Leuten ging, die offenbar nicht wussten, was Schande und Scham waren. Als sie keine Eier mehr im Haus hatte, schickte sie ihn dann doch los. Und er schwebte über den Weg, getragen von Teilen der Refrains, die er in seinem Erinnerungsschatz bewahrte.

Von dieser Tradition war inzwischen kaum noch etwas übrig. Boulif fand das richtig so. Er hatte sich immer dem widersetzt, was er als die Überreste der *dschahiliyya*, der Epoche vor dem Islam, nannte. Leicht belustigt stellte er fest, dass Boulifs Widerstand erst im fortgeschrittenen Alter auftrat, zu einem Zeitpunkt, als sowohl seine eigene Hochzeit als auch die seiner Freunde bereits zur fernen Vergangenheit zählten, und damals wurden sie nach Art der Epoche »vor dem Islam« gefeiert. Das konnte ihm niemand nehmen. Und Gott vergab den Reuevollen.

Boulif schlief tief und fest. Er war erschöpft. Sie hatten gerade Paris hinter sich. Mit Gottes Willen würden sie in ein paar Stunden ankommen. Heute Morgen hatte er mit seiner Frau telefoniert. Es war alles in Ordnung, er brauchte sich keine Sorgen zu machen. Er überlegte, wie lange er es diesmal aushalten würde. Vielleicht sollte er sich eine Beschäftigung suchen. Einen Schrebergarten pachten. Oder noch einmal versuchen, seine Frau davon zu überzeugen, gemeinsam mit ihm zurückzukehren, für immer. Einen Versuch war es wert. Vielleicht musste er es etwas geschickter anstellen. Er musste an die vergilbte Ansichtskarte denken, die eine seiner Töchter geschickt hatte, als sie in Marokko war. Ein altes Hutzelweib holte Brot aus einem großen Tonofen, der draußen stand. Neben ihr ein alter Mann, der einem mit dem Schwanz wedelnden Hund etwas hinhielt. Das Bild einer ländlichen Szene in Marokko. Einfach. Ruhig.

Wollte seine Frau denn nicht ein solches Leben führen? Sie beide allein im Haus seines Vaters? Er lächelte. Wahrscheinlich würde sie es nicht einmal einen einzigen Tag dort aushalten. Erst recht nicht, wenn sie feststellen müsste, dass das Handynetz dort zwischen den Bergen besonders schlecht war. Ihr würde der Kaffeeklatsch mit den Töchtern und den Nachbarinnen sehr fehlen. Und ihr gefiel es auch, allein loszugehen und das Angebot der Händler zu studieren. Größtenteils alles nur irgendwelcher Krempel, aber er konnte sie nie davon abhalten, solche Sachen zu kaufen. Dort in den Bergen gab es weit und breit keine Läden oder Händler. Aber Mandelbäume. Viele Mandelbäume. Er hatte die Vermutung, dass die vergilbte Ansichtskarte bei seiner Frau genau die entgegengesetzte Wirkung haben würde. Und tief in seinem Inneren war er ihr dankbar dafür, dass sie so unbeirrbar war. Sie ermöglichte es ihm, ab und zu alles hinter sich zu lassen und wieder durchzuatmen. Er fragte sich, ob sie nicht auch manchmal dieses Bedürfnis verspürte. Doch dieser Gedanke schien ihm eher unrealistisch zu sein. Sie machte einen zufriedenen Eindruck auf ihn. Vor allem war sie eine Frau, die ihre Bedürfnisse nie in den Vordergrund stellte. Sie war eine Frau, die jeden glücklich machen wollte.

Im Gegensatz zu ihm behielt sie nichts für sich, sondern musste alles immer gleich aussprechen. Es machte sie krank, wenn sie etwas zu lange für sich behalten musste. Damit hatte er manchmal Schwierigkeiten. Reden war für ihn nicht so wichtig. Das meiste sagte sich sowieso von allein. Er redete erst dann, wenn er das Gefühl hatte, dass der natürliche Ablauf ins Stocken geraten war. Um sein Unbehagen zu äußern, und nicht so sehr seine Zufriedenheit.

E 19. Richtung Antwerpen. Eine schwere Last fiel von ihm ab, die Müdigkeit war verflogen. Er spürte das angenehme Prickeln, er kam nach Hause. Kurz vor der Abfahrt nach Borgerhout sah er auf einer Brücke, die oberhalb der Autobahn verlief, die ersten Vorboten des anstehenden Wahlkampfs. Drei hohe Tiere vom Vlaams Blok schenkten den vorbeifahrenden Autos ein riesiges falsches Lächeln. Ihm fiel ein, dass bald Wahlen waren, und diese Partei war bereits in die Offensive gegangen, ihr Trumpf war der Hass.

»Aufwachen, Boulif, wir sind da! Und wir werden vom Begrüßungskomitee der Rassisten empfangen.«

Boulif blinzelte und verstand nicht recht, worum es ging. Bevor er die Augen ganz geöffnet hatte, waren sie bereits unter der Brücke hindurchgefahren und nahmen die Abfahrt. Bei Paris hatten sie einen Fahrerwechsel gemacht, und seitdem war er vor sich hin dösend der Beifahrer gewesen, mit dem Effekt, dass er nun einen schmerzenden steifen Nacken hatte.

»Sind wir da?«

»*Alhamdulillah*, für eine glückliche Reise und eine wohlbehaltene Ankunft.«

»*Alhamdulillah, waw malak al hamd.* Wir sind wieder zurück im Land der Sorgen, mein Freund.«

Die Fotografin

Es schüttete wie aus Kübeln, und es wollte mir einfach nicht gelingen, zur Hauptstraße zurückzufinden. Bald würde es draußen dunkel sein. Bereits seit einer Viertelstunde vibrierte das Handy in meiner Hosentasche. Doch ich war nicht gewillt, den Anruf entgegenzunehmen und mich noch einmal von der hysterischen Schwester der Braut beschimpfen zu lassen. Der Scheibenwischer kämpfte wie verrückt gegen die Sturzbäche auf der Windschutzscheibe an.

Ich bog in irgendeine trostlose, nasse und verlassene Straße ein. Genauso gut hätte ich auch die Straße auf der anderen Seite nehmen können. Bei dieser vollkommen orientierungslosen Herumkurverei bekam ich das Gefühl, ich würde meine Runden im riesigen dunklen Schlund eines Monsters drehen, und jeden Moment könnte es sein Maul schließen und mich verschlingen.

Als ich in die Straße eingebogen war, sah ich zu meiner großen Erleichterung ein hell erleuchtetes Gebäude. Ich beglückwünschte mich zu meinem Treffer. Als ich näher heranfuhr, sah ich, dass das große Fenster, offenbar ein Schaufenster, mit Spirituosen, Lebensmittelpackungen und weiteren undefinierbaren Dingen bestückt war. In der Mitte befand sich sogar ein kleiner künstlicher Weihnachtsbaum.

Mir war nicht danach, das warme Auto zu verlassen und in den Regen hinauszulaufen, aber ich dankte den pfiffigen Geschäftsleuten für die Erfindung der 24-h-Läden, die wie Leuchtbojen einen beruhigenden Schimmer in dunklen gefährlichen Vierteln verbreiten.

Ich parkte halb auf dem Gehweg und sprintete in den Laden. Der Besitzer hockte auf einem Stühlchen hinter der Verkaufstheke und schaute fasziniert auf einen kleinen Fernseher. Es dauerte etwas, bis er sich von dem Bildschirm lösen konnte, auf dem ein weißer Mann und eine weiße Frau sich in den Armen lagen. Die Frau sprach schmachtende Worte in einer Sprache, die wie Urdu klang, woraufhin der Mann sie wie wild küsste.

Mir war es unangenehm, dass ich gerade in diesem entscheidenden Moment stören musste. Beschämt suchte ich mir ein Mars aus den Schachteln vor der Theke aus. Aber ein Mars war kein Gegengewicht für eine verdorbene Filmszene. Der Besitzer hatte wahrscheinlich etliche langatmige Episoden durchstehen müssen und stoisch einen Cliffhanger nach dem anderen über sich ergehen lassen, die immer wieder mit geschickten Winkelzügen das Versprechen einer sexuellen Auflösung umgingen. Und jetzt, da der Moment endlich gekommen war, hatte er ihn nicht richtig auskosten, sich nicht an der langersehnten Entladung laben können.

Mein Eintreten wurde von einem kühlen Windstoß begleitet, der ohne Pardon die prickelnde Ekstase wegblies, die sich Folge für Folge in dem kleinen gedrungenen Körper des Ladenbesitzers angestaut hatte. Und nun war alles futsch, sein Bilderschatz, der ihm bestimmt eine Woche lang ein himmlisches Gefühl bereitet hätte, wenn sein Laden gerade mal wieder ohne Kunden war.

Ich sollte etwas Teureres kaufen, vielleicht eine Flasche Martini oder auch zwei. Er hatte sie dort so hübsch präsentiert, etwas verstaubt, aber doch in Reichweite. Du brauchst nichts, ermahnte ich mich, nicht einmal Kaugummi.

Der Staub auf den Spirituosen, das unregelmäßig blinkende Rotlicht hinter den Vitrinen mit Keksen und Sandwiches warnten mich davor, hier etwas zu kaufen. Einfach nur fragen, wie ich zu diesem blöden Platz komme. Ich legte das Mars auf die Theke und kramte ein paar Münzen aus meiner Hosentasche hervor. Und schon wieder vibrierte mein Handy.

»Können Sie mir sagen, wie ich zum Jan-Borluut-Platz komme?«, sagte ich und versuchte möglichst beiläufig zu klingen. Mein Gegenüber durfte nicht den Eindruck bekommen, dass meine Frage nach dem Weg die eigentliche Ursache dafür war, dass ich ihm den Moment verdorben hatte. Ich war einfach nur in seinen Laden gekommen, um mir einen Marsriegel zu kaufen.

Der Mann hatte sich inzwischen von seinem Stuhl erhoben und bedachte mich eine Sekunde mit einem sparsamen Lächeln. Er hielt den Kopf ein wenig schief, als würde er versuchen, so alle Straßen- und Ortsnamen, die er kannte, auf einer Seite zu sammeln, damit er dann den richtigen herauspurzeln lassen konnte. Nachdem ich meine Frage wiederholt hatte, neigte er den Kopf noch ein klitzekleines Stück mehr. Irgendwo baumelte ein schwieriger Straßenname hartnäckig an einem Hirnlappen.

Schließlich schüttelte er kurz und enttäuscht den Kopf. Ganz offenbar befand sich darin nur eine mickrige Ansammlung von Straßennamen, nach denen noch nie jemand gefragt hatte. Wahrscheinlich die Straße, in der sich der Großhandel mit den Spirituosen befand, die, wo Belgacom seinen Hauptsitz hatte und wo er Rechnungen anfechten und Bezahlungsvereinbarungen ausmachen konnte, und vielleicht noch die Straße, in der eine ältere Dame ab und zu seinen Lebensverdruss linderte.

»Besser fragen Belg-Mann, ich nicht wissen.«

Wahrscheinlich hatte er den kompletten Straßenplan von Karachi im Kopf, doch das schluckte Hirnmasse ohne jeglichen Nutzen. Ich bedankte mich und verließ den Laden, dabei verfluchte ich den 24-h-Laden, den Besitzer, mich selbst, den Regen und die Zeit, die in solchen Momenten schneller als das Licht war. Kostbare Minuten waren inzwischen verstrichen, und zudem war mein Haar nass und klebrig geworden.

Zum Glück hatte ich mich zurückgehalten und nicht etwas für teures Geld gekauft.

Während ich den Wagen anließ, spähte ich die Straße hinunter. Wo zum Teufel sollte man zu dieser Tageszeit und in dieser Gegend einen Belg-Mann finden? Alle Belg-Männer hockten gemütlich vor ihrem Weihnachtsbaum, und ich musste derweil diesen Stadtteil nach dem Veranstaltungssaal De Weyer abkämmen. Wieder vibrierte mein Handy.

»Elly.«

»Wo bist du? Es ist neun Uhr!«

»Ich bin in der Nähe von dem pakistanischen Laden.«

»Welchem pakistanischen Laden? Wir haben ungefähr eine Million pakistanische Läden!«

»An der Ecke, kleines Schaufenster mit einem Weihnachtsbaum aus Plastik.«

»Wo bist du denn? Wie heißt die Straße? Hast du noch nie etwas von einem Navi gehört? Oder einem scheiß GPS?

Wir bezahlen dich für den ganzen Abend, und nicht nur für die Fotos beim Aufräumen!«

»Ich bin bald da, muss nur jemanden fragen, ich sehe jemanden, ich leg auf, bis gleich.«

Ich bekam noch ihre Verwünschungen mit, während ich das Gespräch wegdrückte.

Noch immer war keine Menschenseele auf der Straße. Zögerlich fuhr ich los.

Zwei Straßen weiter sah ich eine Gruppe Frauen mit halblangen Mänteln, unter denen Glitzerkleider hervorschauten. Trotz der hohen Absätze gingen sie in einem schnellen Tempo. Ich wusste, dass ich mich ganz in der Nähe befand. Sie überquerten die Straße schräg und verschwanden hinter einer Ecke. Ich konnte ihnen nicht mehr folgen, weil es eine Einbahnstraße war. Also beschloss ich, den Wagen abzustellen und nachzuschauen.

Wie den schweren Herzschlag des Monsters konnte ich das Wummern der Bässe spüren. Hier wurde gefeiert, ganz in der Nähe. Die Gegend summte und brummte, und ich war erleichtert, dass ich fast an meinem Ziel angekommen war.

Der Festsaal war über und über mit Blumen, Kupfer- und Silberwerk geschmückt. An der Stirnseite des Saales wartete der feierliche Altar auf das Brautpaar. Keiner wäre auf die Idee gekommen, sich auf den Doppelthron zu setzen. Der war tabu für die anderen.

Ich sah die Schwester der Braut auf mich zustürmen und lächelte ihr zu.

»Mitkommen, sofort«, fauchte sie mich an. Ich folgte ihr ergeben und gelassen.

Nachdem sie mir eine Viertelstunde lang schimpfend und zeternd alle Anweisungen dargelegt hatte, durfte ich anfangen.

Wie ich sah, hatte Samira, die Kamerafrau, sich bereits gut eingerichtet. Sie lief in Jeans herum, was für meinen Geschmack wirklich unpassend für eine Hochzeitsfeier war, auch wenn man nicht zur Familie zählte. Sie würdigte mich keines Blickes, als ich an ihr vorbei zu Hayat hinging, der D-Jane, die ihr Repertoire an Tanzstücken wie immer in einer derartigen Lautstärke rauf- und runterspielte, dass nicht nur ich, sondern auch alle Gäste die Folgen noch tagelang spüren würden.

Als das Fingerfood auf Tabletts herumgereicht wurde, legte sie zum Glück sanfte Lautenmusik auf.

Samira war währenddessen mit ihrer Kameratasche beschäftigt. Als sie sich aufrichtete, sah ich zu meinem großen Entsetzen, dass sie eine hypermoderne Digitalkamera in der Hand hielt. Bei genauerem Hinsehen konnte ich erkennen, dass es eine Canon EOS 40D SRL war.

»Wie kommt Samira an eine solche Kamera?«

Hayat zuckte mit den Achseln. Inzwischen war das Fingerfood auch bei uns angekommen, aber trotz meines nagenden Hungergefühls konnte ich nichts essen. Eine ungute Vorahnung schnürte mir die Kehle ab, und mir war, als bekäme ich nur häppchenweise Luft zum Atmen.

Kleinkredit für Unternehmensgründer. Ganz bestimmt.

»Sieht ziemlich stark nach Hehlerware aus.«

»Nach was?« Hayat hatte sich den Mund mit Minipastetchen vollgestopft.

»Hehlerware«, wiederholte ich lauter, »einem Dieb abgekauft.«

»Ich weiß durchaus, was Hehlerware ist, nur finde ich es ziemlich krass, dass du so was denkst.« Sie legte eine Tanznummer auf, Tarkan, ohrenbetäubend laut, ohne zu bedenken, dass sich einige der Frauen durch den plötzlichen Lärm an ihren Pastetchen verschlucken könnten.

Das war wieder einmal eins von Samiras berühmten fiesen Spielchen, die ich so sehr hasste. Offenbar hatte sie es sich zur Aufgabe gemacht, mir das Leben zu vermiesen, und jetzt machte sie mir auch noch das Terrain streitig.

Wieso tauchte sie hier mit einem Fotoapparat auf? Glaubte sie im Ernst, es reichte aus, sich auf das Motiv zu konzentrieren und den Auslöser zu betätigen? Es ging um die Verschlusszeit, den Kontrast, die Komposition und das Farbzusammenspiel, alles Dinge, die bei einem Foto eine entscheidende Rolle spielten. Nicht das rote Knöpfchen und erst recht nicht das Motiv.

Fotografie ist keine Ästhetik. Fotografie ist Kunst, eine Sprache für sich. Und ich entwerfe mit meinen Fotos eine Geschichte, keine hübschen Bildchen, keine Augenwischerei. Zu viel Schönheit und Perfektion würden das Interesse von der melancholischen Geschichte ablenken, die ich erzählen wollte. Und die nur ich so erzählen konnte. Mein Vater hat mich einmal gefragt, wovon ein bestimmtes Foto handelte. Ich erklärte ihm, dass er mich das nicht fragen könne, weil das Foto für sich selbst spreche. Wenn ich ein Foto erst erklären müsse, dann sei es fast sinnlos, es überhaupt gemacht zu haben.

Ich hatte meinen eigenen Stil. Ich war nicht nur die Ausführende, sondern wurde selbst zu einem Teil des Bildes, das im Rhythmus zu meinen Körperbewegungen entstand. Ich umtanzte das Bild, die Atmosphäre, ich lockte die innerste Bedeutung des Moments, des einzigartigen Moments, hervor. In dem Augenblick, da er sich ein wenig stärker preisgab, ließ ich ihn sterben, um ihn für immer besitzen zu können. Meine Fotos bildeten etwas ab, das nicht wirklich zu fassen war, das flüchtig war, etwas, das zur Vergangenheit werden musste, und ich, ich sammelte das.

Tausende Stücke vergangener Zeit befanden sich in meinem Besitz. Meine unvollendete Sammlung der Melancholie.

Und Samira, die drehte Filmchen mit ihrer japanischen Kamera, um sie danach mit einer kitschigen Montage vollends zu verderben. Bei ihr hatten Täubchen, Rosen, Herzchen und ein Sonnenuntergang eine viel wichtigere Rolle als das Brautpaar selbst.

Es kostete mich keine große Anstrengung, mir vorzustellen, was für Fotos sie machte, ob nun farbig oder schwarzweiß. Es würde Kitsch sein.

Mit vorgehaltenem Fotoapparat ging ich auf sie zu.

»Schöne Kamera hast du da. Weißt du denn auch, wie man damit umgeht?«

Samira bedachte mich mit einem gönnerhaften Blick. »Ich lerne ziemlich schnell. Schon ein anderes Teil als dein Erbstück da, nicht wahr?« Sie grinste fies und legte ihre Kamera ab. »Hast wohl Schiss, was?« Frech sah sie mir in die Augen, um die Angst zu erkennen.

Ich zog die Augenbrauen hoch.

»Klar, du machst dir in die Hose«, fuhr sie fort und beschäftigte sich wieder mit ihrer Kamera. »Übrigens zu Recht.

Wenn ich du wäre, könnte ich kein einziges scharfes Foto mehr machen. Denn weißt du was, meine Liebe, wenn es eins gibt, was ich auf den Tod nicht ausstehen kann, dann sind das blonde Schlampen, die sich in meinem Terrain tummeln.«

»Wäre es nicht besser, du würdest bei deinen Filmchen bleiben?«

»Die Stärke der Überlebenden liegt darin, dass sie flexibel sind. Ich verändere und erweitere mein Angebot. Entweder man wird vom Markt gefegt, oder man behauptet sich.«

Schon immer war mir ihr selbstzufriedenes Lächeln zuwider gewesen. Bei jeder Hochzeitsfeier, auf der ich fotografieren musste, stolzierte sie mit besserwisserischer Miene umher, die den Anschein erwecken sollte, sie würde fachmännisch und mit sicherem Auge für die Schönheit eine Hochzeitsfeier filmisch dokumentieren können. Wie ich bereits erwähnte, versaute sie alles mit der Montage.

»Du willst mir doch nicht etwa weismachen, die Leute bevorzugen Amateure statt Profis?«, versuchte ich es noch einmal.

»Ich bin ein Amateur, der etwas zu bieten hat.«

»Ach ja?« Nun war es an mir, vielbedeutend zu kichern. Was hatte sie denn schon zu bieten außer abgeschmackten Schnellschüssen auf Hochglanzpapier?

»Ich spreche die Sprache der Mütter und Tanten der Bräute. Ich gebe ihnen Vertrauen.«

Eins zu null für sie. Das typische Getue der Großfamilien, mit ihrem »Wir kennen uns«. Ein bisschen so wie bei den Italienern. Und dieses Gehabe konnte ausschlaggebend sein, wenn eine Wahl getroffen werden musste.

»Ich garantiere ihnen, dass kein einziges von den Fotos, die hier gemacht werden, später in einem Schaufenster ausgehängt wird.«

»Das mache ich doch auch nicht. Ich habe noch nicht einmal ein Schaufenster.«

»Mag sein, Schätzchen, letztendlich zählt aber doch die Wahrnehmung. Ein Gefühl der Sicherheit, verstehst du? Wenn es sein müsste, könnte ich beim Kopf meiner eigenen Mutter schwören, dass meine Fotos und Filme nicht bekannt gemacht werden. Absolutes Berufsgeheimnis.«

Sie drehte mir das grelle Licht, das sie auf einem Stativ befestigt hatte, mitten ins Gesicht, und ich fing an, mit den Augen zu zwinkern, als zweifelte ich noch daran, dass jeglicher Widerstand sinnlos war. Wenn sie jetzt tatsächlich anfing, Fotos zu machen, war mein Untergang besiegelt.

»Platz da, Blondchen, weg hier.«

Ich trat ein paar Schritte zur Seite, während Samira alle Vorbereitungen für den Auftritt der Braut in ihrem ersten Kleid des Abends traf. Wenigstens hatte ich die Gewissheit, dass der Abend und die Nacht lang werden würden und die Braut sich in mindestens drei verschiedenen Kleidern mit entsprechender Aufmachung im Festsaal präsentieren würde. Und als Finale würde die Braut sich dann endlich in das weiße Hochzeitskleid hüllen und mit ihrem Bräutigam auf dem Foto verewigt werden.

Ich sah eine meiner Kundinnen, mit der ich in ein paar Wochen einen Termin für eine Hochzeit hatte. Mit einem schuldbewussten Lächeln kam sie auf mich zu. »Elly, ich muss mit dir reden. Wegen meiner Feier, ich fürchte, dass ich dich nicht als Fotografin engagieren werde, es tut mir leid.«

»Und wieso?«

»Elly, deine Fotos sind wirklich wunderbar, aber ich muss auch auf mein Budget achten, und Samiras Angebot ist echt verlockend. Es tut mir leid.« Sie gab mir noch die Schulter-klopfversion eines Judaskusses und wollte gerade zu ihrem Tisch zurückkehren, als ihr offenbar noch etwas einfiel und sie sich wieder umdrehte. »Den Vorschuss kannst du behalten, das ist nur fair.« Sie zwinkerte mir zu.

25 Euro waren mir geblieben, nachdem ich mich zwei Nachmittage mit Fotoalben abgemüht hatte, um der zu-künftigen Braut Beispiele für die anstehende Hochzeit zu präsentieren sowie die Anzahl und Größe der Fotos zu be-sprechen. 25 Euro.

Hinter mir hörte ich, wie Frauengesang einsetzte, der das Eintreffen der Braut in ihrem ersten Kleid ankündigte.

Roter Lippenstift befand sich auf den Zähnen der schönen Braut. Ich musste mich beeilen, bevor die Stylistin oder Sa-mira es bemerkten. Dieses Foto musste ich haben.

»Ja, prima, zeig dein strahlendstes Lächeln.«

»Halt, halt, kein Foto machen, sie hat etwas auf den Zäh-nen.«

Ich lächelte und machte blitzschnell meine Fotos.

Samira ließ die Braut und den Bräutigam natürlich die unglaublichsten Dinge tun. Sie mussten einander auf die Stirn küssen, Rosen küssen, einander Gebäck anbieten. Er zu ihren Füßen, sie auf dem Thron, einander anschauen, einander umarmen, eine Pose nach der anderen. Allmäh-lich fragte ich mich, ob nicht alles hier eine einzige Pose war, ein inszeniertes Spektakel.

Ob die Braut und der Bräutigam wirklich verliebt waren?

Unzählige Hochzeitsfeiern hatte ich in meinem Leben bereits abgelichtet, allerdings konnte ich mich nicht daran erinnern, dabei jemals Liebe festgehalten zu haben. Hunderte Hochzeitsfotos hatte ich gemacht, doch nie war es mir gelungen, Liebe, Verliebtheit oder zartes Glück zu verbildlichen.

Aber, ach, wer bin ich, dass ich über die Liebe sprechen könnte? Ich würde die Liebe nicht erkennen, noch nicht einmal, wenn sie sich mir persönlich vorstellte.

Liebe war keine Kunst. Liebe war Drama und Kitsch.

Nackt wäre auch noch eine Möglichkeit.

In dieser aggressiven Konkurrenzschlacht um die Bräute war alles erlaubt, Hauptsache, es war gewagt und originell. Und was konnte origineller sein als ein Paar, das in einer dramatisch romantischen Umarmung posierte?

Nackt.

Vor den Augen der verdutzten Gäste.

Zeugen eines öffentlichen, nichts verhüllenden und grotesken Vorspiels.

Ich hörte schon förmlich, wie die zu kurz gekommenen Frauen das Unaussprechbare dachten.

Sex, Sex, Sex.

Ob diese Frauen wohl Sex hatten?, ging es mir durch den Kopf, während ich das Paar vor mir aus verschiedenen Blickwinkeln ablichtete.

Samira lief mir dazwischen. Sie bückte sich und hielt mir ihr ausladendes Hinterteil direkt vor die Linse, als sie das Kleid der Braut noch schön um ihre hübschen Füßchen herumdrapierte. Ich drückte ab.

Unauffällig drehte ich mich zum Saal um und drückte ab,

als ich den ersten Tisch ins Bild bekam. Ein Frauengrüppchen um die vierzig. Sie schienen sich sichtlich zu amüsieren. Ein Stück weiter saß eine weiße Frau ganz für sich allein an einem hübsch geschmückten Tisch. Eine der Schwestern der Braut setzte sich kurz zu ihr. Ich drückte ab.

Es war halb vier in der Früh, als das Brautpaar endlich aufbrach und die abgekämpften Gäste sich so frei fühlten, nach Hause zu gehen.

Wie immer waren sie enttäuscht, weil sie wegen der viel zu lauten Musik, die aus den strategisch platzierten Lautsprechern dröhnte, mit ihren Tischnachbarn kein ordentliches Gespräch hatten führen können und weil das Essen auf sich hatte warten lassen.

Während ich meine Sachen zusammenpackte, sah ich einen weißen Mann, der in den Festsaal kam und sich suchend umsah. Erleichtert stand die weiße Frau auf.

Ich verschwand, ohne mich zu verabschieden. Müde, aber mit einem Projekt.

In meinem Studio sah ich mir die Fotos an, die ich während der vergangenen zwei Jahre auf zahlreichen Hochzeitsfeiern geschossen hatte. Es hatte etwas Befremdliches, diese Posen, diese unechten Umarmungen von Mann und Frau. Wie sie einander anschauten. Es wirkte alles perfekt. Die Bräute waren schön, die Bräutigame ein wenig verlegen, aber dennoch männlich und gutaussehend. Mir fiel auf, dass jedes Paar dieselbe Haltung einnahm, dieselbe Ausstrahlung auf den Fotos hatte. Als würden sie alle einer geheimen Regie folgen. Es würde nicht einmal auffallen, wenn ich die Paare untereinander austauschte.

Wie eine Schicht lag das Unechte auf diesen Fotos, und jetzt, da es mir zum ersten Mal auffiel, wollte ich sie davon befreien. Ihr wahrer Charakter musste wieder sichtbar werden, soweit das möglich war. Ich war davon überzeugt, dass ich Großes bewirken konnte. Nach meinem Diplom hatte ich die einfachen Aufträge abgelehnt. Nur die Kunst konnte mich reizen.

Doch es hatte nicht lange gedauert, bis ich mich den Gesetzmäßigkeiten der freien Wirtschaft beugen musste. Das Material, das ich für meine Kunst benötigte, kostete viel Geld, und die Möglichkeit, auf Hochzeitsfeiern zu fotografieren, bot sich mir eher zufällig.

Damit ist auch kein Blumentopf zu gewinnen, dachte ich.

Aber jetzt konnte ich etwas realisieren. Ich würde die Fotos von der dicken Make-up-Schicht befreien, von Glitzerkleidern und jedem peinlich makellosen Lächeln.

Schicht für Schicht schälte ich die Kleidung ab und stellte ihr wahres Wesen zur Schau.

Fotoshop ist ein Wundermittel.

Bei einigen Frauen zögerte ich, ob ich das Kopftuch vielleicht besser draufließe.

Den ganzen Morgen arbeitete ich an meinem Projekt.

Vor allem die Familiengruppenfotos ergaben überraschende Ergebnisse. Mütter mit Rubensfiguren, junge muskulöse Männer und frivole pubertierende Mädchen, die wie ein Blumengesteck rechts und links der Braut posierten. Ohne Kleidung und Schmuck sahen sie richtig unbesorgt aus. Wie ein Naturvolk aus Neuguinea. Nur die Schuhe verrieten noch etwas Aktualität.

Das könnte wirklich was werden, überlegte ich. Paris, London, vielleicht sogar New York.

Das letzte Foto, das ich mir vornahm, war eine Nacktaufnahme von drei Personen.

Ein schönes Brautpaar, das auf einem goldenen Thron saß, in der Mitte eine Frau, die sich bückte, das Hinterteil arrogant in die Höhe gestreckt.

Glossar

Abd el-Krim: Führer der Rif-Kabylen und u. a. 1920 Organisator des Widerstands gegen die spanische Besatzung

Abu Huraira (wörtl. Vater des Kätzchens): Prophetengefährte und Erzähler angeblicher Worte und Taten des heiligen Propheten Mohammed

Aîth Ahros: Bevölkerungsgruppe aus dem Rif

al-Âchira: Jenseits

alhamdulillah: »Gelobt sei Gott« oder umgangssprachlich »Gott sei Dank«

Allah *i rahmu:* »Gott hab ihn selig«

Allah *subhanahu wa ta'ala:* »Gepriesen und erhaben ist Allah«

Amal: Mädchenname, bedeutet »Hoffnung«

amazigh: freier Mann

amin: amen

ammetis: Schläfer

aya: ein einzelner Vers des Korans

baraka: Segenskraft

bismillahirrahmanirrahim: »Im Namen Allahs des Allerbarmers des Barmherzigen«

bunica (rum.): liebevoller Ausdruck für Großmutter

dhikr: Gedenken an Gott; im Islam die intensive Anbetung Allahs

dschahiliyya: islamische Bezeichnung für die präislamische Epoche der »Unwissenheit«

dschahnnam: bezeichnet im Islam die Hölle

dschihab: Versprecher von *hidschab*

dschihad: Kampf, im europäischen Sprachraum oft mit »Heiliger Krieg« übersetzt

dschnun: die arabisch im Plural *dschinn* genannten Geister werden im Marokkanischen *dschnun* (Singular männlich *dschenn*, weiblich *dschenniya*) genannt

El Kharij: der Westen

fatwa: islamisches Rechtsgutachten, das in der Regel von einem Mufti (Rechtsgelehrter, Spezialist für die islamische Jurisprudenz Figh) zu einem speziellen Thema herausgegeben wird

fitna: mehrere Bedeutungen, hier: Chaos, Unruhe

Flamani: marokkanischer Ausdruck für die Flamen (Belgien)

Furkan: Jungenname, bedeutet »der, der das Falsche von dem Richtigen trennen kann«

gadjo (rum.): die Fremden, Nicht-Roma

hadith: (Mitteilung, Erzählung, Bericht) steht für überlieferte Nachrichten im Islam sowohl profanen als auch religiösen Charakters

halal: (erlaubt, zulässig) Dinge und Taten, die nach islamischem Recht erlaubt und zulässig sind

haram: (verboten, tabu) steht im islamischen Recht für das islamrechtlich Verbotene

Hayati: Name, bedeutet »mein Leben«

hidschab: Kopftuch

Idd: Feiertag

Idd al Adha: islamisches Opferfest

Imam Ali: Neffe und Schwiegersohn von Mohammed; für die Schiiten sein rechtmäßiger Nachfolger

Imam: Vorsteher, Vorbild; Vorbeter beim islamischen Gebet

imazighen (Plural von *amazigh*): Freie; die Fremdbezeichnung ist »Berber« und gilt für eine Reihe von Ethnien in Nordadfrika westlich des Nils, also in den Ländern des Maghreb, die eine Berbersprache sprechen

kafir: Ungläubiger, Gottesgegner

mabrouk: »Glückwunsch!«

machakil: Schwierigkeiten

magar (rum.): Esel

mâschallâh: »Gott schütze dich!«

Melek: Mädchenname, bedeutet »Engel«

mezquita (span.): Moschee

mitien ou sebha: phonetische Wiedergabe der Zahl 207 auf
  Berberisch

muhadschirin: ausgewanderte Muslime

Nour: Name, bedeutet »Licht«

rajel: Mann

Ramadan: islamischer Fastenmonat

rfkih: Imam; Ehrentitel für einen hervorragenden Muslim

Rif: nordafrikanische Gebirgskette

salam aleikum: »Friede sei mit dir«, »Guten Tag«

Shia't Ali: Anhänger Alis

shouf, shouf!: sieh an!

Sura Al-Kafirun: Die Ungläubigen (Koran, Sure 109)

tajine: bezeichnet sowohl das nordafrikanische Schmorge-
  fäß aus Lehm für die Zubereitung von Schmorgerichten
  als auch das Schmorgericht selbst

takschita: marokkanisches langes, weit fallendes Gewand
  für Frauen und Männer

Tamazight: Berbersprache

Temeswar: Stadt im westlichen Rumänien

toubib spirituel: spiritueller Mediziner

Urdu: National- sowie Amtssprache in Pakistan

Urriaguel: auch Aîth Waryaghar, größter Berberstamm im
    Rif-Gebirge

waw malak al hamd: Bezeichnung für Gott